U0945007

世纪文学之星

丛书 2015年卷

评论集

谜面与谜底

王 颖／著

作家出版社

作者简介：

王颖，女，1981年生，浙江金华人。北京大学文学硕士。供职于中国作家协会创研部。

2004年起参与“北京大学当代最新作品点评论坛”，近年来在《人民日报》《光明日报》《文艺报》及《南方文坛》《小说评论》《文艺理论与批评》等报刊发表文学评论十余万字。

目录

第二辑 新媒体与新文学

总 序

袁 鹰

中国现代文学发轫于本世纪初叶，同我们多灾多难的民族共命运，在内忧外患，雷电风霜，刀兵血火中写下完全不同于过去的崭新篇章。现代文学继承了具有五千年文明的民族悠长丰厚的文学遗产，顺乎20世纪的历史潮流和时代需要，以全新的生命，全新的内涵和全新的文体（无论是小说、散文、诗歌、剧本以至评论）建立起全新的文学。将近一百年来，经由几代作家挥洒心血，胼手胝足，前赴后继，披荆斩棘，以艰难的实践辛勤浇灌、耕耘、开拓、奉献，文学的万里苍穹中繁星熠熠，云蒸霞蔚，名家辈出，佳作如潮，构成前所未有的世纪辉煌，并且跻身于世界文学之林。80年代以来，以改革开放为主要标志的历史新时期，推动文学又一次春潮汹涌，骏马奔腾。一大批中青年作家以自己色彩斑斓的新作，为20世纪的中国文学画廊最后增添了浓笔重彩的画卷。当此即将告别本世纪跨入新世纪之时，回首百年，不免五味杂陈，万感交集，却也从内心涌起一阵阵欣喜和自豪。我们的文学事业在历经风雨坎坷之后，终于进入呈露无限生机、无穷希望的天地，尽管它的前途未必全是铺满鲜花的康庄大道。

绿茵茵的新苗破土而出，带着满身朝露的新人崭露头角，自然是我们希冀而且高兴的景象。然而，我们也看到，由于种种未曾预料而且主要并非来自作者本身的因由，还有为数不少的年轻作者不一定都有顺利地脱颖而出的机缘。其中一个重要的原因，乃是为出书艰难所阻滞。出版渠道不顺，文化市场不善，使他们失去许多机遇。尽管他们发表过引人注目的作品，有的还获了奖，显示了自己的文学才能和创作潜力，却仍然无缘出第一本书。也许这是市场经济发展和体制转换期中不可避免的暂时缺陷，却也不能不对文学事业的健康发展产生一定程度的消极影响，因而也不能不使许多关怀文学的有志之士为之扼腕叹息，焦虑不安。固然，出第一本书时间的迟早，对一位青年作家的成长不会也不应该成为关键的或决定性的一步，大器晚成的现象也屡见不鲜，但是我们为什么不在力所能及的范围内尽力及早地跨过这一步呢？

于是，遂有这套“21世纪文学之星丛书”的设想和举措。

中华文学基金会有志于发展文学事业、为青年作者服务，已有多时。如今幸有热心人士赞助，得以圆了这个梦。瞻望21世纪，漫漫长途，上下求索，路还得一步一步地走。“21世纪文学之星丛书”，也许可以看作是文学上的“希望工程”。但它与教育方面的“希望工程”有所不同，它不是扶贫济困，也并非照顾“老少边穷”地区，而是着眼于为取得优异成绩的青年文学作者搭桥铺路，有助于他们顺利前行，在未来的岁月中写出更多的好作品，我们想起本世纪20年代和30年代期间，鲁迅先生先后编印《未名丛刊》和“奴隶丛书”，扶携一些青年小说家和翻译家登上文坛；巴金先生主持的《文学丛刊》，更是不间断地连续出了一百余本，其中相当一部分是当时青年作家的处女作，而他们在其后数十年中都成为文学大军中的中坚人物；茅盾、叶圣陶等先生，都曾为青年作者的出现和成长花费心血，不遗余力。前辈们关怀培育文坛新人为促进现代文学的繁荣所作出的业绩，是永远不能抹煞的。当年得到过他们雨露恩泽的后辈作家，直到鬓发苍苍，还深深铭记着难忘的隆情厚谊。六十年后，我们今天依然以他们为光辉的楷模，努力遵循他们的脚印往前走去。

开始为丛书定名的时候，我们再三斟酌过。我们明确地认识到这项文学事业的“希望工程”是属于未来世纪的。它也许还显稚嫩，却是前程无限。但是不是称之为“文学之星”，且是“21世纪文学之星”？不免有些踌躇。近些年来，明星太多太滥，影星、歌星、舞星、球星、棋星……无一不可称星。星光闪烁，五彩缤纷，变幻莫测，目不暇接。星空中自然不乏真星，任凭风翻云卷，光芒依旧；但也有为时不久，便黯然失色，一闪即逝，或许原本就不是星，硬是被捧起来、炒出来的。在人们心目中，明星渐渐跌价，以至成为嘲讽调侃的对象。我们这项严肃认真的事业是否还要挤进繁杂的星空去占一席之地？或者，这一批青年作家，他们真能成为名副其实的星吗？

当我们陆续读完一大批由各地作协及其他方面推荐的新人作品，反复阅读、酝酿、评议、争论，最后从中慎重遴选出丛书入选作品之后，忐忑的心终于为欣喜慰藉之情所取代，油然浮起轻快愉悦之感。“他们真能成为名副其实的星吗？”能的！我们可以肯定地、并不夸张地回答：这些作者，尽管有的目前还处在走向成熟的阶段，但他们完全可以接受文学之星的称号而无愧色。他们有的来自市井，有的来自乡村，有的来自边陲山野，有的来自城市底层。他们的笔下，荡漾着多姿多彩、云谲波诡的现实浪潮，涌动着新时期芸芸众生的喜怒哀伤，也流淌着作者自己的心灵悸动、幻梦、烦恼和憧憬。他们都不曾出过书，但是他们的生活底蕴、文学才华和写作功力，可以媲美当年“奴隶丛书”的年轻小说家和《文学丛刊》的不少青年作者，更未必在当今某些已经出书成名甚至出了不止一本两本的作者以下。

是的，他们是文学之星。这一批青年作家，同当代不少杰出的青年作家一样，都可能成为21世纪文学的启明星，升起在世纪之初。启明星，也就是金星，黎明之前在东方天空出现时，人们称它为启明星，黄昏时候在西方天空出现时，人们称它为长庚星。两者都是好名字。世人对遥远的天体赋予美好的传说，寄托绮思遐想，但对现实中的星，却是完全可以预期洞见的。本丛书将一年一套地出下去，十年二十年三十年五十年之后，一批又一批、一代又一代作家如长江潮涌，奔流不息。其中出现赶上并且超过前人的文学巨星，不也是必然的吗？

岁月悠悠，银河灿灿。仰望星空，心绪难平！

1994年初秋

序

值得研究的“网络文学研究”

朱向前

虽然，在《谜面与谜底》第一辑中，王颖集中展示了十余年来她对于女性文学研究的主要成果，比如对黄蓓佳、叶弥、金仁顺和朱天文、朱天心等台港女作家的系列解读，均不乏性别优势带来的细腻、温婉和感同身受的独见与觉悟。但是，比较而言，更能吸引和说服诸位编委的，还是第三辑中王颖对于“新媒体与新文学”（网络文学）的专题研究。正如我在初审意见中所说：“该书的最大亮点，恐怕还在于对于新媒体（网络文学）的持续关注与跟踪研究，并提出‘批评家要对网络文学作出全面判断，不单单只是熟悉、了解作品就够了，还需要了解整个网络文学的生态，作者的生存、写作状态，网络编辑的导向，作品的传播过程，读者的阅读感受和需求'。目前评论界这样的人才少之又少，故同意该书通过初审。”雷达先生在终审中亦持此见：“作者多年坚持新媒体与新文学的研究，仅网络文学的综述终评，从2008年直做到现在，每篇都有新见，都很扎实。由于深知网络文学现状，同时对纯文学也很熟悉，作者展开了许多‘冷思考’，提出‘全民写作’时代的许多新话题。正如何向阳所说，此书体现了青年批评家的敏锐，对文学生态有切实的建设意义。”因此，王颖成了2015年度“21世纪文学之星丛书”终评会上的一匹黑马。

十几年来，随着新媒体时代的到来，网络写作从风生水起到风起云涌，几乎在瞬间就蔚成写作大国。当传统（精英）文学批评家对此还无所措手足或漠不关心或无动于衷之时，王颖及时而又敏锐、持久而又专注地发声了。从2008年迄今，她已连续七年撰写网络文学年度综述文章，据此获得了较为全面、清晰而又自成一家之言的网络文学话语权，俨然成了此一领域的权威发言人。当然，比数量更重要的是质量。王颖在有关网络文学的言说中，不仅表现出了敏锐和热情，更展示了睿智和理性，较早地谈出了一些网络文学的真知灼见。比如，她在《茅盾文学奖与网络文学——兼谈网络文学中的几个问题》一文中，就网络文学身份确认、是否设立网络文学奖、建立网络文学批评标准和体系等三个方面提出了深思熟虑的比较符合网络文学发展现状的专业意见。她认为，网络文学特性首先是操作主体的草根性和匿名性，其次是创作过程的即时性、互动性和开放性，第三是鲜明的技术特征和时代特征。同时，她又建议参照日本的芥川奖和直木奖，亦可在鲁迅文学奖和茅盾文学奖中分设专家奖和大众奖，设立网络文学专项奖。再比如，她对影视化小说（本质上十分类近网络文学了）与纯文学小说的区别作过一次理性的梳理与厘清，认为，影视化小说带来了“情节满溢”“追求噱头”“对话比重过大”“情节套路化人物类型化”以及“丧失独立批判立场”等五个问题（见《文学同期改编影视热现象的冷思考》）。如此种种，均可谓独具慧眼，见微知著，抓住要害，有的放矢，颇具启发性和建设性。

研究固然可喜，但问题也依然存在。正如王颖一篇文章的标题所示：《狂欢下的隐忧》——面对高速发展的网络文学这一庞然大物，到底应该如何去认识、理解、把握、评价与引导？很多问题仍然是悬而未决，令人疑窦丛生。在此，我只从宏观和微观两个向度上提出疑问。先说宏观。王颖自己也认为“如作品的海量存储与更新，一个评论家能够阅读的网络文学只是沧海一粟，难以把握全局”。（见《茅盾文学奖与网络文学》）这是一个基本事实，也是一个根本困境。浩如烟海的网络文学作品，一部长篇动辄上百万乃至几百万字，而每天同时在网络上生长着的长篇巨著亦是以数十乃至数百部计，这使任何一个评论家甚或群体都不免盲人摸象之虞、望洋兴叹之慨。而且，这恐怕是建立任何关于网络文学批评的标准和体系都难以解决的根本问题。

再说微观。由于资本原罪令网络文学一味强调和凸出作家与市场的关系，或以点击率或以商业利益的驱动，使网络文学中充斥猎奇、情色、血腥、暴力等感官刺激元素。又有许多作者迫于生存压力，不得不用“注水”自我重复来片面提升写作速度（据说“大神级”的人物日写作量都在万字以上），最终使网络写作的基本模式变成流水作业，与高度个性化的文学创作背道而驰，南辕北辙。就像弥漫在王颖研究中始终挥之不去的疑问：网络文学到底是不是文学?！问得有理。支撑这一诘问的基本事实，就是很少有一个具体的网络文学文本能经得住严格意义上的文学批评。比如王颖在她的文章中多次谈到的，网络文学被法外施恩终于登堂入室，在鲁迅文学奖和茅盾文学奖的同一平台上同台竞技，结果，铩羽而归是肯定的，个别作品有幸入围也基本上是“被照顾”。(本人作为近两届的鲁迅文学奖和茅盾文学奖评委，可以为其作证。)也就是说，无论是以怎样的文学标准来作评判，网络文学作品都难以经受住细读。就连王颖亲自操刀对获得“盛大文学首届全球写作大展（SO）盛典”大奖的《大悬疑》的评论也差不多是就悬念谈悬疑，读来让人感觉勉为其难。(参见《诡异离奇的阅读冒险》)因此，王颖自己也不免继续诘问：(网络文学)“现在的确也面临了以前我们曾经在通俗小说、影视同期书等问题上遇过的相似质询，无论是通俗小说影视同期书还是网络文学，它们是不是我们所谓的‘文学’？两者如有区别何在？用通俗、影视、网络手法的写作对小说发展的影响何在？这些仍然是当下创作需要回答的问题。”

以上一宏观一微观的两极张望，已然望见网络文学创作和研究的某些痼疾。路漫漫其修远兮，研究还需要努力。好在对“我们这个时代的文学”——网络文学，时代已经张开了臂膀：北京大学、中南大学等高校已开设网络文学学术研讨课或选修课，浙江、广东等地或成立了网络文学协会或举办网络文学高峰论坛，网络文学研究方兴未艾，正在逐步走向规范和深化。“21世纪文学之星丛书”2015年卷推出王颖，亦是为网络文学推波助澜。但愿能对网络文学研究助一臂之力。

是为序。

乙未年仲夏于江右袁州听松楼

第一辑

谜面与谜底

沉入时间的深潭

——读黄蓓佳长篇新作《所有的》

南京的地灵人杰早已无须赘言，它几乎是令人称羡地占据了当代文学的大半江山，在那些异彩纷呈的作家们中，黄蓓佳当然也是其中一道风景。《钟山》2007 年第 5、6 期先后发表了黄蓓佳的长篇新作《所有的》（上、下卷）。正如它的名字“所有的”，它像是黄蓓佳近年写作能量的一个集合，一次爆发，她用“所有的”完成了作为上世纪 50 年代生人对她所成长的时代，青春的记忆，过往的生活的总结。这种愿望，在她之前如《像目光一样透明》《没有名字的身体》等作品中便存在着，却总是给人言未尽、意犹未尽之感，惹得她一而再、再而三地书写，故事或有不同，内核却始终是那一个。或许对她而言，每一次的书写都不单只是对回忆深潭的再次进入与追溯，而更是一场焚香沐浴的告慰和祭奠，终于，在这篇气魄宏大的《所有的》之后，我想黄蓓佳可以长舒一口气，放下心中缠绵已久的牵绊，轻装向前行了。

小说以人到中年的单身母亲艾晚接到孪生姐姐艾早杀了前夫张根本——也就是艾晚的养父、她俩共同的表姨父——的消息开始，牵出了对姐妹俩成长往事的回忆。艾晚在幼年被过继给表姨父一家，但她与艾早仍旧是一根灯芯上缠绕的两根灯绳，像地下工作者一样偷偷见面，继续分享彼此的生活和成长，共同面对命运的考验、时代的变迁。然而在经历了各自的蜕变和洗礼后，最终走向了迥异的人生道路。这其中，有对个人成长经验的剖析与自省，对一段城市平民生活史的还原与认知，以及对一个时代社会变迁史的展现与思考。情节前后跳跃，笔底腾挪间，回忆和现实穿插进行，历史与当下打通勾连，个人的情感际遇与时代社会的变迁联系起来。小说大体可以作如此概括。虽然我更愿意让最原始混沌的感受保持得愈久愈好。在概括总结这种带有暴力性质的行为中，每部小说的含混暧昧、复杂深沉会难以避免地流失，小说所散发的独特个性便不得不折损。而我喜欢这部小说的最大理由，正是它在一个相对正统的叙述中所弥散着的充满女性特质的个人情绪，苍茫而浓郁，瓢泼而迷人。这是一部小说，却又分明可以从很多段落与情绪中看到与作家人生经历血肉相连的体验。黄亦不讳言她自身的人生经历与小说的特殊关系。序言中明白交代写下这部三十五万字的作品只源于妹妹的一句话："两年之前，我妹妹在电话里对我说，'你永远不知道我童年的感受。'就是这句话，它像子弹一样击中了我。我妹妹在五岁时被不能生育的亲戚抱养。亲戚在我们两姐妹中挑选了她，因为她比我好看。我母亲不是家贫养不起我们，她是太好心了，太大方了，自己儿女双全，就认为应该施舍。母亲活到八十岁，依然是这种心态。"或许是这个强有力的刺激，抑或是岁月的积淀到了，她曾以为四十岁以后就没东西可写了，其实却恰如尤瑟娜尔所言，有些书，不到四十岁不要去写。只有到了那个阶段，才会真正理解存在，理解人与人之间、时代与时代之间自然存在的界线，理解无限差别的个体。就像漫长的屏气凝思之后，终于在画布前找到了角度，下笔自然便通透了。这一次，她是预备以积聚许久的才华和能量，加上饱满的元气奋力一搏了。而小说也确实超越了所有她以往的作品，在作者自身的写作序列中有了标志性的意义。

个人的，历史的

如果按顺序梳理，小说的时间跨度了大半个世纪。解放前父母辈的发家，通过母亲的讲述跃入我们的眼帘，青阳城赫赫有名的艾家酱园的辉煌和李家的传奇暴富，在解放后随着财产以不同形式被收归国有而颓败。然后是一次又一次的运动中不可避免的衰落，父亲艾忠义数次被隔离审查，多年集邮的珍宝被抄，母亲李素清下乡学农，大人在孩童成长教育中缺席，姐弟们更多是互相拉扯着长大。与此相对的却是作为赤贫的表姨夫张根本的不断崛起，他敏锐地捕捉到了发迹的契机，“文革”掌权派的身份，使他由一个普通公安摇身一变为青阳城呼风唤雨的人物，其间虽然也短暂地经历过政治危机，但最终仍是这场运动的最大受益者。张家与艾家的不同境遇实际上成为当代史在某种程度上的缩影。伴随着文革的结束，思想解放，恢复高考，改革开放的旗帜悄然拉开。商品大潮的冲击日益猛烈，张根本果断地辞去公职携艾早南下打拼，再次成为把握住新的时代机遇的弄潮儿。陈清风因艾早的帮助成功脱身顺利出国，不久艾晚凭借访问学者的机会与陈展开一段异国情缘。直到新世纪来临，E时代新人类的时尚科技生活，提醒着艾晚岁月的无情流逝。在艾家姐弟的成长过程中，时代的足音从来没有停歇，个人的情感、命运的遭际始终是与时代的风云变幻紧密联系着的。然而，时代并未因此跃上前台当主角。时代是舞台上绝对在场却不会喧宾夺主的幕布。纵然那个时代的政权更迭、风云突变的事件是那么大，但个人的悲喜却也并不因此就显得渺小。从前人们对那个时代的表述，多少会演变成抽象空洞，口号标语，广场式、革命化的，然而在这部小说里，作者对此有着自觉的远离，即便是张根本那样身在旋涡中心的人物，也绝少提及他的政治生活，自始至终，作者流露的是对实实在在的、具体琐碎的日常生活的热情、专注和坚持。日常生活的涓涓细流不会被历史的滚滚洪流所吞噬，相反，它凭借着长期积淀的血缘、伦理、文化等因素悄无声息地延续着。政治运动偶尔带来恐惧和骚动，却不能消解千百年的传统因袭下来的“日子”。

关于作者的自觉，我们在黄蓓佳的访谈中亦能找到证据。她在采访中表示，她从来都不追求叙事的宏大，虽然这部作品背倚着一个宏大的时代。她喜欢避开大路，从边缘行走。边缘的风景总是独特和迷人的，它宁静，诡谲，有穿透力，读者们可以跟着她的小说，慢慢地徜徉，慢慢地欣赏。或许，这与女性最直接的感受有关。对女性来说，对细节的敏感要远远超过对时势的警觉，历史从细微处开始。因此女性对时代的反映，多从日常生活入手。它恰与那个时代惯常给我们的印象形成鲜明的对比。这不禁让人想起2007年另外几位女作家的长篇，王安忆的《启蒙时代》、池莉的《所以》、唐颖的《初夜》，主题侧重或有不同，却都不约而同地从日常生活出发，从个人化的角度面对历史，都有着女作家对那个时代的独特的体己的认知。即便是直接挑战革命、宏大叙事的《启蒙时代》，广场式的雄辩、演说也还是与大时代下上海市民的日常生活拧在一起的，当然它的野心更大，姿态更高，而黄蓓佳虽然也取了一个大题目，但显然平和得多，对日常生活的倚靠也更深。以个人化的细节展现历史恰是黄的长处。小说对生活的描摹细腻扎实，对人物的描写精到传神，显示了一个成熟作家的功力。

时间的深潭

几乎所有的小说都在追寻时间与历史。因此作家在小说叙事上如何处理时间的问题便成为关键。《所有的》借助叙述者艾晚跳跃的思绪频繁地穿梭于回忆与现实之间，更突出了时空交错、今昔对照之感。今天之所以区别于昨天，恰恰是因为昨天的感受依然深刻在我们心中，埋藏发酵。在时间的无情流逝中，一边是焦灼的现实，一边是温情的记忆，尽管我们知道现实的黯淡并非凭空而来，它正是由过往我们自己的每一步累积而成的，却仍是情不自禁地让思绪像钟摆一样摆荡在回忆与当下间，让记忆在一次又一次的重返现场中绵延下去，使未来的一切都成为回忆的延伸。显然这源自作者对时间敏锐而自觉的意识。这种有意为之的叙述形式，例如小说中屡屡提及的对时间深潭的俯视：

> 时间是一口深潭，站到潭边，低下头去，穿过漆黑的潭水，不要用你的眼睛，用脑子去看，用前额正中的第三只眼，时光之眼，直抵深处。①

> 时间真的是一口深潭，站到潭边，低下头去，穿过漆黑的潭水，我还能看见艾早小时候的样子……然而不知不觉间，我们老去，变成了我们也不知为什么就这样变成的样子。②

> 如果时间是深潭，那么我现在必须远远避开，以免不小心滑进去，跌入从前。③

这种俯视也益发突出了回忆与现实之间无法跨越的鸿沟。

① 《钟山》2007 年第 5 期，第 127 页。
② 《钟山》2007 年第 6 期，第 181 页。
③ 《钟山》2007 年第 6 期，第 186 页。

正如宇文所安在《追忆——中国古典文学中的往事再现》中所说的，“追忆者同被记忆者也有这样的鸿沟，回忆永远是向被回忆的东西靠近，时间在两者之间横有鸿沟”，在往事与当下之间，“回忆同样永远是从属、后起的。文学的力量就在于有这样的鸿沟和面纱存在，他们既让我们靠近，与此同时，又不让我们接近”①，因为，我们再也回不去了。它让人深刻地领悟到线性时间的意义所在。万事万物的盛衰开败之中，我们抵抗不过的唯有时间。因此，小说最迷人和华彩的部分都是对时间深潭的打捞。“我”拨开掩映在芜杂现实下的时间的深潭，纵身跃入，回溯往日的欢欣苦痛，旧时的一切，无论是喜是悲，都那么让人沉醉怀恋。即便是尴尬辛酸与痛楚，也都因为是从我们自己身上剥落的伤疤，于我们亲。每当叙述者沉入回忆探访从前，自会有一股清冽悠扬的气场，带着淡淡的感伤，如温柔的牧歌般，丝丝缕缕荡进她与读者的心坎里。艾家酱园的成长记忆，像清晨的朝露般清澈甘醇，“我”的父母，“我”和艾早，艾好与爱多，表姨父张根本，表姨李艳华，保姆胡妈一家，每个人物都那么亲切生动，作为读者的我们也仿佛此身同在般。然而，即便主人公们走得缓慢再缓慢，甚至停在原地一步不动，也仍是无法阻挡时光的前进，生命的聚散离合，他们终于老去。小说对时间的感怀，充满了古典的抒情的意味，时间深潭里的记忆愈重，愈是拒绝被遗忘。

青春、女性、成长

成长是这部内容丰富深广的小说的重头戏。在作者温婉沉

① 《追忆——中国古典文学中的往事再现》，［美］宇文所安著，郑学勤译，三联书店 2004 年 12 月第 1 版，第 2 页。

静的叙述下，艾家姐弟们在成长中所经历的幽幽岁月，如暗室中的底片般逐渐显影。小说不仅以日常生活写动荡时代，更以女性视角咂摸人生世相，显露出一种海纳百川的母性的光芒与气质。像是另有一个“我”脱身而出在旁观作为行动者的“我”，旁观那个时代中芸芸众生的摸爬滚打，起伏波折。那第一个“我”，便有了如同上帝般温柔慈悲的眼神，不管是犯了错的人，受了罪的人，还是造了孽的人，都被无限宽厚的善好之意所包容。

因为大人们的忙于运动或被运动，常规秩序的被打破，学校教育的突然中断，诸多因素在孩童教育与成长上的缺席，使得成长在文革年代中的艾家姐弟，对人生的认识更多不是来自大人而是靠自己摸索着前进。幺弟艾多因为母亲李素清在怀孕的时候深受父亲被审查的刺激，生下来便是重症脑瘫。矛盾终于在姐弟四人下乡看望学农的母亲后爆发，不堪重负的艾早突然有了丢弃艾多的念头，这是我们在成长路途上第一次遇到的重大困境，亦第一次将潜藏在人性深处的恐怖与黑暗直逼于我们目前。尽管我们仿佛听见了艾多凄厉绝望的笑声而害怕起来，捡回了艾多，艾多还是因为这次惊吓迅速走到了他生命的尽头。

少年天才的三弟艾好同样是个异数。从小就读书如同吃字，不仅仅有着对数字的敏感和超常的记忆力，对人生亦有着敏锐深刻的洞见，对《红楼梦》主题的理解让测试他的陈清风目瞪口呆神魂颠倒。然而日常生活中的艾好却连基本的自理能力都难具备。他的肉体和灵魂似乎从一生下来起便分离了。稚嫩的身体在巨大的脑袋的重压下慢慢变得像气球一样脆弱。如果没有陈清风的报道使他声名大噪，或许他还可以像个普通人一样平安终老。当他被选拔为少年大学生的那一刻起，便埋下了他悲剧命运的种子。善良脆弱的艾好最终印证了陈清风一闪而过的隐忧，在灵与肉的搏斗中被活生生撕裂，死在了精神病院。

每一个少年的成长路上都充满了艰辛，能够安然成年是多么不易。即便是成年了，前方又有多少劫难正等待着她。孪生姐妹的命运同样多舛。艾早外放、热烈、坚强、自信；艾晚则内向、细腻、胆小谨慎。艾早只要一发现自己有了念头，便充满了果敢的行动力，即便是流血受伤，亦敢作敢为；艾晚则喜欢让想法在心里生长，蹲在窗口张望着世界，外部的喧闹与熙攘于她并没有多大关系。姐妹二人性格和行动方式的差异，直接导致了两人在日后生活中走向了两个极端。作者通过对艾早、艾晚姐妹俩成长时光的回忆，向读者呈现了鲜明的女性成长经验，我们从中看到成长的欢乐和痛苦，爱情的迷狂和坚守，母性本能的强大与深邃，还有一切女性命中注定无法摆脱的种种情感，是如何幽灵般的主宰着女性一生的遭际。“我”作为艾早的妹妹，从小亦步亦趋地跟在艾早的身后，仰望、崇拜着艾早，因跟不上她的思路而懊恼与惭愧。姐妹的情深意厚让我下定决心“如果有一天需要在我和艾早之间死去一个，那就让我死。我愿意让自己坠入黑暗，而把艾早推向光明”①。然而人毕竟要长大，曾经说过“我习惯了有好东西跟她分享，她对我也是同样。我们之间没有欺骗和隐瞒”② 的艾晚，虽然清楚明了艾早对陈不求回报，不惜为之付出生命的、当作神灵般的爱，却还是在爱情上本能地选择了自私地欺骗了艾早，阻隔着她与陈清风的联系，而艾早自始至终的纯粹更显得“我”背叛的卑劣。最终，“我”用艾飞的出生长大间接杀死了艾早。“我”和艾早，无法分离的同根之爱，一根树枝上的两片相同的叶子，一片坠落了，另一片纵然活着，也终将在余生中痛彻心扉。小说对女性心理的把握细致入微，因为女性的直觉与敏感，更容易探入

---

① 《钟山》2007 年第 5 期，第 173 页。

② 《钟山》2007 年第 5 期，第 131 页。

幽深的人性底处。人物细微隐秘的内心体验，温情和感动，撕裂和疼痛，都纤毫毕现于敏锐的观察与描述中。风云变幻的时代，自然有漫长曲折的经过，说成故事不可谓不精彩，好的是小说除却跌宕起伏的故事，还有对人的心灵的凝视，平添一份女性叙述独有的耐人寻味的深挚。

错位的命运

“我”和艾早与陈清风的相遇，注定了三人纠缠数十年的情爱。在三人行最美好明媚的那段时光里，“我”是如此希望时光可以就这样停驻，三个人像相亲相爱地一家人一般永远在一起。然而随着陈清风、艾早的先后死去，世界唯剩“我”一个人孤独着沉湎往事舔噬伤口。

小说在末尾回首从前万般感慨时意识到，“我”、艾早、陈清风三个人的关系一直处在命运的错位和尴尬中。其实，这三个人的性格都有着矛盾、分裂的一面。陈清风外表本分毫不起眼，一副知足常乐的温厚面相，却散发着一种与现实脱节的气质，让人忘却凡俗，灵魂飞升。也正因为这点，要命地吸引着艾早、艾晚姐妹俩。始终梦想着行走的陈清风，看上去似乎应该喜欢艾早那样天南地北闯荡行走的女孩，事实却是“他灵魂的一半需要动荡，另一半却寻求安静。当他用意念行走了地球的许多地方之后，他盼望守着一个安静的女孩，在她身边休养生息。这样，他实际喜欢的是我，与他灵魂的另一半丝丝吻合的人”①。然而吊诡的是，他认识的“我”从来不是完整的“我”。无论对艾早与艾晚的认识陈清风都是片面的。艾早虽然冲劲十足浪迹天涯，却在内心深处渴望着一个安定温暖的家庭，

① 《钟山》2007 年第 6 期，第 186 页。

为此她可以毫不犹豫地停下脚步；“我”看似平和柔顺，安静沉稳，心里却总是不断地翻江倒海，涌动着强大的欲望。像总有一股蛮横的力量，要拉扯着“我”离开，让“我”躁动不已。这些恐怕陈清风永远无法得知。“我的假象欺骗了所有的人，也包括我自己。”① 或许，万事皆有运有命，是冥冥中注定的命运之手以我们无法预计亦无法改变的力量操控着我们，推搡着我们迈向不可知的前方。于是，似乎无论怎样努力，我们的人生总在错位中，无法扭转。无论时代还是人，都陷入一种迷雾般蒙昧不明的茫然中，互相擦身而过，失之交臂。其实何止这三个人，艾好拥有天才的智商却最终只能在精神病院中死去；同李艳华结婚的张根本原本是姐妹俩的表姨夫，后来先是成为“我”的养父，在李艳华死去后又成为艾早的丈夫；“我”的父亲母亲亦在那个动荡的时代中荒废了人生。太多的阴差阳错、事与愿违，让人窘迫难堪。我们想成为的人，和我们最终成为的人，往往截然不同。它正如作者的感叹：“生活就是一个投降的过程，一个鄙视自己、说服自己，把自己从顶端降到零点的过程，因为你如果不想被现实杀戮，就只能乖乖举手。”②

当然，人性的划分永远不可能泾渭分明，天堂地狱亦可以同时在一个人身上共存。就像书中另一个重要的人物张根本，他是草莽的、张扬的，充满侵略性和驾驭力的。艾家不喜欢张根本，却少不了张根本，尽管他侵占了艾家酱园的房产，利用权力实现了他的野心，但艾家也在特殊年代数次领受他的恩惠与帮助。每个人都是多面而复杂的。作者借人物之口说道：“人性是一团纠缠不清的乱麻，它们常常是一股股一丝丝地绞杀在

① 《钟山》2007 年第 6 期，第 207 页。

② 《钟山》2007 年第 5 期，第 160 页。

一起，你就是把手指头扒拉出血来，也无法理出一个清晰的头绪。”① 小说中的“我”、艾早、陈清风、张根本这四个主要人物代表了黄蓓佳对人性的基本认识和理解，以及对那一代人总体个性的描摹与思考。

黄蓓佳自言书名是完成了作品后才想出的，因为实在不知道用一个怎样的词语才能够涵盖整本书的意思。最终她用了一个虚词，借以囊括文中一切说不清道不明的痛苦与迷失，把整本书的筋骨、皮肉都拎起来，再妥帖地包裹住。所有的欢乐与哀伤，背叛与救赎，心底隐藏的秘密之花，漂泊他乡的无奈，无法掌控的变异……都一一呈现在我们面前，至此，小说完成了一个丰沛绵长的故事。同黄蓓佳以前的小说一样，《所有的》依然注重故事的好看和可读性，语言清丽抒情，叙述明白晓畅，而主题更为庞大，思考也更为沉实。总的说来，《所有的》有很好的材料，不免让人苛求这上好的材料能够做成更上乘的珍馐，而黄蓓佳是值得让我们如此期待与要求的。小说的不足之处在于，文气的几处断裂，仍显出了作者的力有不逮。首先是开篇设置的一个巨大而紧张的悬念，其动机却较难成立。艾早因精神崩溃寄情赌场，将千万身家输得所剩无几，原本就过于戏剧性。而作为精明商人混迹江湖多年的艾早与张根本，在做这场你情我愿的“谋杀”前竟没有仔细了解相关的法律和人身保险的规定，尤其是张根本还做过多年的公安局长，就这样以性命为玩笑做了一笔赔本买卖，似乎是有悖常理。艾早向死的决心便不像是情节的自然推动而更像作者的强硬安排。其次是小说最末艾晚与年轻男子李东的偷情，让人不以为然，似乎暗喻只有通过身体的交换才能够完成最终的自我救赎。其实在小说伊

---

① 《钟山》2007 年第 5 期，第 182 页。

始两人的艳遇就有些像是时尚情爱杂志中跑出来的情节，这一来又回到作者从前那些描写女性情爱的多少带有通俗言情色彩的路子上，至少它与整部小说所展现出的气度不甚相符。

为谁惆怅为谁颦

——朱天文与长篇《巫言》

朱天文多年未有新作，用她的话讲，内部的东西够了，自然就会写，不够的话，很难吧。1994 年勇夺第一届“时报文学百万小说奖”的《荒人手记》，是她对三十岁以前人生的盘整，也是她自言终于可以长舒一口气走出张爱玲的阴影和对胡兰成的悲愿。这次熔炼“张腔胡说”的奢靡实践，一度把自己淘空，而也因为《荒人》创造了一种强烈到极致的风格，之后，评论者不免担忧她从此格局已定难创新貌。果然，她一沉寂，就是十年。《巫言》的写作断断续续，批阅八载，让读者每每等得心焦，而千呼万唤始出来，果然还是她别具一格的文字与情思。

《巫言》的写作并不顺遂，几番尝试的《往星去》《瓦解的时间》《谋杀与创作之时》等开头均被废弃。① 朱天文花了很长时间，才找到目前这种写法，能够将她所有的想法容纳，并自由出入。因她目前仍无法用单一的一种叙述观点和叙述腔调，来完成一部长篇，便采取了一条线索为巫者其人其事其生活，一条线索为巫者之言，即她写的小说，二者始终呈平行线交织。②

同一般的长篇不同，朱天文并不注重故事情节或有意呈现

---

① 舞鹤《和朱天文谈〈巫言〉》，《书城》2004 年第 5 期。

② 同上。

故事情节。这次更是一直在做削去法，“一毫毫，一寸寸的减。减之又减”。拒绝虚构，不断削减传统所认知的故事情节，减约虚构至极限。而另一方面，小说将个人生活家人家事巨细无遗地曝晒在万千目光下，小说中出现的诸人物，叙述人“我”、前社长、老板、约书亚党魁、李摩西、阿舍先生、假装结婚的妹妹、写字的鬣蜥可分别对应至作者、父亲朱西宁、导演侯孝贤、陈水扁、李登辉、连战、朱天心、谢材俊（笔名唐诺），对熟悉朱天文和关注台湾的读者来说当属毫不费力。或许这根本可以当作她的自传体读？是本很好的按图索骥档案。因小说可以觅出太多作者的影子，更像是她对自身写作及人生理念的一个剖白。使得长长一卷《巫言》，也像是她初在《自由时报》副刊发表时名为《釉下蓝》，小说出版时改名为《不结伴的旅行者(3)》一节中说的，是一“告解文”。《巫言》一出，再度引发了台湾学界关于小说文体的争论。究竟什么是小说？小说有多少种写法？我想，朱天文是不甘于小说家只是做个小说家，反复雕琢小记忆，她立志写大书，把这个世界的纷纷乱象和对它的批判思考都包容进其文字里。于是小说不仅是她自我存在的理由，亦是她向这个世界发言，与这个世界对抗的最有力的方式。

其实，《巫言》这样的写法并不算多大胆实验，或许，只因为她是朱天文，评论才轰轰烈烈。笔者倒更认同黄锦树担忧的“危险”：“这样的书写策略，会导致贴近自身的存在被聚焦、裸露，经验性的细节，家族，甚至作者的政治立场，在有限的陌生化下必然无所遁形。这种坦然，在台湾目前的政治文化环境下，当然是太不够世故了。”① 不过，朱天文何曾世故？尽管她从一开始就想效法“菩萨低眉”，垂下眼帘看不见——作者认为

① 黄锦树《直到自己也成为路径——评〈巫言〉》，《联合报》2008年3月2日。

菩萨不看是自保，是慎始，一旦预备接纳和付出，就要担起十分的责任，因此不看，一是不忍看，二也是没有能力看——却还是越过了重重帘幕，看到纷纷扰扰世间种种。若非因这对人世眷恋、对万物执念的最后一口气，小说又何从展开？

一、时间，与死亡

其实，从作者还是《淡江记》的少年芳华时，对时间，就有着超越年龄的敏锐。一方面，敏感的人是那样心惊与痛惜时间的流逝，最极端莫过于我下一秒踏进的河流，已永不可能是上一秒我曾经踏入的河流，然而另一方面，又没有别的办法，惟有时间才能抚平一切伤痛。《世纪末的华丽》之前，朱天文写的是成长小说，那时，成长尚是希望是药方，觉得童年少年青年既苦且长的主人公们盼望着快快长大，着新衣变新人跳入一番新天地，而到《世》写出了“年纪”后，朱天文对时间，又是另一番沧海桑田后的领悟。青春不再是万能的救赎之道，或者即使是，也只属于尚有无限犯错再重来的机会因此不管不顾一径挥霍的小儿女，此后的朱天文要寻求更深沉，更具理性支撑更富哲学精神的信仰，她找到了，卡尔维诺。

这还得从时间的快，与慢说起。

在爱因斯坦开辟鸿蒙的相对论里，时间亦是相对的。在重力的影响下，时间会变快，或变慢。快，是被称作路上飞行器的F1“速快到马路两边都毛卷起来变成一条隧道。前一秒，无尽远有目标物呈黑点出现，下一秒，已擦身飞过目标物。”①

慢，是时间穿越捷运隧道时，磁场丕变。“隧道里，乘客都自动停止交谈，小声呼吸，微微觉得耳鸣，黯夜般的隧道内，

① 朱天文《巫言》，印刻出版有限公司，2008年2月，第109页。

车厢窗玻璃变成了镜子，你们的身影幢幢落在四壁钟里，没有窗外的景物做定点标识，很容易失去速度感，于是你们像飘浮在大气中，更像摆荡往冥府的渡船……于是时间丕变，空间换轨。”

“穿过隧道出来，温度骤凉，天际下屋顶浸着温温的深色，行人皆撑伞，柏油马路亮晶晶。时间，慢了下来。”①

“时间到这里，只得，没办法的只得，慢了下来。”第二章《巫时》在一开篇就向我们展示了一口现代社会才会有此突发奇想的“长远现在钟”，千禧年壮举。作家兼发明家布蓝德，在山头建造了一只八十尺高大钟，交由世界最慢最慢的电脑控制，它并非每小时响一次钟，它世纪响一次。不是每秒滴答一声，是每年。作者借发明者道出“此钟乃一贴解毒剂，解除我们对当下，对现在的耽溺。”②

因为大部分人们，现代人，都是快的，急吼吼的，紧赶慢赶的。作者认为快是“中产阶级坏品味，树小墙新，庸庸无文物”③，快是十数年来台湾社会四周铺天盖地而来的赝品化、商业化、综艺化、虚拟化、世俗化。在所有人都铆足劲向前冲争夺人生百米跑的好位次时，只有她，形同白垩纪残存下来的恐龙般，慢了下来。这里朱天文仍然在讲老灵魂，只是主角由姐姐变阿姨直到伯母，时光的洗练让朱天文的讲述更炉火纯青。伯母在现代标准的清理下只能归入摩登原始人，她和她的亲人们的生存能力俨然等同于低等生物的水平。E 时代，坚守着传统习性不肯进化的原始人变得步履维艰。她是多么希望时间，这个世代做什么都要争分夺秒的时间，还能拥有自然的本性，

---

① 朱天文《巫言》，印刻出版有限公司，2008 年 2 月，第 87 页。

② 同上，第 85 页。

③ 同上，第 10 页。

能直接承继千年前庄子的逍遥。时间能够滞留在院子那两棵蔽天大桂花树里，迷路的它也会为芳香所惑，忘记前行。但真实的情状是，现代时空对人的惘惘的威胁，使家和街的距离，变得道阻且长，现代人和原始人去行走，可以是十五分钟和三百万年的差别。

那么，不想要快的人们，在这个无比焦虑的世界，如何选择慢？

“策略很多，卡尔维诺的不失为一种。快与慢，相对于快，推迟时间的流程，他提出离题。”“我选择离题。拖延结局，不断的离题，繁衍出我们自己的时间，回避一切一切，一切的尽头。”①

两点之间的距离，直线最短。小学即学过的数学，曾被当作公式般背诵。然而，当时的我们不知在将来的更为漫长的人生里，我们学习的更多的，却是怎样偏离这条直线，偏离，才能延长此距离；才能游走在歧路交叉的花园里逃避时间，亦即是逃避消失逃避死亡，逃避线性时间里任何不得不到来的最终回。

“假如这些偏离变得复杂、纠结、迂回，以至于隐藏了偏离本身的轨迹，谁知道呢，也许死神就找不到我们，也许时间就会迷路，而我们就可以继续隐藏在我们不断变换的匿逃里。”②

这本小说，卡尔维诺的影响甚大，几乎为立论立文之基。时间，以及时间终点的死亡，可以说是文学创作的永恒主题和背景，于是，写小说也就成了和死神抢时间，同死亡斗争，文字的流传在这里就有了更大意义的神圣的寄托，留下了永恒的字句，至少，是和死亡打了个平手。“离题”，成为这本小说有意为之的写法。主人公不断流连在繁杂的细节中，琐碎的生活

① 朱天文《巫言》，印刻出版有限公司，2008年2月，第89页。

② 同上，第89页。

中，拉拉杂杂的叙述中，考据癖似的展示中，像迷失在歧路丛生的花园，在美景中流连忘返，早已忘了来时的路，此身何身，此世何世。“就好像走在威尼斯圣马克广场周围的街道，每一条都想走，每走进去就是看不完的风景，回望来时路，也是。你以为走的远了，但一出来，又是圣马可。当你沉浸其中，被所有细节着迷，如工匠般埋首其中，不知老之将至，直到死神降临……这也是一种应对死亡的方法。”①

小说不断地离题，除了打乱、舍弃线性时间，解决线性时间带来的由盛而衰，对抗时间与死亡，也是为了更大的自由和真实。生活素材如何变成创作，朱天文自言在第一章就已解决。然后，就是不断地岔题，一个离题接又一个离题，越来越离开主线，错综复杂，不知到哪里去。作者喜欢停留在每一处叙事的岔路口，开出绚丽的花朵，于是在叙述者的不停转换中，一枝花繁衍生出千百朵花，最终她呈现的，与她脑海中想象的，合二为一。

二、物之情迷

不停地延宕和离题，既是这部小说的形式，也是这部小说的内容。而如何离题？朱天文选择在细节的不断膨胀衍生中，让其义自现。对细节的不断流连，将其放大，细细描摹逡巡，以挽住时间的巨轮，延宕时间，让时间在看似漫无目的实则精心为之地游弋中，慢下来。

一方面是享受细节，“我就是喜欢细节，在细节里头我感觉到此时此刻我活，所以我就专注写此时此刻所看到的”。② 对所

① 蒋慧仙、邹欣宁《降生土星的巫人》，《诚品好读》，2008 年 4 月。

② 潘诗韵《和朱天文谈〈巫言〉》，《书城》2004 年第 5 期。

有细节的高度喜悦，流连忘返，记忆与迷恋，似乎这是所有女性的天赋。而朱天文对现实的热情，对物的高度重视，每每流露出一种物的情迷。因着人的目光的注视和记念，物不再是冰冷的对象而有了生命和神性，朱天文实在是万物有灵论的。“逐物迷己，好像活在一个泛灵的世界里，连塑胶都有灵。”①

像照相术一般的，对细节的大量展示，让我们乍眼看去，除了细节，还是细节。她的确印证了自己是在“拆生命的房子，补小说的房子”。拥有强大知识结构的朱天文，就像博尔赫斯笔下的“强记者傅涅斯”，以六经皆我注脚的“书斋式”“博物志”书写，拿捏世相的精细博大。对观者而言，有的细节是罗列，永远在一个平面上进行，有的则是层进。朱天文显然是后者，她在哲学层面的思考始终凭借着一笔笔感性与形象的展示而完成。对那些令人目眩的都市感觉的精准描绘，使满篇尽是华彩。朱天文保持着一个先锋者的精神态度，原画复现了这个光怪陆离的世界。若是真把这些连环套式的细节去掉，小说本身也就不存在了，只有在对这些细节点点滴滴不厌其烦的复述中，原始人面对 E 时代百般惶惑焦虑自嘲的情绪才能那么自然真切地流淌出来。

那么，是否要如此铺陈到几近浪费呢？信息量大到一般读者难以招架。读者或许也有当时评委姚一苇对《荒人手记》的牢骚，“想到哪里写到哪里，没有结构，也没有思想的线索，时间是错乱的，空间亦如此”，“作者所知事物非常庞杂，在小说中已经流于‘卖弄’”②。然而我们若读过《世纪末的华丽》，当还记得模特儿米亚提炼香水的过程，写作对朱天文来说，也是“每一次都像在提炼香水，得要拼命消化高达数吨的保加利亚玫

① 舞鹤《和朱天文谈〈巫言〉》，《书城》2004 年第 5 期。

② 速惠昭《朱天文华彩〈巫言〉》，《新京报》2008 年 3 月 21 日。

瑰花，才可能获得珍贵的几盎司”。如此萃取，怎不需要那许多浩浩泱泱的材料？

朱天文小说的这种写法，实在是图书馆式的，大百科全书式的，知识分子式的。六经注我，靠着她敏感自由的思维和想象力，生活里相关不相关的都可以转化成小说。这种写法自《世纪末的华丽》就有，到《荒人手记》运用得直似疯魔，虽然华彩绚烂，却也有堆衍知识的危险。尽管朱天文有意识地反省了《荒人手记》的密度太高，在《巫言》里有所收敛、平和，但她的“考据癖”和“恋物癖”，还是会时不时钻出来，把小说当作文明论在写。釉下蓝的烧制法、小熊项链、欧舒丹化妆品、F1 一级方程式赛车、锐舞、浩室、硬蕊、侦探小说、李维牛仔裤设计史、细胞转型、伏特加……各有边界有用无用的庞杂知识，只要是触动她细微感觉的每一点滴，她都能招魂似的遥遥呼唤一声，古今中西，信手拈来。各种指涉殊途同归，由具象而抽象，抽象成一种意识，一种格调，一种眼界，一种观点，一种朱天文对这世界的烛照和体察方式。即便不抽象，在这些林林总总的展示中，也可以自陈心事，这多少印证了侯孝贤导演那句话，深度在哪里？深度就藏在表面。或者是卡尔维诺在《给下一轮太平盛世的备忘录》中的总结陈词：“我们是谁？我们每一个人，岂不都是由经验、信息、我们读过的书籍、想象出来的事物组合而成的吗？否则又是什么呢？每个生命都是一部百科全书、一座图书馆、一张物品清单、一系列的文体，每件事皆可不断更替交换，并依照各种想象得到的方式加以重组。”

多年来朱天文一直保持广泛的阅读，对世界的好奇，对知识的探究几近贪婪。“每个行业的来龙去脉我都好喜欢看。他们各有森严的伦理法则，好像日本做豆腐的，里头的奥秘之多……

我简直好奇得不得了”①，“镜中人哪，我是伯母，我是恐龙。我是威尼斯圣拉札洛岛修院僧侣，寸步不离自己的一隅，而妄想探求世界最偏远角落的知识”②。新人类与新事物泉涌而出，纵使作家奋力搜罗信息擦亮敏感度，仍时常感到马尔克斯所说的“世界还太新，还没有名字，你要用手去指”。朱天文是认同汉赋的“堆砌”的，那也是由于一个新的天下刚打出来，一切尚没有被赋形被命名，因此光是马，就有那么多名称，你必须给每一样东西一个名字，而对朱天文来说，写作的最大喜悦，即是命名。

然而，记忆越多，细节越多，这些越来越沉重的背负，亦使她困扰。恐怕也因为如此，她才不得不告诫自己要低垂眼帘不去看。格物的极致，就像博尔赫斯笔下的那个强记者傅涅斯吧。他从马上摔下来后，醒来时，眼前的一切突然显得既庞杂又鲜明，强烈到他承受不了，连最遥远、最琐碎的记忆也是。正常的人们平常大概可以看见一张桌子上的三个杯子，傅涅斯却可以看见一株葡萄树藤上所有的叶子、卷须和葡萄。他记得某年某月某日破晓时分南方天空云朵的形状，且这些云朵马上能跟他仅看过一次的某本皮革封面的纹路比较，跟某次战役里一只船桨在某条河流划起的线条比较。他是世上唯一澄明的观察者，能够在瞬间观察到一个形式繁杂却又精密度极高的世界，但是他同时又几乎丧失了一般性抽象思考的能力，无法将每一个千差万别的具象提炼为抽象。他会困惑不解于概括性的符号狗字，是代表那么多大小形状不同的狗。三点九分从侧面听见的狗，三点十分从前面所见的狗，两者名称竟然相同。在傅涅斯过分丰饶又自相残杀的世界里，除了细节和紧密相连接的局

① 蒋慧仙、邹欣宁《降生土星的巫人》，《诚品好读》，2008年4月。

② 朱天文《巫言》，印刻出版有限公司，2008年2月，第91页。

部细节以外，别无他物。除了福涅斯，朱天文亦常常感到自己像是马尔克斯在《百年孤独》里写到的那个拖着大吸铁的上校，所到之处，所有的破铜烂铁都被吸到自己身上。因此，在这部小说中，朱天文塑造了一个把生活中的所有细节无论好坏都拖在身上寸步难行快无法承受的叙述者“我”，同时也是小说家“巫”，她想看看如此困顿的一个创作者，写出来的小说又会是如何？

三、站在左边的巫

《巫言》站在了小说的最边缘，朱天文亦自觉选择了站在社会的最边缘，最左边。“左边，指的是非社会化，在同一光谱的右边是社会化，而‘巫’就是站在最‘左边’的边界，越过了，就会变疯子，无法对话，无可言说；站在‘巫’的那边看社会化，看当代，很多习以为常的事情，却觉得格格不入。”①

站在左边，这是不愿社会化，不愿随日渐乌糟混浊的社会综艺化、庸俗化、肤浅化，同时又不愿封闭自我绝世弃尘，对新世代新人类新资讯抱持着好奇关心目光的朱天文，所做出的最好选择。

“世界并不与我们共同老去，它会继续翻新，会有更多拥有大量青春可挥洒的新人冒出来。”② 早在《红玫瑰呼叫你》《尼罗河的女儿》里，朱天文对新世代新人类就产生了浓厚的兴趣，《巫言》中的《E 界》《萤光妹》《e－mail & V8》等章节，同样

---

① 潘诗韵《天地再宽尽皆此台北专访朱天文》，《明报》2008 年 7 月 22 日。

② 詹宏志《一种老去的声音——评〈世纪末的华丽〉》，《炎夏之都》，上海文艺出版社，2001 年 1 月，第 278 页。

以年轻人为主题，素材来自电影《千禧曼波》拍摄过程中的接触。新人类一方面携着茫然不自知的颓靡的世纪末情绪，一方面又是非常新鲜锐气充满锋芒的，对他们朱天文怀抱热情试着理解，在新和旧的碰撞中，擦出火花。

就似时光的又一次跳轨交错，恐龙伯母的旁观视角突然跳入 E 人类的主观视角，从《巫时》里不合潮流的古典沧桑渡到《E 界》里弄潮儿的青春百般张扬，前者拒绝、反抗的“快”正是后者日日执迷的。若将《巫时》看作 F1 比赛中不得不慢的暖胎圈，《E 界》便是正式发车时五灯全熄的那一刹，行文的节奏瞬间加快如离弦之箭般，或者借用在场的新人类的语言，是有了飞行器的速度。新人类追求极速带来的快感，磕药带来的幻觉，锐舞带来的发泄，夸张、极速的外表下其实是心灵的空虚和失速，才会选择诸多外力的强刺激填充生活。《E 界》描述了在高科技的改造下，空间不断压缩、变形。不同时空下的人们得以齐聚同一平面（分布在世界各地的人通过手机短信同时谈论一场赛事），这是高科技带来的便利，但同时，这种谈论又是无法深入心灵的，人物渐次退化为一些表情符号，语言更为跳脱，显示了 E 人类狂躁焦虑的生活状态。因此，车狂崔哈才会在劲爆的喧闹后恍若身处世界尽头备感荒凉而顿悟，但他的忏悔只是一瞬，一旦被手机铃声惊醒后，生活又回至急吼吼的常态。曾经卡夫卡的小说向我们展示了大工业时代现代性对人的异化，朱天文继而为之，向读者揭示了进入 E 时代后人的再度被扭曲，高科技堆砌起的荒原，是比艾略特当年所见更为冰冷绝望的废墟，矛头直指现代时空对人的控制，使人成为“非人”，显示了她对人类情感和生存状态的终极关怀。

尽管站在一个冷眼静观俗世烟火的角度，尽管这世愈来愈多的纷纷乱象让她不停退，一再退守至社会化的最左边，朱天文始终是入世的，“是的，我永远迷恋现世。为了把迷恋整理出一个头绪，所以我写小说”①。朱天文毕竟没有张爱玲的冷冽决绝，她对这人世还有那么多牵挂关怀，对后现代台湾社会的种种变异的心灵状态，还有那么多发自内心的诉说。

另一方面，朱天文站在入世的最左边，早早就显示了她的巫性。《世纪末的华丽》里对色、香有着敏感精微认识的米亚以感官为巫，通过感觉尤其是嗅觉来与世界对话，《巫言》里朱天文以身投炉，文字炼金，如补天女娲般涂抹建立起一个世界。由此看来，整部《巫言》，都像是一个仪式一桩祭奠，一部招魂之书。是为已故的老父招魂，亦是为日渐湮没的文字招魂。压着墨色“花”字的书桌，即是巫的祭坛，巫界的入口。

《巫言》是朱天文第一次直面内心，正面详述点滴记录老爹抗癌直至病逝的过程。老爹庞然大物的轰倒深深震痛了她，让她欲一次次扬起文字的招魂幡，抱着圆周轨道逆转，重回一切破坏尚未来临之前的现场，追随父亲最后的笔迹与身影。有时间，就有生老病死，时间之不可追溯，生命之无法重来，任何人，都别无他法。但是书写，却能够顶住遗忘。“时间是不可逆的，生命是不可逆的，然则书写的时候，一切不可逆者皆可逆。”②

父亲的形象，是《巫事》里最情真意切的感人部分，而整部《巫言》里，亦可将对老父的怀念看作一个核心。小说有四节列举“不结伴的旅行者”，共通处，皆孤独。死亡的经验任何他人都无法分享分担，即使是挚爱至亲。小说几次叙述了老爹在等待死神前来的那截时光里不停地看手表，看手表成了一个极大的隐喻，成了海明威说的“每个生命结局都一样，只是从

① 毛尖《关于〈巫言〉与朱天文对话》，《东方早报》2008 年 9 月 22 日。

② 朱天文《荒人手记》，山东画报出版社，2009 年 5 月，第 209 页。

如何生如何死的细节中，我们才能有所区别”的最后注脚。作者将一个人的内心开掘到如此深，于众人面前呈现一条隧道，她领我们走到生命无计可回避的孤绝。“没有亮，没有暗。那时，放下眼帘，目光低垂，死神一袭长袍如曳着沉香木浓浓的绿荫行过大地，所经之处不见生灵，无有兴灭。那时，好寂寞。”终究，我们每个人都是人生路上不结伴的旅行者。没有人，只有你自己，孑然一身，度过那最艰难最坎坷的跋涉旅途。

文字，巫最重要的工具技艺。就像是创作者拥有的魔法，凡手指触及的，都能用文字唤出人与物的不平凡的灵魂。小说中的叙述者“我”，固然是个著书立说的文字女巫，而作为“前社长”“老爹”的父亲，才是《魔戒》里那个白衣飘飘的甘道夫长老，最拥有神力令人尊敬的巫。“只要父亲在写东西，朱家小孩就有共识，要压低声量玩耍，不能吵到父亲。”①家风所致，朱天文从小就觉得写作是一件很重要且神圣的事，文字不仅在过去的历史里开创了文明，延续了文明，将来亦要靠它重建文明。

整部小说从第一章垃圾分类的法则和珍惜字纸的宣告，到最末一章文字在熊熊大火的焚烧中灰飞烟灭，由字始，由字终，字的湮灭清理，字的淬炼永生，首尾呼应，令人感慨万千。“字后来当然是世俗化并且一路贬值到今天”②，最后在废纸回收场，主人公面对浩大的垃圾山，在空中倾掷漫天纸张的大怪手无限感伤，这是文字手工业最终的命运吗？最最谨严庄重的老一辈工匠、手艺人，携带着他们珍重的技艺眠于地下，而这些愈来越稀少的古老传统会在日渐世俗的未来被汰出吗？

幸而对文字，朱天文有着一贯来的坚定信念，写作在她，是确立自身的位置，有如孙行者含了定风珠再大的旋流风浪都

① 《文讯》2007年5月，总第271期。

② 朱天文《巫言》，印刻出版有限公司，2008年2月，第19页。

屹立不倒，是用血肉之躯抵抗时间和所有流逝，抵抗日益鄙俗浅薄的文化以及举世而来的焦虑，挽留在现实的进攻下已不断失去阵地的信念体系。也因此，作者留给我们一个辩证的希望。

“只有会被火烧毁但存留的，是的自火中救出的，才能让人学习到某种必要性，某种可能永远失去无法取代之物的必要性吗？神圣之书。”①

四、结语

从朱天文目前已有的两部长篇来看，写作长篇对她来说并非易事。《荒人手记》的汪洋恣肆有些像是神秘的艺术体验，只怕连创作者都很难寻回当时的感觉，最精微的书写瞬间，从来都是和人生一样，不可重来。《荒》的写法亦有些像是李斯特式的高难度炫技，固然看得人目眩神迷，若无深厚积累却也是易失控的。而朱天文本身极重炼字的文风，常常一字“拈断数根须”的劲头，用写诗的方法写小说，意象的密集每每使她的语言含量有超重之感，使得文本好像最华贵精密的织锦。她又喜欢越改越干净，越往艺术的境界去而过度森严，失之枯涩或疏冷。太干净、紧张的美学要求，对长篇来说会不够松弛。当然，她的用词方式、节奏把握，与她所要展示的都市乱象是同步契合的，因此并无不和谐。事实也证明，用现代式的语言，才能恰如其分地反映出现代人的生态。

阿城称朱天文的小说为“李贺写诗”，在微言她下手太密的同时，一定也深知这种“郊寒岛瘦”式写法的苦。它不仅需要读者耐烦的阅读，更需要作者不断为自己设置写作的障碍和难度，与不断流逝的时光角力，与外部空间的不断压迫对抗，与

① 朱天文《巫言》，印刻出版有限公司，2008 年 2 月，第 322 页。

内心始终坚守的立场对话。因此这次，朱天文决定以“松绑的姿态”写《巫言》，语言风格相对平和、日常、轻松，如果说她以前的文字是有一些“洁癖”的话，《巫言》的尺度就宽了许多。一些以前在她是不可想象的东西，例如新闻体、娱乐八卦，现在也进来了。不过，朱天文还是朱天文，字里行间都散发着她独特的气息。

朱天文广博的知识和深厚的功底使得她的学养系谱里，有福柯、列维斯特劳斯、卡尔维诺、本雅明、博尔赫斯、马尔克斯……不胜枚举。但最内部她最看重的，也是她为文风格理念形成最大推手的，是她尊称为胡爷的胡兰成。1975 年到 1981 年，胡兰成与朱氏家族相交直到他在日本去世，总共七年多。朱天文自言她后来的创作，其实都是在“咀嚼、吞吐、反复涂写这个前身”。她也确实是胡派弟子里的出类拔萃者。胡兰成去世时留下未竟之作《女人论》，使得当时二十五岁的朱天文发了一个著名的誓：“总有一天，不管用什么样的方式，我要把《女人论》续完。”这个心愿花了她二十余年的时间。“我没想到，因为这个念头写出了《世纪末的华丽》，看起来毫无关系。后来又写了《荒人手记》，看起来更是毫无关系，可是写完后，我跟天心讲，我当年对胡老师的悲愿已了。结果，又写了《巫言》，用三本书来把他的《女人论》续完。”① 朱天文这几部无论在个人创作史，还是当代文学史上都非常重要的作品，都源自精神导师胡兰成的影响。“女子关系天下计，丈夫今为日神师。”而终究，“以后天下是要你们女子去为主”② 的。《巫言》以巫命

---

① 郑廷鑫《朱天文　写小说才是我的本职》，《南方人物周刊》130 期，2008 年 10 月。

② 胡兰成语，见朱天文《花忆前身·神话解谜之书》，《花忆前身》，麦田出版社，2002 年 7 月。

名，以此言志，显出了“作主天下”的大野心大志向，只是还未匹配出更大的气象。对巫的生发，架势很大，后劲不足，最终仍是落了言筌，坐实亦坐小了。读者多么期待能看到的是，更自由深沉的，在大破坏的同时亦大建立的，一派巫言。

物质丰饶，人心荒芜

——叶弥笔下的寓言世界

叶弥原名周洁，上世纪六十年代出生在苏州这个充满诗情画意的城市。江南文化孕育了这片土地上的人们，陆文夫、苏童、范小青、荆歌、叶弥、朱文颖、戴来、巴桥、燕华君、陶文瑜等苏州出生的作家们前赴后继，屡创佳作，自新时期以来便成为一道亮丽的文化风景线为人所称道。而叶弥即便放在这群充满个性的人当中，也是特别的。她的出道比一般作家要晚，在结婚生子完成了人生的诸件大事后，等到而立之年才开始潜心创作。1994 年她以曾给林彪烧过饭的亲戚为原型写成一部三千字的习作《名厨》在《苏州杂志》上发表，多年累积的生活感受也从那时“饱和到一触即发”。1997 年《钟山》杂志发表了她的中篇处女作《成长如蜕》，小说通过主人公“弟弟”在计划经济向市场经济转型的历史背景下艰难的成长与蜕变的人生历程，反映了社会转型期以来时代和精神的变迁，呈现了复杂而厚重的思想内涵。作者将“弟弟”这个人物塑造得生动饱满成为一个时代的缩影和一代人的精神肖像，也为当代文学画廊增添了一类新的典型形象。小说发表后被《小说选刊》《新华文摘》纷纷转载，并获得 1997 年度全国最佳小说奖。其后，叶弥陆续创作了《现在》《无处躲藏》《明月寺》《猛虎》《小女人》《小男人》等中短篇，长篇《美哉少年》，出版有小说集《成长如蜕》《去吧，变成紫色》《钱币的正反两面》《粉红手册》《天鹅绒》《市民们》。

《成长如蜕》受到文学界的关注与好评，使叶弥甫一登场就站在了文学创作的高起点上。然而十多年来，她的作品数量并不算多。叶弥小说写得慢，在这个浮躁匆忙的社会是个异数。在我看来这更需要强大的内心，自觉与潮流保持距离。也因此，在她完成的作品中，无论长中短篇，表现都可圈可点。叶弥尤其擅写短篇，深谙短篇的能力与旨趣，在有限的空间内挥洒她的智慧和才情。阅读这些充满灵性的文本，是一件愉快的事，然而如何评价叶弥却又常令评论家伤脑筋。与她同期的“新生代”“美女写作”等时髦标签都不适合她，她与纯粹的知青作家、农村或城市出生的作家也都有那么一点不同。她在六岁时和父母一起下放到苏北农村，在文化大革命中度过了八年重要的成长时光。城乡转换的背景、乡村生活的经历和特殊时代的记忆无疑对她的创作产生了深远的影响，形成了她视野的开阔和文化接受的多元。作为一个女作家，她当然也有对女性内心精神世界的开掘如《小女人》等，两性、家庭关系惊心动魄的描述如《猛虎》等作品，但她并不标榜或强调自身的性别意识，而将笔触伸至大千世界的三教九流，人生百态。相对来说，她更关注社会下层人群和小人物的命运。懵懂少年、下岗女工、赌徒、骗子、地痞、流氓、农妇、流浪汉等，都曾是她笔下的主人公。通过对这些人物生存境遇的书写，表达了她对人类生存困境的审视，对历史和时代的叩问，对极权的质疑与批判，对成长中的异化和灵魂寻求救赎的反思。在这些题材宽泛甚至显得有些驳杂的作品中，叶弥展现了她独特的艺术风格。她时而是冷酷的现实主义者，时而是温暖的理想主义者，时而悲观，时而乐观，时而尖锐锋利，时而温情脉脉，时而不动声色冷静地叙述，时而忍不住跳出来热切地议论。在她身上，兼有女性的敏感纤细和大丈夫的豪情壮志，以及苏北乡土的爽利硬朗和江南小城的潮湿温润，这些看似矛盾却在她笔下得到有机统一的气质，令她的小说呈现出一种复杂融会的风貌。

这篇《你的世界之外》是叶弥近年来以“白菊湾花码头镇”为故事发生地创作的系列小说之一，已发表的还有《桃花渡》（《人民文学》2009 年 4 期）、《花码头一夜风雪》（《人民文学》2009 年 10 期）、《另类报告》（《人民文学》2010 年 2 期）、《黑夜黑夜跑起来》（《上海文学》2009 年 8 期）、《香炉山》（《收获》2010 年 2 期）、《拈花桥》（《钟山》2010 年 3 期）等。这些小说或讲述“我”这个从城市搬来的独身女人在镇子上的所见所闻、情感与生活，或叙写这个镇子上的人们的历史传说、现实人生，或曲折迷离，或神秘怪诞，带着江南水乡如梦似幻的氤氲和缥缈，叶弥凭一己之力从各个面向构建起她的寓言世界。

《桃花渡》书写了“我”搬去花码头镇的因由，对生活了多年的城市感到厌倦而欲寻找远离灯红酒绿尘世喧嚣的一方净土。在花码头，有一个废弃不用的老渡口，叫桃花渡。那里有美得惊人不像是人间景致的云烟渺渺、波涛起伏，有令人喜悦而惊奇的一望无际的翠绿秧田和在其中悠然觅食的白鹭，然而作者同样敏感地意识到，即便是这样一个拥有美丽与宁静的自然的地方，世界也正在迅速地改变。在《花码头一夜风雪》里花镇长家因为看不起张家又穷又迂而痛打张小虎，强迫花亚堕胎拆散这对苦命鸳鸯，《香炉山》中“我”在月色姣好的夜里迷路后向当地人敲门求助却因没有带钱和手机而被充满戒备的冷漠拒绝，《拈花桥》写到过分的建设与扩张对自然的破坏，农药使用过多，良田变成道路和房屋，沼泽即将被用作厂区建设，原本悠闲自在的豆娘、萤火虫、白鹭等动物们的生存空间被不断挤压，《另类报告》更是以极端暴虐的“灭鬼”行动展现了人类对异己的排斥和被欲望吞噬后的疯狂。这片土地空有“桃花”之名却不是作者梦想与期待中的那个桃花源。从这些小说中，我们看到叶弥对记忆中未被污染与破坏的乡土的眷恋，对物欲膨胀金钱至上的时代追求的失望，对日益被侵蚀的美好的人性人情的伤怀。如果说前几篇还都是在一个戏剧性的故事当中点染数笔，到《你的世界之外》则是着力描绘了这一主题。

小说借萤神化身的打工妹潘冬梅之口尖锐犀利地谴责了物质利益驱使下人们道德与灵魂的堕落，以及这种堕落对自然生态和人心的毁坏：丧夫的赵大梅被邻居欺负，胖女人冬瓜咒孤老太早死，孤老太生前被欺侮身后又被无良亲戚利用；镇上的菜场里有人用漂白粉浸茭白用工业腐蚀剂洗鲜藕，菜场边的大饼店里油条加了洗衣粉馒头加了漂白剂，烤鸭烤鸡用的都是地沟油；桃花渡一夜之间就要被全部填平建大饭店，菊花湾再也见不到成千上万如璀璨群星汇聚成一张发光的大网般的萤火虫……在这个萤神化身的女孩眼里，老邬才是他们的救世之神。所以她在老邬七十五岁生日那晚，桃花渡的萤火虫们即将遭受灭顶之灾的危难时刻，轻轻地敲响了大道观的门。老邬是大道观的看门人，这个老实而善良的人在《花码头一夜风雪》里人人畏于花镇长的权力躲得远远不想惹事时，只有他用一袋花生米引路默默帮助了奄奄一息的张小虎，在《香炉山》中他教替生了怪病的母亲前来求签的青年“苏”养一只“增寿”鸡救了老太太，但在《你的世界之外》，这样一个老实善良的人也有了脾气。他冷眼旁观那些只会“拿自由当补药”，“求财求官求寿命求考试分数求一己私利”的人扰得神灵不得安宁，索性关了大门不让他们进来。在这个人人被眼花缭乱的欲望所缠绕而目迷五色，所谓的善男信女早没了对神灵的敬畏，烧香拜佛也早与灵魂的净化无关，“求”成了赤裸裸的欲望化表达的时代，老邬是那样格格不入。从《成长如蜕》到《你的世界之外》，叶弥在她的小说中塑造了一批特立独行不合时宜的主人公，他们总是在与时代的碰撞中发出一些不和谐音，尽管知道结局通常是头破血流的，却依然固执而决绝。若用世俗的标准来看待小说中的这些人物，他们总显得那么迂傻痴狂，然而在叶弥笔下他们又都是高贵的，如弟弟，如老邬。在这个嘈嘈切切的世界，只有老邬心静，他发自内心的敬畏神灵，在每餐饭前会祭饮食神，在牺牲自己的性命去王母娘娘面前许愿来换取所有桃花渡的萤火虫存活下去前，还会诚心诚意地祭勾魂使者，是老邬涤荡了那些缭绕在香火中的污浊贪念，使小说平添了一股清逸之气。

在这个似真似幻、亦虚亦实如同聊斋鬼话一般荒诞不经却又美好伤感的故事里，叶弥延续了从《成长如蜕》以来就一直念兹在兹地对社会转型时代发展中伦理价值观念和精神心灵嬗变的思考，显示了一个作家始终如一的人文情怀。凭借那只常年陪伴老邬守着道观而有了灵性的大黄狗土根“求”“求”，也是“救”“救”的声声呜咽，叶弥告诉我们，你的世界之外，还有众生。而广袤宇宙中的我们，不过是和万千萤火虫一样的，小小微尘。

最是冷冽中的一抹温柔

——金仁顺的小说王国

距离70年代出生作家群的集体亮相已过去十多年时间，虽然以年龄划分作家有简单粗暴之嫌，这个在当时甚嚣尘上的概念也有许多炒作的意味，然而回过头来看，这一代作家身上又的确存在着共同的成长背景、精神资源。“生在红旗下，长在物欲中”的他们成长在意识形态的巨大断裂处，宏大的历史叙事已全面瓦解，个人性得到大力宣扬，年青一代像是获得空前的反叛与自由。同时中国社会正由高度集中的计划经济体制向市场经济体制转型，现代物质文明的急剧扩张使消费主义和享乐主义风行，人的欲望尤其是身体欲望如同潘多拉魔盒被打开般全面释放。社会转型也拓展了新的生活空间，都市被整体性地纳入人们的视野，而女性与商品、都市、直觉经验的天然贴近，令其在这一整体中的表现分外突出。总的说来，与上一代作家相比，“没有上山下乡，没有炼钢和自然灾害，没有大字报和右派”的他们不再有与历史的尖锐冲突，对苦难的深刻认知，以及社会责任的承担和知识分子的情怀，而更关注个人经验世界和日常生活的开掘。正因为这一代人成长经历的单薄，个人经验和日常生活便成了无比重要的事，而“太平盛世，个人所能经历的最大的兵荒马乱不外是幻灭”。在此基础上我们讨论70年代出生作家的写作，或许会少一些苛责，多一些理解。何况，时间是最好的试金石，这其中有人昙花一现，另类、叛逆的写作姿态和欲望化的身体书写引起的疯狂和尖叫早已冷却，有人却在平静而沉着的创作中显示出绵长的后劲。金仁顺无疑是后者。

多年来金仁顺的写作展现出两大脉络。一为带有鲜明民族特色的古典传奇，一为现代都市男女的情感故事。在一次次回到历史烟尘的叙写中，她勾画出一个含蓄婉约，空灵静美，高远辽阔的世界，寄托她对历史的想象和一腔女儿情思，反映了她珍藏于心的民族情怀和对民族传统文化的深深眷恋。这些小说读来舒缓沉静、气韵悠长，其语言的纯净、情绪的内敛和意境的唯美都给人留下深刻的印象。金仁顺自己也将其看做是“营造了一个奇异的个人空间，一个寻梦之旅”。2008 年发表的长篇《春香》可以算作是这一题材的集大成。我们从中看到了《伎》《乱红飞过秋千》《盘瑟俚》《高丽往事》等的影子，也看到她执着的个性，对她所喜爱或关切的，会每每变幻不同的角度去反复讲述，因此，那些摇曳多姿各具神采的故事，亦可以被说成是同一个故事。然而，如果单纯地将这些诉说看成是她对前朝旧事的迷恋就错了，虽然她将笔触伸向遥远的古代，但她赋予人物的情感、个性依然是现代的，这些古典传奇展现的精神内核其实与她笔下的那些现代故事一样，反映了她对爱情对人性的孜孜不倦的探寻和拷问。例如《春香》经过了金仁顺的改写与重述后，已不单单是那个街头巷尾皆能传唱的春香和李梦龙的故事，作者通过香夫人这一光彩照人的角色的塑造，将小说变成了一部关于两代女性成长的心灵史，而母女两代女性命运的轮回，使小说充盈着浓厚的悲剧色彩，和原先那个大团圆的民间传说已大相径庭。小说更像是“藉古老传奇的尸，还现代爱情的魂”，即便在那个时代，男女关系依然是苍凉的，无法解救的，到了她那些现代题材的小说中更是如此。作者一次次进入人物幽微的内心世界，在各种可能的爱情故事中，探讨都市男女在情感和欲望上的纠葛，道德和伦理外的危机，婚姻与爱情中的困境。她总是擅长在短小的篇幅内钩织出复杂的人物关系的蛛网图，又用简洁的文字将其理得平顺熨帖。人物之间关系转换的复杂和情感的千疮百孔直接映射着我们这个时代的现实。这类题材看上去似乎格局有限，但金仁顺却能通过持之以恒的打量、探寻和触摸，描绘出我们这个时代最真实的表情。

无论古典还是现代，我们总能从金仁顺的故事中嗅到一丝冷冽的气息。她的冷，从一开始的写作中，就让人感到彻骨的寒凉。《五月六日》是金仁顺早期以煤矿为背景的书写成长的作品。小说以一个初三学生祁政的视角冷静而节制地叙述死亡，面对曲梅父亲死后阴冷的太平间，屠夫孙五宰杀后血肉模糊的动物尸体，心底暗恋的女同学阴差阳错掉入煤洞后的垂死挣扎，这个少年都能够表现得那么平静从容甚至到漠然的程度，仿佛那只是些稀松平常的事。而作者在通过描述多个死亡揭穿生命残忍的本相时，也显得迅捷有力，毫不拖泥带水。金仁顺出生和成长在矿区，这一童年经历使她对生命的转瞬即逝和死亡的种种残酷司空见惯，使她在小小的年纪就阅尽沧桑有了超龄的领悟。这多少影响了她后来对人世的看法。也因此，她从一开始就在作品中流露出对笔下人物客观疏离的态度。她对人物少有热烈的情感投射，对其言行也没有任何评判和倾向性，仿佛有一道厚重的透明的玻璃将他们区隔开，这种与己无关客观超脱到无情的展示，使得小说的戏剧性也是隐在文本深处的，如同冰面下的激流不动声色，暗藏惊涛。因此，金仁顺那些看似平淡世俗的爱情故事里其实有着令人心惊的残忍，并且承载着许多爱情之外的东西。比如《桃花》一开篇就写到“夏蕙有一副冷灶肠”，这个有着冷灶肠的女主人公最终挥刀刺向了母亲的身体，母亲的血像桃花一样盛开。金仁顺的作品中还常常出现刀、蛇、月光的意象，它们共同的特质是清冷，寒凉，没有温度，携着死亡的阴影。她描写那些静穆的山水、树木和自然，连带着人也成了植物性的，即使在面对欲望与性时，也缺少动物的体温。这与她同时期的女作家对欲望的张扬激烈的描写迥然相异。女作家通常容易执迷于内心漫溢的情绪与感觉，这一点在冷静克制的金仁顺身上也很罕见。在她身上，总有一束看破红尘的冷冽目光，穿透光怪陆离的生活假象，拷问爱情的虚伪和人性的善变。骨子里怀着对爱情、人性和现实的深深怀疑、冷漠、不信任，使小说散发出一种冷冷的宿命感。

因为这种冷，小说中偶尔闪现出的温柔，便令这些个被冰冷的都市磨砺得戒备森严且坚硬无比的人心，也变得分外柔软。近年来，她的写作似乎慢慢地温和起来。《桔梗谣》中妻子与情人间相逢的泪水与迟来的拥抱，便让人感到融融的暖意。

《神会》这篇小说保持了金仁顺短篇的一贯水准，良好的艺术感觉，精准的节奏控制。小说写到了这个物欲时代人们在肆意纵情后心灵的寂寞空虚和无所归依，转而寻求宗教做避风港湾。然而正是因为在这个物欲的时代，心灵的救赎也是要与金钱挂钩的。小说与她以往写到的那些爱情故事不同，但同样都婉转地唱出了都会男女的心曲，触及了我们这个时代的精神症候。在人生这一场既苦且长的修行里，究竟多少人能真正被点化而多少人继续在红尘万丈中执迷？

如果说主人公聂珊最初拜的那位“就当佛是个朋友”的格桑师父尚有些云淡风轻山高水长的知交之意，而到了那位1982年出生，地道辽宁口音，很有领导风范，修华严经的师父那儿，则显出几分滑稽相来。有着“批发市场”气质的张女士，更像是这位师父在现实中的代言人，她激情满满地宣扬道：“如果修成了正果，想上哪个极乐世界就能上哪个极乐世界，在现实在当下也能受益，求事业求财求福报求子女求什么都可以圆满。”多像这个时代充满蛊惑力的广告宣传词。《华严经》是释迦牟尼成佛后宣讲的第一部经典，无论从文学性还是哲学性上都有深刻隽永的涵义。然而深具语言才华的张女士和年轻师父只一味强调它的法力强大，并将人们的期望引向庸俗。最后佛法更是降格为一桩商品买卖有价有市任取任求。禅意之下，尽显虚无。不禁让人感叹，在一个缺乏真正的宗教意识的国度，任何信仰都是困难的。

作者带着淡淡的讽刺讥诮看着这一切。拨开那些玄虚如袅袅轻烟般的宗教迷雾，仍是实实在在的人间烟火。但她并不拆穿世相，留着最后的情面。结尾那一声“阿弥陀佛”意味深长，似点头、似摇头的细细线香，让我们看到她终究是隐忍的，宽厚的，最是冷冽中的一抹温柔尤显可贵。

都市与女性

——“70后”女作家阅读札记

随着城市化进程的快速发展，都市的面貌日新月异。都市成为一种新的写作背景和生活舞台，以都市为题材的小说正不断成长与成熟。一方面，都市是真实的都市，是与我们血肉相连荣辱与共的都市，我们每天都切切实实地生活其中，爱也好恨也好都无法逃脱，另一方面，都市又始终是寄予情感和想象之地，在不断的书写中形成了属于每一座都市独有的情怀与气质。而女性于都市天然的亲和与引力，使她们在书写都市文学中也有着更多的感性与乐趣。本文试以几位与中国城市化进程一同成长的“70后”女作家之作探讨都市与女性间千丝万缕的关系。

热闹的历险，难越的困境

盛可以素来敢写敢拼，百无禁忌，这次的题目起的亦是很大，《道德颂》。道德这样一个无比艰难宏大又充满迷障与陷阱的主题，令多少人望而却步，盛可以却充满野心地拾捡起来。

作者用她一贯飞扬跋扈的语言，流利地讲述了一个年近三十容貌娇美独自在长沙经营一家赝品玉器店的未婚女人旨邑，与一个颇有成就的历史学教授也是已婚男人的水荆秋陷入的婚外恋情，以及不断穿插的她与另两个作为恋爱候补队员的男人谢不周、秦半两的感情纠葛。从故事上看，对这样一个在时下已然过盛的情爱写作中，似乎并无多少新意的婚外恋故事，盛可以确实经营得有声有色，细腻的心理描写与丰富的情节设计将故事书编织得跌宕起伏。叙述口吻也是盛可以一贯的玩世不恭，热情泼辣，再度体现她作为女作家难得的语言爆发力，她放任文字惊心动魄、快意恩仇，以飞流直下三千尺的加速度，将河泥金砂裹挟俱下。从思想上看，盛可以试图从一个逾越者的角度，探讨我们这个一切失去秩序的年代里道德的境遇及其意义。旨邑是一个充满矛盾的人物，这样一个精力旺盛到无法控制自己内心欲望的女人，笃信与未婚男人谈恋爱平淡无奇，与已婚男人谈恋爱才每天有嚼头，喜欢击败另一个女人来品尝战斗般快感，看上去似乎应是一位“以爱欲兴亡为己任，置个人死生于度外”的彻头彻尾的现代女性，然而，翻腾在情天欲海中的她，为了紧紧箍住水荆秋全部的甚至比全部还要多的爱，一点点地降低着自己，直到以最原始的动物性去撕咬对方，彼时已全无一点谈论哲学人生时女知识分子的哀矜情调，只余村妇般熊熊燃烧的妒火。此时，再反观她与水荆秋曾立下要在精神和肉体上爱恋一世的约定，显得多么反讽与刺痛。奔突在混乱的价值观念中的女主人公，既想撕破伦理肆无忌惮地放纵一己欲念，又在肉体的欢愉过后对田园牧歌般长相厮守的神话燃起浓烈的占有欲，怎能不在残酷的现实之网中撞得头破血流。行文至此，小说似乎回到了“没有婚姻，爱情将是爱情的坟墓”的“真理”，然而，最后水荆秋对旨邑道出，她强大的假想敌不过是一个多年卧病形若枯槁的女人时，又让人长叹，即便拥有了婚姻，其实质何尝不悲凉，不令人气馁呢。

综观而之，旨邑是盛可以多么用心用力刻画的一个人物。然而，小说成也旨邑，败也旨邑。正是盛可以对旨邑的这种掩藏不住的喜爱，使得小说存在着的两种叙述腔调中，追随旨邑的喜乐与忧愁，洋溢着对旨邑的自在与得意的声音，每每强大到淹没了跳出来，对旨邑进行嘲讽与反省的声音。因此，整部小说对我们惯常认定的道德磐石的挑战以及对遵从个人内心的道德的阐释都是不彻底的，盛可以既无法糅合现代与传统在道德理解上的巨大裂隙，也无法真正揭示道德在具体实践中的复杂与艰难，将那些缠绵悱恻的情爱场面清扫干净后，我们并没有看到更有力的思考以及更深层次的反省。而这些，恰恰是决定一部小说从贴着地面爬行，到一跃升空的重要因素。另一方面，小说的叙述节奏也是愈往后愈失控，作者似同人物一样急于将这场看不到任何未来的情事作个了断，它以轰轰烈烈的阵势开局，却于仓促慌乱中结篇，不能不说是另一个巨大遗憾。

现代人生的无常与幻灭

无论对都市题材还是现代中国来说，上海都是一个绕不过去的标志性的话题，而因为张爱玲、王安忆等人的珠玉在前，书写这座城市更是需要勇气。滕肖澜凭借有着她独特的个人风格和气质的上海故事，在年轻女作家中脱颖而出，从此让我们怀抱着期待，期待从她的笔下，读出一个更年轻的、新世代的上海。

这篇发表在《上海文学》的中篇新作《小么事》，标题有着浓郁的地域特色，内容则仍如滕肖澜在大部分小说中讲述的一个个曲折哀怨的情爱故事一样，虽用尽心力却并不圆满如意。滕肖澜的小说一贯擅长亦受到读者喜爱的，是她对都市凡人的描写以及细腻的情感表达。但这部小说给人最直接而深刻的印象，却是情节的几度辗转与戏剧性。从一开始父亲顾长荣被天花板砸中，顾怡宁托老同学沈旭帮忙，沈利用开发商千金郑琰琰使郑老板低头，顾沈因此机缘开始了恋情。然而郑琰琰对沈恋慕不改，郑老板的暴力胁迫使沈屈服，顾沈恋情迅速告吹。到大年初一郑老板开发项目中“钉子户”之一的美容院突发火灾，顾长荣成了唯一的生还者，却因为揭露实情卷入官司，开庭当日又遭车祸送命。顾怡宁为阿爹惨死对沈旭和郑家展开报复，用的正是沈旭当初帮助她的老法子。小说的最后，顾家的天花板再度脱落，这次换顾怡宁被砸中，这次是真的确诊为粉碎性骨折，郑老板因此锒铛入狱。乍一看，这此起彼伏如云霄飞车般的剧情多么像坊间“洒狗血”的社会新闻般的浓墨重彩。这类情节的高度集中，虽最能直接有力地展示人生的变幻无常，但凑巧的情节太多起承转合的铺垫又不够，便自然而然要面对说服力的问题。显然，这些戏剧化的腾挪转移以目前作者的把握能力写来是生硬的。

然而抛开小说这些戏剧化的表面，那些上海男女的小心思、小机锋，这个并不新鲜的痴男怨女的老故事，却还是有许多动人之处。细节和情绪一直是滕肖澜小说中最重要的主题。在这些地方，作者细腻的描摹，慢慢的逡巡和停留，显示出她对人物的体贴入微来。如顾怡宁与她父亲的那些生活场景，日常的烟火轻描淡写又丝丝入扣地在她笔下晕染开。小说两次写到顾怡宁在厨房择菜，顾长荣和她琐琐碎碎絮絮叨叨的对话。读起来是再平常不过的，却如白水青菜一般滋味绵长。尤其是过年那一段，顾怡宁麻利地刮鱼鳞，顾长荣怯怯地说话，将上海女人的硬，上海男人的软，父女之间不愿表露却浓酽的亲情，节日的喜庆，相聚的温暖，同时又似诀别一般的清冷，表达得复杂而节制。再如顾怡宁对沈旭，明明已认定你死我活刀刀见血的，却在某些不经意的当口，泄露了心底的缠绵悱恻缱绻不舍，爱恨的纠结更见交手的惨烈和伤心。小说丰沛的细节和情绪都展现了现代人与人之间微妙的情感关系。

小说自天花板的坠落始，到天花板的坠落终，如此兜兜转转，费尽思量，事情恍若转了个圈般回到原点。只是这其中，早已伤痕累累物是人非。有人赔上了性命，有人失落了真心。短短不到一年的时间内，顾怡宁数度经历了人生的重大遭遇，领教了人心的深不可测与世事的变化无常。聚散离合是那么轻易，利益与交换让真情变得苍白脆弱。在小说的末尾顾怡宁结婚了，然而这个婚姻并没有让她与读者感到丝毫的欣喜，那不过是她在懂得了现代人生的无常与幻灭后，所能作出的最实际的选择。现实的残酷将人心摧残得无比坚硬，爱却变得不坚定不纯粹。真情夹缠在互要的心机与怅惘的回想中，有那么一些些，却又如游鱼般难以把握与捉摸。沈旭和顾怡宁，顾怡宁和李东，都深陷其中。

当然，世界还是日新月异地朝前迈进，个人的命运在大时代面前，不过只是件“小么事”罢了。小么事，上海话里“小东西”的意思，既是小说中的一个人物，又为全篇定下了基调。如此惊心动魄的剧情却以平静卑微的“小么事”为题，有着作者特意为之的强烈的对比感。顾与沈分手，顾父横死，顾被天花板砸中，郑老板出事，表面上，人物是处在舞台的中心上演着自己的剧目，实际却更像隐在暗处的命运之手的牵线木偶。于是生死爱恨、悲欢离合，都在一声声“小么事”的轻唤中，变得渺小而淡漠。

时光的淬炼与成长

有一首美国歌谣里这样唱着，一个人要经历多长的旅程，才能真正地长大成人。现实中，并不是每个人都有足够的幸运，走上平缓而通达的路途，更多的时候，是种种崎岖和坎坷在等待着我们，而即便如此，李凤群仍通过《颤抖》告诉读者，一个饱受创伤的女性艰难地自我淬炼与成长。我敬重她给人的勇气和希望。

如果说之前作者书写的那部气势磅礴的史诗《大江边》是“大书”，则这部《颤抖》无疑是“小”的，开口幽深而精微。然而读这本书的时间仍旧过得很长很慢，即便它只有十三万字的篇幅，却令我觉得分外沉重，只因它是那么真实地带着生活的血与泪，深刻的伤口和切肤之痛。童年生活的阴霾影响了女主人公一生的成长，母亲对“我”在情感上的粗暴和冷漠，表哥对“我”在身体上的亵渎和侵犯，“我”因在奶奶临终前没有为她倒一碗水的自责与负疚，这些充满猜忌、怀疑、对峙、残暴的家庭关系，都造成了女主人公沉重的枷锁，爱的匮乏，不信任一切，敏锐的痛感，精神和道德上的洁癖，带着这样的伤痛从乡村进入城市，使她近乎苛刻地对待自己，与人的交往始终难以自然与和谐，内心就像一碰便竖起保护和战斗的盔甲般的刺猬，加上在奋斗和打拼的过程中不断累积的种种委屈和辛酸，终于使她患上了抑郁症。我知道，有一些痛苦在人生的某些阶段一定很难令人直面，但又无法回避。于我们，于小说的主人公都是如此。在书里，我们和作者一道经历了千重万重的跌落翻转又爬起，人间依然是寂寞而焦虑的我们，拥有的只是那许多个瞬间和它相融相惜的苦涩与乐趣。在阅读《颤抖》的过程中，有好几次我都被它裹挟着的那巨大而汹涌的，无以名状又无可替代的感情所侵蚀、所淹没，需要一次次地重新将自己打捞上来。这样的情境令我常常想到阿黛拉·雨果，那个她负荷的感情远远超过她所能承受的女子，因为找不到释放和宣泄的路径，最后不得不在这种负担中疯狂。因此，我是那么珍惜这本书给予我们的疗愈和救赎的意义，给处在相同或相似精神困境中的人以指引。

《颤抖》在一个极个人的路径中，探讨了从怀疑到信任、从撕裂到愈合、从封闭到敞开、从紧张到平和的可能性。在我看来，首先这是一部勇气之书。要把回忆和痛苦一次次撕开挖出并咀嚼，尤其在经历了躯体的各种症状、恐惧和挣扎后，是多么需要勇气。于是我们在小说里看到了每一个“我”之所以成为这个“我”的宿命般的锤锤之音，那些我们急忙慌张掩埋覆盖起来，不处理却愈发在暗处溃烂的伤口和痛楚，他们只是在等待诱因、恶化成疾，再不动声色地摧枯拉朽。同时，这也是一部心灵之书。童年创伤、成长背景是否成为一个人的原罪?作品通过充满精神痛感的成长与人生经历的叙述，通过“我”的自陈、剖白、忏悔、诘问和反省，探讨了爱的缺失与渴望、伤害与被伤害、怀疑和信仰、迷执和放手等等命题，并在对成长、家族和乡村史的回溯、审视、辨明中，完成了宝贵的自我蜕变和重生。

在这样一部精神成长史中，叙事逻辑退却了，心理逻辑强大地生长着。因此我们在小说中看到了一种矛盾的张力：一方面它描述的成长的创伤、生活的际遇、身体的病痛不可谓不沉重，但大部分时候其下笔仍是轻的，与一般女作家耽于个人情感、情绪的宣泄不同，即便写躯体症状，作者也没有沉溺于描写种种狰狞躁动、血肉模糊的痛苦，虽然那痛苦的确是日夜之间没有一点间隙，稍有不慎便如堕深渊。但她的感情始终在理性的边界内。另一方面，这种感情又仍然是直接，铿锵有力的，因为这种坦诚、真挚、不自怨自艾、不伪装矫饰的表达，才使主人公在那些电光石火般的瞬间，身体和灵魂最深刻的颤抖之后，拥有了最大的与这个世界抗衡的力量。

谁翻昨日凄凉曲

但凡太盛大、太美丽的成为，都是悲哀的引子。王德威先生在《落地的麦子不死——张爱玲的文学影响力与“张派”作家的超越之路》里梳理了张爱玲门下各人的作为，虽人人都希望能翻越这座大山，却仍多被笼罩在“影响的焦虑”之下。说到底，“谁怕张爱玲”这句权做收尾的话，问得终究还有些底气不足。大陆被王先生看好的作家有这么几位，叶兆言、苏童、须兰、王安忆。前三位虚拟民国氛围，复制鸳蝴幻象，在把题材“由新翻旧”上，各擅胜场。但王先生云读多了他们的东西，就像看仿制古董，总觉得形极似而神尚未似。大概是前者更善工笔细摩而缺思想的表述。相较之下王安忆确实更有气力当此重任。然而王安忆早发言与张“划清界限”，显然不希望论者再拿她和祖师奶比。相对其他作家提起张爱玲时又爱又恨的态度，须兰倒显得坦荡，为能够揣摩到她喜爱的作家的心意而高兴。前三位中我更喜爱须兰，也有着一点喜爱女作家的私心，她的文字带领你，进入自己的回忆中，如私人化般的呢哝耳语，你听到一个只属于女性的声音，甚至是只有她们才能心领神会的那略带神经质的偏执。

大抵这时代的文明越走越远了。都市人为了时髦也怀旧，写各种怀旧文章，可大部分却是轻描淡写的，如同下午茶时间到了轻抿一杯咖啡，重要的是秀出作态而不为裹腹。读到一些老故事，也都是带着看出土文物般的玩赏之心，哪有切肤之痛。谁真会煞有介事地翻一出昨日凄凉之曲，看满纸荒唐言尽是心酸之泪。须兰倒是有心人梦寻得当年的残帕断简，可惜留兰花香也早已随风散去无踪，饶是动人却仅空留一声嗟叹。

真的怀旧应是感同身受，只因旧的东西在崩坏，新的在滋长中。怀旧的本质只是为了避免被弃。人类在一切时代中生活过的记忆，要比对将来的瞭望更明晰、亲切。于是那些荒唐的，古代的世界，反倒从阴暗的背景里凸显出来。即使那些现代的故事，也都是自觉地沉潜于一种伤逝的氛围中，对过去的留恋对他们在时代前进中不得不退场的无奈辛酸，对自己不得不随着大时代轰隆隆前进无法回头的悲哀。这是我揣摩须兰爱拟古追怀往昔的缘由。也许是存活于都市文化苦闷的氛围中，油然而生而非苦思出的一种处于崩溃边缘的美感。残雪说她的写作灵感全部来自美丽南方的夏日，那须兰则是深深浸淫在蒙眬凉薄的古典日光里的所谓伊人。

希腊老诗人奥迪塞乌斯·埃利蒂斯曾说“我可以将我的生命带到这么远”，须兰也喜欢一些遥远的年代，如汉魏唐宋，才气纵横又有点儿醉生梦死，繁华中透着冷清。那是从看张，更是从武林遗事“听来的故事”里来的情怀。一景一物，都像是亲历过几辈子似的，再小心翼翼反复漂洗地把它染成旧色，便真若回到“很久很久以前”。“现在我寄住在旧梦里，在旧梦里做着新的梦”，张爱玲其时说的，须兰如今仍是说。

人的生趣全在那些不相干的事。因此我们读起这些明知是假的故事照旧津津有味。说故事的人带着清清醒醒的眼光：信不信由你呵。并不负担责任的。又好像是在安慰看故事的世人：无论生死恩怨皆成云烟。于是她的《仿佛》其实只写了一个让人“恍惚”的瞬间，为一段恩怨一个永远解不开的谜团，人物在封闭滞涩中踯躅了三十年，故事在大哥死去的那夜已陷入僵局，“我”仿佛从那时就开始老去，追查凶手只是一个为自己挣扎着生存的理由。作者从一开始就没构想过答案，它若作为侦探小说来读严重不及格，作为须兰情境再造展现时空转寰调度的能力却已出手不凡。然后是一份不为外人知的昔日《闲情》，一副抵不过沧桑世情而只得遗落在那些戏文唱词里的《红檀板》，都是以她特有的那个出没于劫难场景中的恍惚凄楚的个人，为历史场景涂抹一脉幽暗又毕竟散溢着些许情意的夕照。更有如最早读也是最喜欢的那篇《纪念乐师良宵》。是又一个如幽灵般的漫游者的目光，掠过旧时代的表象残片，它在表达某种神秘与怅惘的同时，悠然飘逸出某种不宁和不祥。这是须兰对历史的一次强力抒写。大屠杀那幕惨绝人寰的浩劫，以全景和残片同时显现。将历史的灾难场景“个人化”，从良宵，一个十六岁少女恍惚的眼里看来，是回声更远、血痕犹在的震撼，使得它在不断被忘却中，又不断被记忆。作者笔下南京的冷冽和残酷，用想象复现出的彼时彼景，更甚于真实发生的所在。正因女性建构历史时，更多带入了其个性与生命体验，并以自己的性别视角去触摸、感知、叙述历史；须兰的那种疼痛的“纠结”，她对历史的低回、对劫难着魔般的凝视，就更显刻骨铭心。而须兰后来写的《思凡》《少年英雄史》，技术性似乎更强了，不仅都用了后现代的写作方式，《少》还在短短篇幅里娴熟精妙地构造出彼此缠绕、相互映照的情境，其中的每一时刻都疑云密布，险象环生，迷离而吸引着众人前趋。最后她不动声色地将所有暗示性的片断还原，抛在一面多棱镜前，并扔给你一句，或许一切都曾发生，或许什么也没发生过。你从镜中看出什么，那就是你的事了。

她喜欢金庸小说，所以在文字中也喜欢借武侠的幌子来讲自己的意思。照她的解释，是繁华归繁华，然而还是能看出生死轮回来：且留他如梦，送他如客。而这一切终归已成昨日的三两之声，你理会也罢，不理会也罢。

性别崛起之后

——台港女作家阅读札记

阅读台港女作家的作品有感于其不同于大陆女作家的是，虽也是千姿百态风格各异，但大多会共同地表现出对岛屿地缘下无根的乡愁，父权社会下的性别政治，女性个体生命经验与现代性，殖民和后殖民语境中的身份认同与国族想象等的密切关注与思考，并由此勾连起种种社会、文化现象及议题，由此展露其独特的世界观人生观价值观，我们也得以从这些作品中观察和审视她们的提问和问题，美丽与哀愁，挣扎与救赎，坚守和放逐，以及如何在命运的跌宕起伏中，在沉重的“想象的共同体”中，成为她自己，成为独一无二的个体。

如此天心

还记得天文说，张爱玲去世后，姐妹俩躲开任何发言和邀稿，不近人情到父亲都异议，“缺席也是一种悼念吧”。理由是她认为，悼念是来真的吗？那么她仍然缺乏勇气。而后父亲的去世，对她们而言也先是沉寂，天心自言“父亲不在的两年多，始终无法找到适当的言语文字来描述这前所未有的处境和感受”，后来才从《漫游者》序言里剥茧见抽丝地读出她对父亲的深情。她说：“我才发现与父亲相处的四十年，无时无刻无年无月我不在以言语以行动挑战他的信仰、情感、价值观、待人处事，甚至生活琐碎。”《漫游者》一书时空跨越父亲的生与死，记录父亲被时间和病痛侵蚀，一步步走向死亡的过程，以书写想象和缅怀死亡，怀父追思之情，依然爱别离苦。女儿的忧郁是虽故作决绝冷然地掷地有声如天文道“人死了就是死了，不会再有什么”，却又不可能甘心地仍执意要质询发问，探死生、寻意义，不惜上穷碧落下黄泉，走遍天涯海角，一任生平，即使书写的路途中仍是“丝毫感觉不出父亲可能的去踪”。

于是我们看到那样一个年近中年依然充满纯真慷慨的力的女子，只有在这样一个无法、无解、不可解的命题前，才显露焦苦心碎地说：“你简直不知道要去哪里寻他，天国？涅槃？某星座？某次元？某大神脚前？某大气大化？某‘伟大的神秘’中？……”她穷究古今中外，以科学、知识、哲学、宗教、旅行地图等种种上下而求索：“哪里去了？”整部《漫游者》便是一趟以他身当己身生者化为逝者他乡作故乡的漫长旅程，不忌惮打破小说散文叙事抒情的疆界，天心试图用语言文字一层层靠近、缠绕并剥除空无一物又永生不灭的死亡，却终究发觉越寻问越发穿不透“断离空间”的阻隔，回不去“不识字状态”的混沌。天心只好温柔地自我解怀：“父亲是替我探路去了，他知道我怕黑、怕鬼、怕病痛、怕死，他常笑我‘恶人没胆’。”但她始终忧心人死灯熄后无知无觉的离魂在深深幽谷该何去何从的徘徊，因此也在父亲临终之前，便开始为预想山遥路远、魂兮归来的父亲，思索先用文字去替他探路。生命与死亡，遗忘与记忆，语言与象征，意义与文明，漫游与怀悼，在如此祭奠中，父的存在得以在漫游者的时间里不断延续下去。

我常觉得朱家两姐妹是极喜欢并身体力行张爱玲“对照参差”之美学的人，从小到大，她们写青春，写老朽，写眷村，写都市，写时间，写记忆，其人生的阅历与书写的主题常有交集，而一个偏疏离冰凉一个则豪放炽烈，一个临水照花倚立岸边，一个纵身一跃激荡无数涟漪，又都是玲珑剔透水晶玻璃心肝般的人物。而在书写父亲这件事上，她们又显示了相近的气质。她们都长时间无法言说，那无法言说逐渐历积成另一种没有名目的“大志”。除了先师胡兰成，父亲是对朱家姐妹影响巨大的另一人。因此注定写父亲，也是写自己，写此生的成长与立身立言之根本。如果文字有“教”，他们都是信奉用自己的血肉之躯去抵抗时间，去抵抗所有的流逝，以挽留在现实的进攻下已不断失去阵地的信念体系，作为写作动力的人。天文天心所在的台湾，已身处“新新人类”的世代，各色纷呈的族群、立场、学说、信息扑面而来，若不是靠写作，恐怕两人早已被无情冲倒。天文寻寻觅觅在《荒人手记》中找到了“定风珠”，而天心这次决定做一个漫游者，去寻找同样可以安静专注，如深深海底之蚌内珍珠，却能抵抗洪水猛兽般举世滔滔的力量。

这个天心，还是那个在高中就写出一部《击壤歌》风靡台湾中学校园，直至带领整个校园风习的朱天心。朱父曾这样评价她，大家都认为天心知识渊博，却不知她从少时便苦读书，十几岁便读遍家中藏书。世人看到她的天分，却不知她的勤勉。如今再读这句话，真是知女莫若父，天心将来的大变化有此已可见端倪。她的写作风格与取材，从《方舟上的日子》直接反映生活的敏锐之心，《昨日当我年轻时》的青春儿女情事；到《时移事往》《我记得》时气势渐盛的凌厉，再到《想我眷村的兄弟们》一则则老灵魂的感怀，《古都》她自觉创新突破的企图，至“论文体”的述说成熟如大家。少时《击壤歌》里绘声绘色说故事的文字功夫被她抛弃，对种种社会现象与议题，她是喜欢也不得不发言的，很早便显露出她的社会关怀，她认为真理需要对抗，就需要表明。有所弃，才能有所惜。虽日渐对现实失望，却不甘因此熄了满腔热忱。在《时移事往》里还是点睛式冒出的狠句子，到《第凡内早餐》已驾轻就熟。洪洪大说，压境而来，如此繁复文体，须以绵密思想做底色，方可挥洒自如。

生年不满百，常怀千岁忧。天心选择如此命运。她对年纪的敏锐感触，更系于她对现世期望的抱负和作为。所以才会早早地感慨："他的一生，没做任何就老衰了，比他在榻榻米上望着的树上的父亲那时还要老。"（《从前从前有个浦岛太郎》）时间、空间与人，总是又再重复着他们自己。那颗"老灵魂"的无奈，到《古都》密度更大，遂成淋漓之势。在这里历史成为一种地理，回忆正如考古。罗列那么多哲学、生活碎片，貌似旁观者言，却仍是透着火热的真真性情。那种凌厉的怀旧，甚至掩饰了满腔深切的忧郁，也许她真是着急，怕说晚了，就来不及。后来干脆和看不懂她用典的读者割席而坐。天心是如何生了一颗老灵魂，比她的实际年纪老朽得多，更像是幽灵，一直辗转往复于《荷马史诗》《浮士德》《荒原》至今的，千百年前的幽灵。因此，这一世的她，才永远觉得此乡非故乡。她活在每日对报章抨击的当下里，亦活在远逝于时间的记忆里。《漫游者》里写到对一种在日常渐逝无踪的纯粹价值的怀恋追慕，就像一次记忆出清，盘整各种以物为媒的记忆，以各种消费和文化符号堆砌出沉厚"历史感"。一方面更彻底摆脱叙事惯有的情节结构，一方面更切近于她所理解的时间与记忆。从作者发现的"每一块石头、采摘的每一朵花和捕捉到的每一只蝴蝶"，作为"收集的开端"，而"她拥有的每一件东西"，又都构成了"一个巨大收藏的部分"，在这样的生活里，我们不仅看到知识珠链的智慧闪耀之光，这个通晓古今、博闻善记的天心，同时告诉我们，历史在永恒中埋藏裂变，进步也是退步。她所创造的老灵魂"隐含了复杂的时间、记忆线索"。在历史充满风刀霜剑的进程里，她与她的老灵魂如同本雅明的"天使"一样，实在是脸朝过去，背向现在，被名为进步的风暴吹得一步一步退向未来的。

也许正如她所言：“年过三十，无法像少年时仅以怀旧忆往的心情记录童年，更无法故做天真无邪的抛开现在多思省多想法的状态去只做记录呈现，不做任何理解和解释之工作。”而这种不论令作者还是读者均“口燥唇干”的论文体，就像一个合适的容器，把整个世界的芜杂全都装进去后，重新组合成全然另一副景象。按常理，太多，便是一种迷失，越发不可控。而天心敢于挑战这不可控中的控制权，用“太多”拼贴这乱纷纷的世相，营造棋局。出题解题，全凭自己，不仅需要广博厚积的知识底蕴，更须能持续发力的强大心志。这是我感佩天心的最佳处。她因此时而宁静沉着如水，时而刚烈果敢如剑。思虑已近似哲人，却又不愿就此清谈下去，还定要轰轰然做出一番惊天地的举动，才能够稍稍心安。阿成说有人天生来纯阳的，即是这个有着眼里揉不得沙的气质，强悍的敏感，并非阴柔，而类似玉石的天心。先生唐诺亦常以李白比天心，这扬眉女子身披剑气，笑傲江湖地古道热肠；而姐姐天文写道，曾在书中读到明代一位女伶楚生“描述她是‘深情在睫，孤意在眉’，当下怨怅不已。这样冰雪聪明的女子隔了几百年的时光，再无见面的可能了！然而眼前却有人，她就是我的妹妹，朱天心”。

两个天心，都是天心。

明日、容颜、徒然歌

有人是在今世里过着前尘。所以年纪轻轻的钟晓阳一出手就写出《停车暂借问》来，该不奇怪。她一定自小就喜爱着《红楼梦》与张爱玲，常常，是在恍然间，自己成了画中的人物，回到古雅的山水里接续起前尘的旧事。

相比早前大陆将张爱玲更多地定位在消费文化的符号上，香港的张爱玲是幸运的，她的作品被作为纯文学来学习，香港的年轻一代女作家也有许多如亦舒、李碧华、钟晓阳、黄碧云等均与她有着因缘际会。不过，若说张爱玲的成就是评者及读者的福气，却也是创作者的负担。上世纪60年代以来一辈辈台港作家，不少都是在与张爱玲的“搏斗”中，一步一步写出自己的路子的。而同样被称作“才女”的钟晓阳似乎在超越之路上野心不大，在具体的描摹刻画上却被认为是最像张爱玲的一个。她只偶然一瞥就把遥远的大陆情事写得如此老练多姿。虽然不曾身在亲历，她的灵感源泉更多来自古典诗词。香港则是她时空想象坐标的原点。十八岁写就的天才之作《停车暂借问》，是由崔颢“君家在何处，妾住在横塘；停船暂借问，或恐是同乡”的《长干行》敷衍出一个从上世纪40年代到60年代，由东北至香港的烽火离乱、姻缘聚散的爱情故事。

之后又读到她的《明月何皎皎》和《大表哥》，她以散文简笔勾勒了《停车暂借问》中的原型，有了这一阅读经验再回过头去读那个林爽然，人物当中实是寄托了女孩儿芳华时的多少情思。作者用文字细细绘出梦幻般的情景，在此情此景中得以重温记忆。然而终究是虚无。三部曲之开篇《妾住长城外》写宁静和吉田千重的相遇所燃起的初恋，到日军投降、抗战结束，时代的大背景下，宁静和千重不得不天各一方。第二部《停车暂借问》中宁静已渐成熟，颇有主张又不失矜持。而表哥爽然的出现，真正是一场惊心动魄爱情的开始。那样的爱，浪漫也是深深地压在骨子里的。此时人物线索也逐渐复杂，追求宁静的熊应生，爽然的未婚妻陈素云，以及周围林林总总许多人，构成另一个人事环境。但惜世事纷扰，爽然与宁静虽心性相通，却在命运的阻隔下每每看不清对方的脸，直到错失。与爽然的爱情耗尽了双方的心力，到底未被成全。黛玉似的宁静，空有一腔千古不移的绵缈情韵，却在两人的欲言又止中越行越远。第三部《却遗枕函泪》的时空已是战后众人辗转到了香港。现代都市之背景，作者写来却横泛着满满的故纸黄昏的气息。不是吉兆。爽然是那么突然，又好像早有默契的多年流离即是为了有一天的重逢般出现在她面前。宁静似枯木勃发，挣扎般狂喜地绽放出最后的明艳。这次她步步小心，细细主张，简直一方面要拿出贾府里王熙凤的能耐来，只为了那梦中人，不敢放开手，自己也知是怕梦醒。然而两人的姻缘终究不是演戏预备让人瞧个大团圆，因此仍是不得善终。或许那个在读《红楼梦》时的宁静就已经猜想到，却敌不过想挽留的欲望罢了。最后还是她写的词来得一语道破：

> 犹记红楼秋雨凉，为他增减衣裳。一种羞慵懒推窗，隔窗怅望，浅笑低腔，听罢总茫茫。当时明月照断肠，细说来无限凄凉。二十年来梦未央，眼前心事，身后思量，那知今生长。（《青玉案》）

正似那句话，有的人一出生便老了。钟晓阳以小女儿不失的天真，写不以人心意志所能掌控的沧桑世情，更显得悲欢无常。十几岁就有这样的想象力和叙事，实属难得。尤其她也懂得参差之美。葱绿配桃红中没有大喜大悲之景，却分分是平淡下的迷离，似是哀乐合一了。虽然念及晓阳笔下的东北，更像是想象中做下的画卷。我们看惯了北国粗犷的铁板铜琶，大江东去，在她目下却成了红牙拍板的晓风残月，也是另一番风光吧。再看多年后她为《花样年华》撰写的故事大纲里，劈头就是“她的寂寞芳华无处躲藏地被他瞧见了”，她的格调一直在那里，没有变。

刘再复曾说：两位文学天才里，一个把天才贯彻到底，这是鲁迅；一个却未把天才贯彻到底，这是张爱玲。这评价借来说钟晓阳也未尝不可。也许她太早就达到旁人艳羡的标准，而后屡屡显得用力不够。“上面是涂黑的秋夜星空，两旁的石屎高楼巍巍垂直，我攀住他的胳膊，有时走过黄的光，有时走过红的光。”多年后她的短篇集《燃烧之后》虽是写在90年代里的新事，读来却仍旧像40年代张氏《倾城之恋》中走在城墙下的白流苏，或是60年代款款而行在《花样年华》的窄巷里的苏丽珍。所以王德威曾说平心而论《腐朽与期待》并不比《停车暂借问》差，只是钟已经过十余年的“修炼”，我们的“期待”自然要高于彼时吧。

读钟晓阳的小说，常令人生出几许怅惘，我们于那文字中感受到它与作者的高度合一，更因初始的才高绝艳，叫人扼腕后继的勃发不足，就好像她早早的在十八岁那年，写下《停车暂借问》之时，就看穿了故事和自己的走向，容颜既已消逝在明日的等待里，末了吹出的便仍是一首徒然之歌。或许钟正是因为对最好时光的分外敏感，使她永远停驻在了芳华刹那的十八岁，而后此去经年，瑶台蓬岛，都与她不再相关了。因此那故事更有了几分未卜先知的感伤。我们在她的故事里也恍若回到了那个东北的夜，单调无事，像有个墙外行人，我们便是那墙外行人，一步花落，一步花开，踢踏走过。

迷园寓言

梅特林克说：“我们相知未深，只因你我不曾同处于一片寂静中。”了解一个人，原是这么的难。争议性作家李昂从《花季》《莫春》《杀夫》《暗夜》到《迷园》，每一次出手都展示了她鲜明的风格，语不惊人死不休。正如她在《联合文学》评奖感言中说“我是一个有偏见的作者”，题材上屡屡触碰禁区，不避“畅销”的嫌，即使混乱开放时代如现在，仍被研究论者打入“边缘”。她也说，自己并不是个“心怀恶意”的人，是要在写了三十几年的小说后，才不再像过去那样愤愤不平，才明了并正视，“的确在台湾过去的世代里，我的作品从未进入主流的价值标准”。

对于女性小说，我喜爱它是因阅读中带给人那丝丝入扣的血缘和呼吸上的亲近。台湾的女性文学一直是道独特风景，比大陆成熟成气候，尤其进入上世纪80年代，新世代女作家积极参与社会生活，“新女性主义”的主张更具代表性。在超越闺怨，正视当代女性面临的新处境，并从身体政治、性别政治的角度再思女性社会角色和象征意义等方面，李昂可谓个中翘楚。如同《杀夫》这一颇具象征意味的标题，李昂在两性对阵中思考男性中心社会对女性的性压迫、性掠夺，而凸显女性自身的身体感知和性体验，更强调了社会对女性的压抑、遗忘和忽略，均使李昂从一开始就被颁发女性主义的旗帜。长篇《迷园》，则是90年代初的李昂将思考进一步扩展到文化历史、现实政治领域的雄心之作。

该怎样阐述《迷园》，题材主题的拓展导致多种文学类型的共存和相互交融，这本是新世代文学的突出成绩之一，因此虽可以用都市文学、政治文学、女性文学的共同体，以示李昂驾驭题材的复杂和多义，但重点是这次，她用了一个寓言，讲述情欲和家国的纠结和冲突。在特定的时代背景下，瓦解以往的政治神话，浮现多重意识形态。该主题便涉及到台湾特有的“解严美学”，正如郑明俐所说的“自政党政治到两性政治，自意识形态对抗到省籍、种族纠葛，自实际发生的政治历史到纯属虚构的政治寓言”。而此次李昂企图何在？

在本雅明信徒看来，《迷园》中混杂的文化对象只能成为相互矛盾抵触的意识形态呓语；“后殖民女性主义阅读”则认为，小说最后仅成就了一则失败的“金童玉女”的爱情故事。而我更理解姐姐施淑的评断，李昂一直企图探索各种隐而未现的冲突。随着台湾社会结构和价值系统的骤变，其创作格局与议题也有了发展，荒谬不合时宜的政治人物与写实主义走向的都会投机分子等都被纳入了《迷园》的寓言世界。

主人公朱影红的出身是闺阁派林海音笔下常爱描写的大家闺秀，而其肌肤以下却似苏伟贞笔下那些欲力强大的女子，于是“败德”显得不可避免。但正是朱影红，诠释了一个关于台湾/女人的故事，从开始的出身世家、举手投足都散溢着女子传统美德，到后来坠落进金钱与性的游戏与征战，不仅暗示了台湾的阴性气质，更以政治、性别认同的两次行动证明自己“我终于懂得那弃绝”，唯弃绝以重生。“忘怀了他们的血缘与传承。他们或如同我曾希望的，有了全新的开始，可是这全新的开始意味着永远的断绝。”但充盈着历史的回忆要忘记，并不容易。如同朱影红在小学作文中鬼使神差地这样写下“我生长在甲午战争的末年”，展现吊诡；如同楔子中描述了一段后现代都会情境下，一边是哥儿们为艾滋病人游荡式的募捐，一边是象征着资本主义技术与物质的电视墙造出的巨大幻象，菡园丰富的历史感在全新的时空交错接点上再现；如同朱影红的记忆里，天空始终无法消除的红蓝各据一方、相互攻占的怪异惊恐，惨烈骇人的颜色厮杀，每每在梦中遭遇。

相对两性关系的处理，朱影红在国族认同的“迷宫”中似更眼酸心亮，是否因父辈的记忆太过强烈深刻？不似她在情欲“迷宫”中因“误入歧途”而不断进行自省式的独白思考。因此从这一层面说《迷园》不重于呈现压迫与被压迫的权利关系，阅读它应先行放弃有关男/女、阴/阳、强/弱、主动/被动等二元对立的概念。也只有打破二元对立，才能使原先对立的两极产生互相变通，乃至相互融解的可能性。

菡园里朱影红最爱父亲种下的苦楝，苦中深透着缠绵和历练。她的记忆时时跳动于过去与现在的轨迹中，追逐反思。在一遍遍舔噬幼年“目睹”父亲被捕的创伤记忆中形成了只对土地和人民而非对政权的认同；而在情欲爱恋的渴求与拉锯中，她同样经验了一次类似父亲在政治认同上的苦楚，从相识到依赖，从弃绝到觉醒，从欲火焚身到无欲则刚，最后蜕变为一个清醒面对现实的自觉主体。

个人情欲与家国论述的两条线在分分合合后完整谢幕，离开小我世界的朱影红，将自己置身于一个强大的社会家国体系。作为朱家人的传奇生活经历带出的大历史框架，使得李昂描述的这段史诗更有血肉，在此情境的推进中，朱影红接受了时代与历史的召唤，《迷园》成功地展示了一个寓言的可能性。而即便犀利冷辣如李昂，面对世事沧桑历史颓败的时空迷情时，似乎也变得有些忧伤。

最后的“自画像”

再没有比她更“自恋”的女人。

芙烈达常常对镜凝视，观察、绘画、表现着自己。自己，是她注意力聚焦的全部，在画中与自己格斗，逼真到恐怖。芙烈达·卡罗，墨西哥人，双性恋者，马克思主义信徒与共产党员。西方女性主义者推崇为二十世纪最伟大的女性艺术家。父亲是德犹混血，母亲为墨西哥土著。她一生多坎坷，幼年时感染小儿麻痹，从此不良于行；1925 年正当十八岁花季少女，却在车祸中被铁棒刺穿，鲜血覆盖了整个身体，虽奇迹似的活下来，骨盘却严重伤残变形到终生无法生育，并在将来不得不靠着不断的手术延续生命。是在病床上她开始了画家生涯。一九二九年她嫁给墨西哥著名壁画家狄耶哥·里维拉，开始充满爱恨纠缠的恶兆婚姻。1953 年截肢，次年逝世。

绘画与她的生命历程不可分割，在人前卡罗一直努力呈现健康状态，却在画作中淋漓尽致宣泄了她在身体与情感上的痛楚，其画有如一则则“私人日记”，将个人最私密的部分，用画面毫无保留地表现。那些闪耀着奇异目光的自画像，神色中显示了过度炫目的热情，如果要说观赏体验，在当下是骇人的“震惊”。

我画我自己，故我存在。这是她的宣言。终其一生努力不懈地描绘自己的容颜，多么不可思议。就是这样深具表现主义与素人画特性的风格与主题，不想被后人诠释进各种不同思想谱系，如身体感知、性别彰显、国族寓意、后殖民大语境；一夕之间，卡罗竟成了女性主义与殖民理论先祖，怕是她在生前也未能预料。而在今天的我们看来，她的破碎与再生，实是宿命。自画像里，引人注目的总是那像燕子双翅齐展的粗黑浓密眉毛，紧紧地连接在一起；画里的她动不动金焦玉裂，满嘴的苦。裸露的身体与器官、血液在撞击中恣意横流，这是外科手术下的她。对秾丽黏稠的女性流产过程触目惊心的想象与铺写，这是为控诉丈夫与亲妹发生婚外情的她。“遵守他信仰的共产主义对性如一杯水主张”的丈夫，也是一个不可能过从一而终婚姻生活的积习难改的好色者。芙烈达一生都无法脱离丈夫不忠的阴影，虽嫉妒得发狂，却无力抽身。太爱这个人，到没了自尊。在晚年她所画一幅题为《对狄耶哥的爱》之作里，芙烈达发丝飞散，盘脖缠颈，“爱得狂乱与窒息，泪珠滚滚而下，狄耶哥的脸铭刻在额头”。用艺术天赋来承载着痛苦，画出自己刻骨的爱与椎心的伤。而墨西哥受殖民的苦痛，正如同芙烈达个人的生命面貌，一样的破碎不堪。在有生之年她始终以心灵的“移置”、肉体的受苦，以及在“重置”中不停尝试着自我救赎，来注解她所处的时代与自己，谱写一出国族志，也是她个人的生命志。

《两个芙烈达·卡罗》，读来如此沉重和压抑，酷烈而荒凉，施叔青为何要在香港回归前夕选择芙烈达·卡罗作为她书写的主人公呢？她选择芙烈达·卡罗，与个人的成长阅历不无相关。施叔青出生台湾，留学美国，定居香港，而后又搬回纽约，辗转诸地多年的漂泊使她对边缘身份一直有着深刻的体认。在回归前夜的特定背景下，她离开热闹骚动的那座城，故意缺席九七，在她眼中香港已成一座没有香港人的游城，是无奈嗟叹，也更兴起去天涯海角为自己招魂之心。而另一座美丽小岛台湾对她而言虽是故乡，自己却又像离家太久的游子“相见不相识”。于是她自省，心灵若想真正找回原乡，是定要举行一项仪式，才可得以回归本土落到实处，就像澳洲土人打猎时所用的弯木，只有把自己抛掷得越远，才会回来得愈快。

独立自主的第一步，是回到本源记忆它，面对它。施叔青在这部作品里用文字为芙烈达竖起如自画像般的另一面镜子，对她一分为二进行审视，通过观看、书写他者，而再现、重生自我。不仅是对卡罗一生心路历程的再体验，也是作者回溯母体追寻历史踪迹、自我寻找和救赎的旅程。若卡罗的所有作品都指向女性及后殖民里的“再现”，那么施叔青与她的对话，则成为“再现之再现”。她的视野已越过了卡罗的巨大身影，向我们述说了更多。因此本书是写卡罗也是写自己，是她选择了芙烈达·卡罗，也是芙烈达·卡罗穿越历史的重重迷霭选择了她。

作者对应托洛斯基流亡墨西哥蒙卡罗夫妇救助的经历插入她行程中的布拉格之旅书写卡夫卡的流亡宿命与该城市的关系，延伸出施叔青对自己作为写作者角色的追寻，并探索现代人“失去心灵家乡”的主题。而墨西哥与中国，荷兰与台湾的对照，在以往被遗漏被忽略的空白、省略、沉默中挖掘反抗的历史，点出殖民“症状”，进一步印证自己对后殖民的思考，将国族与个人融合为一。这里，女性的创伤残缺和家国被殖民的“失根”苦痛交织纠缠，被殖民者心理如何自处，怎样重新寻找地理定位与心灵归属？施叔青在其中上下求索寻访自己失落的国族认同。

通过以上种种对话施叔青油然生出“连接两种以上的空间，无数种的文明”的大野心，她飘洋过海终于看到了根与土地间的坚实。芙烈达以绘画统合生命中一切光明与黑暗，破碎与动荡，愤激与深情；而施叔青则努力以写作安顿自己。芙烈达再生之秘密，即本书书名，也即是她所画作品中一幅。两个芙烈达，两个分裂的自我：一个墨西哥土著印地安式的，一个西班牙式的。施叔青同样认为承认自己文化混血的事实，才可能获得复苏重生的力量。画家企图在画中整合融汇这两种对立的质素，矛盾重重的芙烈达，多角棱镜般的面目，既充满激情，爱与慈悲，又疯狂残忍而野蛮，她的张力她的美，也即在此。于是我们看到，《两个芙烈达·卡罗》不仅是芙烈达自己，也是生命处境相似的芙烈达与施叔青，更是所有内心存在分裂与拉锯的世间女子，最纠葛、最忠实、最坦荡的样貌。

纯真已逝　现代妖冶

时至今日我们仍然会被《边城》里那样纯净的美好而感动，对沈从文而言，写作本身就是一种以纯真的心灵对理想境界的浪漫追求。虽然，他不是不知道苦。现实，小仲马看得一清二楚，他笔下那个生活在繁花似锦却仍是泥潭的交际场上的玛格丽特也清楚，但她还是以一颗纯真之心应对世事，即使代价是凄苦地死去。古典的美，对我们是一种精神的撼动，无需言语，便被一种广袤深邃的力量所震慑。我至今倾慕古典的情怀，或许也可从另一层面上说，是逃避。

什么时代了。李碧华笔下那些艳异奇情的女人，就以切身经历或惨痛或快意地诉说着纯真已逝，现代妖冶。或许你也看过人性的善良天真如《黑暗中的舞者》里歌唱的比约克，活在梦想而不是残忍现实中的母亲，最后是她给了所有人宗教般的救赎。还有《天使爱美丽》那个内心敏感害怕孤独的大眼睛女孩，同时也是带给人们欢乐的天使，她使那些破碎苍白的生活重新注满色彩。是的，纯真多么美好，美好得像一场梦，然而大部分观众从影院出来时至多拭一拭泪叹一口气，便照旧回到计算与市侩的生活中去。只因后者对其而言才更是带着真实血泪的，荣辱与共的人生。死于纯真与死于市侩，实则都是被侮辱与被毁灭的，真正的市侩，并非庸俗，却是另一种压抑。阴冷侵袭恶毒流溢的现代生活，同样可怜，可叹，可悲。我一向认为李碧华是现代女性的代表，其思想体系与人生价值观，都大抵与此有关。而另一方面李碧华的小说又是如此有“戏”，她以今写昔，以鬼魅写现实，以戏写人生，在对比中分外显出荒诞来，这就构成了李碧华调性的强烈戏剧感和冲突感。这其中不仅有古典和现代的矛盾，求和求而不得的矛盾，更有爱欲撕扯中抵死缠绵的矛盾。

这并不好写，容易沦为一惊一乍的洒狗血情节剧，但李碧华写出来了。如《胭脂扣》里，如花费尽思量，不惜折寿，解开的却是怎样的环扣？她和十二少的这场博弈里，究竟谁胜了？山盟海誓的结局，是情感的期限永远追不上时间的尽头。而活在现世的人，并不比死去的人快意。如《生死桥》，丹丹的沉沦，怨谁。怨人不如怨己，原来决绝痴情的爱，是那么容易就化为满腔的怨恨愤懑。恩怨的最后，非得以生死做了断。如《青蛇》姐妹间的勾心斗角，两性的拉锯缠绵，一场从一开始便不单纯的爱情，有人为报恩，有人为游戏，有人为证明，有人为惯例，有人只是随波逐流。还有潘金莲，川岛芳子，她喜欢写纠结如乱麻的人性，尤其女人性，且不回避作为性征标志的身体。而不管是不是写女人，她都看重阴性的力量。因此《胭脂扣》《青蛇》《霸王别姬》里的十三少、许仙、程蝶衣也孱弱柔媚似水，如同时光流转她认为已阴盛阳衰的现代社会一样。她笔下的女人，更是身体妖艳，心有一点邪。其实现代庸庸大众比起平常，是喜欢邪的，生活已经够寡淡如水了，还不许在阅读中任性一回？前者必须正经，于是才有了后者提供想象。这即是国人为什么爱看“传奇”，而李碧华的小说深谙传奇，传奇里的别出心裁风花雪月，一个都不会少。

倒是那些翻案文章不表示她就成了“新女性主义”，她对贴标签是不感兴趣的。在古典与现代的交错互动中，她希望以这些“小历史”与“小空间”的文化文本，在边缘的缝隙处发出自己的声音，庶几也可代表香港人身处边缘却创造出另一种历史格局的独特经验。《秦俑》《诱僧》里蒙天放三世不渝的等待，红萼公主义无反顾的殉情，一方面抒发了华美的悲哀，渲染了魅惑的气氛，极尽古典情怀的滥觞，一方面为现世提供了一种别具风格的想象。《秦俑》《诱僧》的最终目的并不是反映对古典浪漫的怀旧，恰恰是现世背景的安排更显出反讽意味。在李碧华的小说中，“现世”始终是最重要的，是高悬在头颅上的达摩克利斯之剑。传奇虽是传奇，却不要忘了现代的人性。然而这答案并不是讨喜的。古典的纯真已逝，时代的进步以缺失为代价。这是现代人类的选择。

李碧华对细节的描绘始终充满想象力，所以她的小说读来轻快流畅，而语言又不乏机警，离奇情节、戏剧冲突、对白设计，都见心思，是经过长期编剧训练出的简洁干练。强调故事性未尝不可，好读好看，她的小说从不缺乏读者。主人公也很实在，带着香港在地的哲学，也就更显残酷；他们不是在思考中永远延宕的哈姆雷特忧伤而高贵，真真切切是为了生存苦苦挣扎的普通人。

她的矛盾，也在她的聪明。她说张爱玲见好就收，她自己莫不如是。张爱玲是写到好歹的团圆便不忍再继续拆穿世相，她同样一声讥讽一声自嘲，使那种绝望在爆发的前一瞬生生地化为一个自我保护的冷眼。于是同样是写古老的故事，她不像须兰那样似描摹一种刻骨的疼痛般身在心在，钟情于每一段灵光乍现、灰烬重生的情感与历史本身；她更倾向隔岸观火洞悉透彻后摆出一个冷笑的姿势。无论笔下人物怎样飞蛾扑火烈焰焚身，她都是冷静清醒的，这样的痛纵使仍痛，多少减了些切肤。在矛盾中，她选择务实，因此读那些故事，或许也少了些故事之上的深刻内涵，多了些“人生如此，浮生如斯”的反复慨叹。

但李碧华是在香港这一“文化工业”机制中写作的生存者，“市场”以前是我们不晓得的，现在也变得在意起来。而在此氛围中，关于“雅俗”的争吵，一直未有间断过。我们阅读意识流新小说等流派时不经过一定专业训练难以进入，而流行小说在思想内容上却永远不会过分超出读者现有知识文化和认识水平，表现形式上也不会过于“先锋”，以免让读者不知所措。李碧华的畅销，可见一斑。纯文学读者渐稀，也是这个式微时代残酷的现实，同是香港作家，知道西西的人一定比知道李碧华的少。还记得香港同行对自己有过这样的比喻：文字工作者为谋生计，到处开专栏，写东西就像缝纫工车衣服那样，一手捉笔一手便可以抽稿纸交货。身在这般商业利益至上的地域，使李碧华一边要惦记怎样写出动人的好故事，一边还要算计着稿费决不拖泥带水。所幸，“大俗”未必不能造就“大雅”。这个惯喜语出惊人的李碧华，或许也会给雅俗共赏以另一种可能。

童女与死亡之舞

在东西方文化的对视想象中不小心容易堕入意淫的困境，这是我在不停阅读台港文学却同时陷入的惶恐，真相，我们常常以为自己了解了真相，而真相又何其远矣。我们常常以为懂得了人生，人生岂会这样就为你摈弃艰辛。但为什么我们还是愿意选择异域，也许真应了那句如梦般的预言“熟悉的地方没有景色”，那么，就让我们到远方去，到远方去，黄碧云已做好邀舞的姿态，她再一次远行，选择了一种叫做弗拉门戈的舞蹈，以死亡之舞讲述爱，还有痛。

以前很多人知道香港有亦舒、李碧华，却不知香港还有个倾国倾城的黄碧云，和她写香港的大气魄大野心。如果可以食物来衡量一本书的阅读难度，台湾女作家袁琼琼对黄碧云作品的评价是吃掉三公斤，这样的袁琼琼说“于是我终于知道我的天才比张爱玲多一点而比黄碧云少一点”，黄碧云自己则干脆批小资们奉为祖师奶的张“好势利，人文素质，好差”。其个性同她的文字风格一样，爱恨喜憎都那么强烈。彼时黄碧云早已不是写一段《盛世恋》作80年代香港《倾城之恋》版本的黄，更走过以《她是女子，我也是女子》出道就大受同志文学迷青睐的阶段，也走过以《列女图》铺陈性别身份急切欲为香港立史，到《无爱纪》淡然面对万般背离成就新世纪的寓言，读黄碧云的书，直叫人自叹弗如感概文字这一炼金术常常真就是天赋，而身怀天赋的人不以为意，更不炫耀，只道平常。她的平常，已足够我们揣摩叹息。在新书《血卡门》里，她以自身远渡西班牙习舞的生活记录敷衍虚构作平和起跳，目标仍是直击生死爱欲的本质。

“没有浪漫，只有痛”构成了黄碧云多数小说的主旨，她自己也是这样的女子，书写存在高度统一，她的写作力量来自“反抗”，厌恶一切世俗价值的框限。对于世俗我们并非无知无觉，只是疲惫地习惯了，而积习的惯性让人麻木，让人好了伤疤便忘了痛。但黄碧云没有忘记，尽管一再经历，反复触痛，她身体与文字中透露出的敏锐痛感却从未减弱强度，因此读黄碧云，让人得以重新发现和记忆那平素我们遮掩着隐藏在灵魂深处的痛楚，那平素我们不愿示人的喑哑噤声的通关暗语。她的一部部女性痛史，有被论者认为局限，但身为女性最柔弱同时又最刚烈的部分，却也不是男性作家轻易就能触碰到的。黄碧云在写出女性的沉重、压抑，暴烈、温柔，描摹女性心理的精准中已至无人之境。许多读者表示看了她的书后才了解自己身为女人的部分。她未刻意为之，却鲜明突出地传达出了一种女性向。

《血卡门》至西班牙万里之遥，她得以正视自己的身体，学舞不仅使她了解轻重、快慢、速度和平衡，能以舞蹈韵律写千钧之力；同时抛弃了过去对身体的羞耻感，光是身体就可以表达出所有情绪的直接。黄一直在思考什么可以将女性的身体打开，又关闭，来自西班牙吉普赛人传统的弗拉门戈舞让她看见可能。弗拉门戈，意即逃离的农民，舞者最见功力处不在仪态的准确与美感，而在如何透过肢体的摆动，传达出喜悦激昂，悲苦愁困等情绪的深刻。成熟的舞者更需要人世的历练和对世情的洞察。它也是唯一不强求身形，丰腴臃赘的身体仍能传达无穷魅力的舞蹈。年华不再容颜衰颓的舞者，高高撑起的身体和风刀霜剑的皱纹一样铿锵有力，传递着让人毛骨悚然的热情，将地球踩出一个洞的冲天怨气，压抑而奔放，热烈而悲怆。歌声更是哀怨孤独的吟唱，诉说着吉普赛的恨，偷走人的灵魂。

在这个时代也有很多人写疏离、背弃、侵害、伤逝……有的为吸引眼球，有的为了探索先锋，而黄碧云却显得比任何人走得都坚忍执着，这简直是如同修行般的一条路。无视惯常的人物情节铺陈，叙述结构成规，亦无视一般人对暴力、死亡以及伦常纲纪的底线。这样的“迫视邪恶，拒卖温情，我行我素”，跳起舞来也非要弗拉门戈，而不是国标，芭蕾，或其他，也使作为读者的我们好奇，她的个性是如何不断承受反刍与消化这么多，或许写作就是有这种力量，让人治愈与宣泄。舞蹈作为一种和空间节奏有关的新的语言，它和文字，以两种不同的表现媒介在书中触接交融。而黄碧云也以她的文字宣告般证言写作者，仿佛命运的预知者，通灵者。因此她笔下那一个个灿若天边火烧云般瑰丽凄绝的故事，不仅仅是故事，更是对命运之门的窥视推敲与洞悉。那个牙齿有一点缺的萝达，笑的时候嘴里就有一个洞，有点黑、有点缺的破洞，像生命。每一副躯体都有个血洞，血流滴至完全枯干为止。所以她跳弗拉门戈的时候，不笑，眉皱得紧紧。小说由此进入，由萝达写卢特斯，萝达即是卢特斯，她拥有一双跳舞女子的脚，柔软处比无骨者柔软，坚硬的脚跟脚尖却好比穿上密密贴贴再也脱不下的人皮小靴，虽熟悉各种痛楚，但痛起来的时候，一样的深刻缠绵；写以理性与节制理解时间的莱泛爱拉，天使的名字，却并非“天使不想念，天使不恋爱”，而只是孤独为生存的本质，她希望诚实去面对。所以她舞，不再看到自己。还有另一个德国女人，长得太高，仿佛一低头就可以看见全人类的安妮亚，是或者不是同性恋者的安妮亚。知道弗拉门戈是她生命中偶然一件事，不会长久。事情因此反变得真实，她开始尝试理解身体之间的互相对抗，斗争所得到的和谐就是舞蹈的空间。还有以不同的舞者群像拼贴着女性不同的生命面向，一个个女性，一扇扇通往命运的门。

那支笔拿起来仍是向来的冷艳决绝，横眉竖眼的残酷。予人的，无论是暴力的纵容还是欲望的流溢，都一针见血，决不放过。或与自幼亲历相关，她的小说充满死亡意识，要么直接写到，要么一直在背景里，成为惘惘的威胁。即便后来已写得见得熟常，却仍是无比庄重的一件事，如她所说“是文学命题，要好好面对”。而她的语言是那样直白尖利如手术刀，“头痛，发热，全身酸痛发软，胃痛，早上会呕吐，但吐无可吐”。这种语言，初读真像在要狠斗勇，如同急促呼吸般的节奏，裹挟着粗暴紧张的力。又那样简洁干脆，像脚梆梆地敲在木板上的弗拉门戈，质感坚硬实在。又好像每场都是诀别活不到明天似的跳跃感十足，这样呼啸而来的势力和张力，这样浓烈深刻的感情。

情深如许，才能如她般以平静写激烈，以坚硬写柔软，以痛楚写沉默，以希望写幻灭，以节制写撕裂，以凉写热，或是相反。她钟爱生命中不能承受之重，又往往能以四两之笔写得任情任性。大概因为所有沉重的，黏滞的，悲哀的，最后都不过化为一抔土，一缕烟。有这样的生死观、爱恨观、伦理观打底，使她拥有了强烈的意力能在这苍凉尘世里翻手为云覆手为雨，明明通晓这薄情的世界，阅尽世事，却又好像一个童女一样，对世事始终如一，始终艰难而深情地活着。

在沉默中完整

亨利·詹姆斯曾说：“生命里总也有甚至修伯特都无声以对的时候。”那么，我们唯有沉默。唯有在寂静中聆听另一句偈语“百感交集是无言”。以前读《挪威的森林》时喜欢村上说“每个人心里都是有颗石子的”，那么就让语言为石而沉默为金，后来读《沉默之岛》听苏伟贞言“晨勉自己也是一座孤岛，必须自养”，于此中感受沉默的力量，沉默的美学。而她又怕证据单薄引述梭罗的话说“多数人都生活在绝对的寂静中”。是的，我们每个人都是或逐步退却或与生俱来的茕茕孑立的孤岛，每一座心灵的孤岛里寄放着一个沉默的灵魂，等待着开启它的人。如果你有幸得与《沉默之岛》这样一本书独自相对，你便发现这世界充满了寂静的秘密。

两组人物的对照情节，从《双面维若妮卡》《情书》到《沉默之岛》，并不新鲜。两个晨勉、两个晨安（性别不同）和两个丹尼（一个中文名字叫祖）发生的故事，除了作者的交叉叙述并丝毫没打算交待前因后果导致阅读容易产生的张冠李戴外，没有其他的机关。进一步说，这两条道路也可以看作一件事情的正反两面一株花朵的两处分枝，抑或一粒种子的两类生长。苏伟贞不为求“戏”，却令看官好生出一番人生如戏，戏如人生之感，看不同的人在人间上演着相同的戏码，又或是一个人的精神撕裂与纠缠，来自身体与心灵的痛苦放逐与挣扎。她以一种心写两种情，倒是特意以相同人物相似对白强化情绪暗示着意图。这方法如评论家黄锦树所言是“疲倦之后，继之而来的是睡眠，睡眠中不乏这样的情形，梦弥补着白日的悲痛和胆怯，表现着清醒状态中无力可及非常简单却十分伟大的生存实现。”是梦？非梦？是她？不是她？通常情况我们读小说希望整理出的故事性，在这里，还会那么重要吗？

宁可去无意识做爱也不会做梦的晨勉，却仍有虚幻梦境，在那里仅供另一个晨勉呼吸，一个晨勉虚构另一个，一个晨勉过两种人生，这是她的需要，如同最后她确实知道自己在哪里呼吸，而不是抽象的“性”，从此不再与“那个晨勉”有关，她在沉默中终于找到自己后，变得不再需要，也不必绝圣弃智。

我仍然相信文字对于生命的魔力。比如苏伟贞的这次笔触冒险，句式干净简洁，语言不动声色，而思绪反复缠绕，变得分外跳脱，反正统。沉默，岛屿，性，种族，年龄，价值观，身体与灵魂的互为指归或背叛，种种缠绕纠结，变成了欲罢不能同时又欲力强大的苏伟贞。她的文字感觉仍旧如此好，这好并不是第一眼的惊艳，却是需细细品的“清坚决绝”。她文学气质中的冷，也不是打一照面就冷，而是冲淡平和下的暗流涌动。《沉默之岛》里，文字在迅疾无声地行军打仗，兵分两路，一路叙事，一路静默铺陈如地底长河，逐渐胜于语言，胜过有声，代表一切，说明一切。从此以后天地只需要静默。它带我们回到洪荒，像回到母体子宫回到我们的初始之处。那静默更是作为一种呼唤，并在呼唤中记忆，晨勉的，也是我们的，前世今生。

苏伟贞一直有着行军旅人般的勃然英气，因此即使写性，写身体，写情天欲海中的耽溺沉沦，也端肃凛然，毫不猥亵。小说大胆指涉女性情欲、性别政治、认同焦虑，挑战传统女性典范，写尽身为女人对自身性征的体悟，并多次提到“雌雄同体”——是她认为的有希望区别于台湾大多数平庸麻木碌碌无为的单细胞动物的异类，在这个晨勉那个晨安身上，这个祖那个丹尼身上，以“瓦解”和“颠覆”日益腐败堕落的城市。苏伟贞笔下的人物绝少幸福，总带着一股无法摆脱的淡漠和怀疑，而她擅以细腻温婉的残酷道来。如小说中晨勉大部分时候也是现代的“混吃等死”人物，才不思考生活和自己，活着只是经历就够了。直到了生死大限，两个晨安都选择以死亡结束，像是预言。不自认足够了解生不会选择死，这世上最亲的人以此方式贴近晨勉，催促她心灰意懒后了断。然而死亡真的是良栖是归宿吗？痛定思痛后一个晨勉认为沉默是种力量，她“一直无法抗拒祖这种沉默的力量，他从来话少，他们的爱反而十分集中，一向不需要说什么”，而另一个晨勉也“突然可以了解丹尼在母亲过世后的沉默，他成为一座孤岛。现在，晨勉自己也是一座孤岛，他们像两座岛屿彼此吸引”。最终晨勉们完成了道别，当天地正在破裂，城市的热闹和寂灭加速轮转，晨勉们终于懂得“微渺的人唯有以肉身抵抗，保持精神的冰洁”。

苏伟贞借晨勉之口发问：“情感的路是不是一旦开始了，就进入一种宿命?”幼年的伤痛使晨勉成长后仍只能生活在一遍遍舔噬伤口的回忆中，残缺是一次次划破她的碎片，散落在她将历的人生中，反光映射着残缺的自己。可是她又有她的相信，比如对“太大空间对我没有意义”的坚持。她是滑动光体的圆心，丹尼辛都兰祖冯铎多友围绕她做同心圆运动，然而在情爱之链上滑行的晨勉差点失去自己，直到独自拥有了生命溯源后的本体——岛屿，才终获完整。小说以这些人物象征其生存的美丽之岛，每个人，每类族群，每一座城都有各自的“我执”需要面对，都浸淫在内心的风暴下苦苦立定，上下求索。

生命不停地经历也意味不停地突破至不完整，但生命的最终目的是为了到达彼岸，结局不管如何都将塑造完整。然而完整，是否真就是最后的解决与释怀呢？读这些台港女作家的小说，不由感叹主人公们对情的执着与追求，无论是礼法之内的压抑悲苦，还是泥足深陷到死缠烂打，各式各样的情，都恁般难以割舍，然而情之所钟，仍是虚空。苏伟贞用细密的心思给我们讲了这样一个故事，不惜使用思想盖过语言的文字。我们必须小心拨开层层雾障才走得出这迷宫，它或许复杂到每一句话都满含深意，或许只是简单地叙述了一种要了命的情绪，结论只在你的手中。

风格化简媜

简媜是我很十分喜爱的一位散文家。庆幸散文仍有当代文学中存活着的古典，呈现给我们一种高远优雅的状态。台湾作家似乎更重视传统文学中化用出的简洁、宏约、婉转深厚，简媜也自有她恬静从容的诗美。她是早慧的，在二十多岁的时候就已完成了《水问》《月娘照眠床》《只缘身在此山中》作品集中的许多名篇，更可贵的是，她的创作力始终在持续地爆发与突破，而后，《红婴仔》《天涯海角——福尔摩沙抒情志》《好一座浮岛》等佳作更是数之不尽。自林海音、琦君以来，台湾一直有着“闺阁散文”的传统，而简媜既带着女性天生的敏感与细腻，又突破了闺阁散文的格调，表现出一种“中性”的风格。读简媜，常会让我联想到宋词别家的李易安，有“莫道不消魂，帘卷西风，人比黄花瘦”的婉转低回，亦有“生当做人杰，死亦为鬼雄”的豪放壮阔，她的散文立意高远，气象万千，有着独树一帜的个性，使我们可以在千百人的作品中，一眼便认出她。

还清楚地记得她在第一本集子《水问》中的句子，“我已然开始了长年的迷途，生之命题封锁我，觥筹交错的知识酒杯灌醉我，爱与欲的逻辑困惑我，生活的椿木打击我”时的简媜，充满了青春生命的觉醒；到《渔父》，再到《四月裂帛》，却已是生命过半的回味了。以往读者多集中于“女性潜意识”“恋父情结”的考究，但即使父亲、情人也并非作品的主人公，只是作者丝丝缕缕描摹刻绘内心那生死不渝的情感的载体罢了；两位曾与她心灵贴得最近的至亲相继被死神所召唤，这其中有多少沉重的不舍如身体里汹涌奔流的热血让人夜不能寐，简媜成功地将复杂的意绪表现得既有气势又不失节制，以女性的柔韧与灵动展现情感的饱满与张弛，到底是摆出了成熟的风格。

生命的本质原是素朴。就像她平实地祷告：“我不求无风无浪，只希望有多大的风雨来袭，就有多大的气力撑过去。”人生的安稳才是永恒，这是每一个经历过年少痴狂后的女子不得不承认的。不忍自我生命的日记继续空白下去的简媜自然地执起笔，淡泊地写下成长的心事。女儿自有她的力量，即使做红萝卜，也定要在泥土里便把山川湖海钉牢的那种。十几年的历练终于使简媜也凝聚出那座她曾苦苦徘徊于下的傅园墓碑般的射日雄姿。读简媜，不禁也令人想到另一位英毅女子萧红，同写死亡，萧着力于苦难的民族，苦难的妇女，以及这双重苦难中升起的美丽。简媜不去驾驭那么大的命题，转向个人情境里涂写哲意的思索，理性与激情的糅合，同样到了好处。对女性而言，文章的自传色彩一浓，主观抒情便变得不好控制。一味的伤怀很容易沉迷于小儿女的性情中，就过于虚弱。但简媜越过了这道坎。如《问候天空》里她从夸父逐日的小故事说起，引出对天空的观察与想象。用清新洒脱的文字让我们回到了天真烂漫的童年，读来酣畅淋漓，我们仿佛就置身在多年前那个宁静的下午，陪她一道看天高海阔，云卷云舒，随她一道攀登那仰之弥高的云之山峦。童年时，我们都有过对天空信马由缰的图绘吧，作者对变幻云朵的想象与勾勒是那么生动，令我们切身感受她所说的读“无字天书”需要的一等的心情，一望无际的蓝天与白云，是大自然最活泼亮丽的景色，让人心胸开阔、心旷神怡。然而生命的历程中，有阳光便有风雨，有乌云遮挡住天空。文章的情绪也由高昂转入低回，从年少时的豪情万丈，胸怀一腔没有名目的热血与壮志，到中年后陷入凡尘俗事中的苦闷与沮丧。作者通过对雨季的省思与体悟，最后揭开了主旨“大自然总是无时不刻地在教我认识世界，传授给我力量新生的秘诀”，此时，已是拨开云雾见青天的爽朗与释然。作者是在写自然，同时也在写人生。

从简媜的作品中，我们看到作者对自然和生命的感受力，并从中揭示出人生的哲理。生活在都市钢筋丛林中的我们，被太多红尘滚滚牵扯，每天忙碌地只顾踩着仓促的步伐看脚下的路，很少想起来停一停，领略抬头就能看到的风景。我们早已忘了头顶上那片灿烂的星空，以及最纯净原始的感动。而简媜用她优美的文字和细腻的笔触，将我们的目光引向那本需要我们用尽一生去阅读的无字天书。我们愿意从此花几分钟，抬头仰望，沉淀自己吗？年轻时，我们每个人都有着豪情壮志的胸怀和天马行空的梦想吧。但几人能如夸父逐日般始终如一地追逐并执着呢？仰望天空，我们不仅懂得了夸父的精神，也懂得了同样流淌着夸父血脉的简媜。

对于许多女性写作，写和读都是一项耗费心力元神大伤的工程，常常要好好休养生息一番才能继续。但简媜不同，她一直给我们提供着绵长的温暖。散文还是简单得好。直指人心的美不需要太多浓墨重彩的渲染铺陈，写一种颜色，也可以像印象派绘画般百转千回；深深浅浅的红里，也就有了死亡与再生，缠绵与解脱，幻灭与真实，囚禁与自由。语言的弹性，密度，质料，慢慢地也品出来。

就让四月的天空轰轰然去裂帛，再无须担忧补天者会缺席。

百般婉转，一样心肠

——故事和讲故事的人

张欣是上世纪80年代以来发现和书写城市生活、现代女性这一文学主题中走在时代前列并走得楚楚动人者。张欣的小说无疑曾是新都市文学的重要收获。她的作品和社会转型以来飞速发展的市场经济和现代化之路密切相连，随着中国的城市化和商业化进程的加剧，都市发生了令人目眩神迷的变化。我们不再"有都市而无都市文学"，都市真正取代乡村成为故事发生的舞台、场景和主题。在张欣之前，还没有一个作家以敏锐的眼光和执着的热情不断描写着广州，这个南方都市，改革开放的首善之区，可以说是张欣在文学中塑造了广州，这个在经济发展中热火朝天，物质急剧扩张下充斥着琳琅满目的商品，奢华舶来的品牌，鳞次栉比的琼楼玉宇的都市，它的喧嚣和骚动，下海淘金的人们，在这个灯红酒绿充满欲望的都市里，正当地表现着自己的欲望，以及被欲望扭曲的挣扎与痛苦。张欣冷静地道出了万象更新、新旧交替中都市的种种矛盾和都市丛林的法则，张扬了一种时代列车轰轰向前中积极果敢、开拓进取的南方精神，细腻到位地呈现了都市的氛围、感觉和情绪，对都市欲望的现实抱持着宽容和理解的态度，当然也没有回避它给人们带来的物化和异化，并最终"不忍舍弃那一点点浪漫"。张欣的小说自有一种腔调和风格，在同是都市女性写作的一批作家里，以其独特声名鹊起并屹立一方。关于她的“雅”和“俗”，不同的读者能从其作品里读出不同的意味。而那些好的作品都能形成雅俗共赏的审美取向。

张欣一直是个善于讲故事的作家，她的小说可读性很强，故事情节引人入胜，本雅明言及现代小说已渐渐地不再讲故事，“我们要遇见一个能够地地道道地讲好一个故事的人，机会越来越少”，“这经验告诉我们，讲故事的艺术行将消亡”，张欣却还是一个坚持传统在讲故事的人。她深情地讲述着一个又一个眉目清楚的故事，在都市的宝光流转，物质的温暖熨帖和人心善恶的角斗场中，为我们揭开繁华背后的苍凉和无奈，以及身在其中的人们无法挣脱的迷失和怅惘。情感和都市是张欣小说的关键词。张欣早期的《梧桐梧桐》等作讲述了女性面对情感时的执着甚至执拗，揭示了灵魂深处的痛彻心扉，进入都市后，本着对新事物的敏感，物质生活的丰富对女性天然的亲和、吸引，她的作品散发出一种发自内心的都市感，以及在经历冲撞后对它更深层次的体贴与懂得。之后一段时间她在内容上选择了一些重大新闻事件和社会议题如《浮华背后》《深喉》《不在梅边在柳边》等，往离奇惊悚的路径险行，因深具畅销和影视元素在文学性上引得争议。而这次的新作《终极底牌》，看似仍像一个悬疑小说的名字，却是张欣的一次回归和再出发。她不再凌厉，回归温情。她仍是那个直面现实、关注当下生活和女性情感的张欣，在讲述一个好看好读的故事之外有着人生的况味。

如果以一句话概括情节，这部小说是以崖嫣和张豆崩两位花季少女为主人公讲述了两个单亲家庭的故事。然而又分明觉得张欣的作品不能如此简单地被概括，会因此流失一些宝贵的质地。它看似青春成长的言情，其实涵义丰厚。或许因为主人公是这两个女孩，小说的某种程度上显得透明、轻盈。对性格不同但都喜欢看漫画、读书、做蛋糕的崖嫣和张豆崩这对好友而言，“淡定”是她俩的接头暗语，“单亲”是他们心底希望保留的隐秘。张豆崩身在单亲家庭却继承了父亲的温暖和母亲的坚强，阳光乐观，从不吝啬自己的善意和对父母的爱，崖嫣的家庭则因为母亲的性情和身体笼罩着一股低气压，母亲林紫佳是位孤独的琴师，她们的母女关系有时是倒置的，母亲的不通晓世情生存仿佛赌气，后来原因揭开，她和江渭澜都是一桩意外导致的命运中受苦的人。就像那些我们曾经历过的人生中的抉择，一个选择和舍弃便改变了我们的命运和历史。张欣笔尖流转勾连起几个家庭两代情缘，交织着社会议题，展示了人间众生相。小说通过兰老师、程思敏、江渡、崖嫣和张豆崩等人探讨了当下社会的教育和成长，提出了学校把孩子的所有“负面”都归结于单亲家庭的标签化问题，而抛开这些社会议题，仍是一幅浮世悲欢图。

是的，这还是一个滚滚红尘的世界，现代商场如地下迷宫，主人公如野晴小姐仍然身着香奈儿、小黑裙、红底鞋，生活点缀着拉菲红酒、法拉利跑车、猫屎咖啡。野晴小姐是张欣从前的小说中浓墨重彩描述过的女性，她们追随着时代的风起云涌如鱼得水，被城市训练得漠然硬朗，极少抱怨，不相信眼泪。然而她作为世俗意义上的成功者，因和张父价值观不同婚姻破裂内心却仍深爱对方，华服背后有着掩饰不住的寂寞和忧伤。张欣小说里的滚滚红尘是醉人的，因为有这么多斑斓的色彩让你眼花缭乱，而这红尘又是苍茫的，即便你寻寻觅觅，来来往往，交交错错，你所拥有的依然只有你自己，怀抱的亦只有自己，和那一腔独自珍藏的惘然和叹息。与野晴小姐对应的都市新贵、白领丽人不同的是，江渭澜、刘小贞对应的城市平民。江渭澜因为战友王觉的牺牲毅然决定抛弃了自己的事业、家庭和身份，从此扮演另一个人。背负着这个沉重的秘密，活得隐忍而凝重。命运的交错让江渭澜和林紫佳从本是知识分子家庭的青梅竹马到咫尺天涯，改写了人生的轨迹。小说的情节可见出作者之前小说的一些元素并被书写得一波三折、重峦叠嶂。而张欣的气质，体现在无论写到哪一种人，从担任美术老师的江渡到他绣十字绣的母亲刘小贞，都是对生活有品位的人，其品位通过张欣对细节的写实自然地流露出来。就像在这部小说里，她细细地写一个厨房，写做蛋糕的材料和步骤，写鉴赏美食、绘画和音乐，俗世的欢欣和乐趣仿佛都体现在那些日常琐屑的细节里。张欣曾经说过“我实在是一个深陷红尘的人，觉得龙虾好吃，汽车方便，情人节收到鲜花便沾沾自喜”，正因为有着这种热情，所以她能够流连和逡巡于这些都市的细节、色彩和表情，张欣始终是“入世”的，对这个爱也好、恨也好的都市义无反顾地投身、融入和热爱，通过这些对细节的写实张欣亦写出了俗世中的永恒。

张欣的小说是喜欢传奇的，这传奇同样并不是超脱于俗世生活，仍是扎根于日常中的浪漫。这使得张欣的许多小说以儿女情长为主，却并非儿女情长那么简单。正如作者所说“所有的言情，无非都是在掩饰我们心灵的跋山涉水”，因此小说有对商业化社会的审视，有人间的热闹和悲苦，有少年在成长时受过的伤，不被成人重视的卑微、怯弱，力量的渺小，有父母辈在人生舞台上的起伏风云，辛酸与艰难，困惑与抉择。如果只在小说中看到了浮华的城市表象和曲折迷离的故事，并不是张欣。在这个繁花似锦的城市里，每个人都是一座孤岛。因此城市的霓虹虽然美丽却有如暗夜流泪不止。张欣还是那个抒情的张欣。她用悠长抒情的语言和笔调表现了浮世悲欢之韵，她写到江渭澜第一次在鱼档见到了苍白消瘦、背着孩子的刘小贞，想到王觉的父亲因病痛自己穿不上袜子，在南方的冰寒蚀骨中光着脚穿一对棉鞋的心中所感。这感伤里有对人世的体贴，只有温柔慈悲的人才会发掘、描摹这些细枝末节。这些犀利和酸楚，在不经意处抓住人心，使人产生心灵的共鸣。她的抒情性还反映在那些故事行进之中的小句子里。“是非、恩怨、钱，没有一样是说得清楚的，只有心酸很结实，满满地堵住了胸口。”她仍会执着地发问：“有雨的黑夜你会想起谁?”在小说的这些停顿和延宕处，我们看到了张欣，尖锐中依旧柔软、多情的张欣。当然这部小说还是有戏剧化一面，比如江渭澜和他原先的家如果不在一个城市会不会更真实?但张欣说过，生活远比小说更戏剧化，于是我们就理解了，这是张欣有意识地自我选择并坚守。

张欣以前的小说中不乏爱情的消解和男性的残缺，其笔下的男性大多是自私而冷酷的，写到爱情也往往是利益比爱情更靠谱的残忍现实，但相比过往，这次她的浪漫和温暖跃上前台。小说仍旧写到了钱，物质金钱虽不是主角，但还是如同呼吸一般渗透在背景里。刘小贞为了追查账开始和死去开发商的妻子宋春燕交往，一环套一环引出了另一个故事，张豆崩和父亲虽然都不屑于钱，但张父做手术实实在在需要钱，于是张父的第二任妻子小陈阿姨不得不开口来借。小说仍然客观地肯定和承认钱的价值和重要性，声明凡夫俗子对钱应有的敬畏之心，但已不再像早前在《格格不入》《掘金时代》中展现出的金钱欲望被多年的层层压抑后浮出地表的汹涌澎湃，决堤而出。而是提出了在这一价值体系之外，还有另一重的价值存在，例如一方面都市的残酷竞争不讲情面，“家庭关系就是金钱关系”；而另一方面，野晴小姐最后还是相逢一笑地借出了动手术的钱并主动联系医生，展现了都市人的无情和有情。还有虽然早早南下赶上了经济发展的先机，却因为传统道德的“残留”几次落魄的江渭澜，在世俗的意义上或许是一个失败者，然而“底牌”掀开，在人性的意义上他始终是个闪耀着辉光的成功者，“终极底牌”成为作者对人生的一个注解和隐喻。刘小贞的善解人意和江渭澜的自我牺牲，是当下现实中日渐稀缺的美好品性，而小说也给了他们一个温暖的结局，两人因义而生情，最后已说不清谁救赎谁。小说通过上一代对传统文化中信仰和道德的坚守，林紫佳得知真相后与江渭澜达到的和解，下一代江渡对父亲的认同，肯定和张扬了这些固有的精神和价值。作为曾经张欣小说主人公的上一代人，如今均为人父母，儿女成了这个时代的主人公，和父母一致的是，崖嫣和张豆崩因为程思敏而生的心结最后也归于和解。张欣曾自言：“我在写作中总难舍弃最后一点点温馨，最后一点点浪漫。我明知有不少人对此不以为然却恕难从命了。”如果有缘故，我想是因为爱。还是爱。还有爱。张欣用她的锦心绣口一次次告诉我们，爱是不能忘记的。它是张欣小说的婉转动人和缠绵悱恻处。因此，小说最终回到了人间的一点温暖、诗意和真情，也让我们回到了最初读张欣小说的感动。

湖湘代有才人出

“文学湘军五少将”由《芙蓉》杂志在2005年隆重推出，而这五位“70后”作家——凤凰田耳、邵阳马笑泉、湘西于怀岸、长沙谢宗玉和岳阳沈念，也以自身的才华与勤奋，渐成气候，声势夺人。田耳的通透幽深，马笑泉的凌厉锐气，于怀岸的粗砺血性，谢宗玉的淡泊宁静，沈念的智性沉思，五位作家的作品均充满个性，呈现了各自的小说（散文）意识及追求，立时成为文坛一道清丽的风景。

田耳小说的独特性令人过目不忘。《衣钵》讲述了大学生李可的毕业实习，在身兼村长与道士之职的父亲替他联系县政府实习无望后，他同父亲实习起做道士。刚完成入门仪式后的李可，便面对了父亲的酒醉而死，于是他的第一个道场做给了自己的父亲，在生与死的传递中接下了父亲的衣钵。

整部小说始终弥散着一股捉摸不定的苍茫气质，作者写道场人生，运笔很淡，没有剧烈的冲突，过滤了夸张的戏剧性，即便是父亲突兀的死，也好似冥冥中早已注定般顺理成章。人世的苍凉便在这淡中慢慢皴染开来，绵延不尽。

衣钵在表层意指李可继承了父亲的道士职业，而更深层的方面，则是他自觉皈依了父亲所代表的乡村文化和道家的美学精神。小说从做道士这个独特的视角切入乡村生活的隐秘，切实地呈现了乡村伦理与生存哲学。李可毕业的时代，父辈代表的乡村传统文化正在现代性的庞大阴影和城镇化的来势汹汹下面临不可避免地衰微。李可对乡村文化的情感，也是经历了一开始的拒绝与背叛，曲曲折折地才走向了理解与认同。小说又并没有因为李可的认同而中止对乡村民俗的反思，这种认同更像是一曲田园挽歌，有着浓郁的悲情气息。作者对不断逝去的传统既有温柔的眷恋、缠绵的哀思，亦有无可奈何的忧伤以及不知所终的茫然。

小说的写法也颇独特，看似漫不经心，笔触不时旁逸，而正是那些摇摇摆摆旁逸斜出的部分，充满了人生的诸多况味，使得小说的意蕴浑厚、深邃幽远起来，令读的人，亦别有一番滋味在心头。

田耳的可贵，除了他的视野与情怀，还有他在每一部小说中体现出的不同追求，这种探索与努力使得他目前的小说异彩纷呈，当然，最终他会打通任督二脉，迈向更高的境界。

于怀岸与马笑泉的小说都以逼迫的原生态、在场感动人。马笑泉的《愤怒青年》有很好的语感，姿态也分外鲜明。小说不仅书写了年轻的城市边缘人、黑道分子楚小龙的生活，同时也真实地展现了一座在现代化进程中被遮蔽了的湘南县城。如同贾樟柯对山西汾阳的记录，贾樟柯用其电影而马笑泉用其小说，为处于转型期的中国面貌提供了崭新又充满意义的文本。

《愤怒青年》以极端化的书写，营造出一种凛冽的痛感，题材陡峻，用气也足。作者写小县城的混乱无序，黑暗暴力中的人性，直白张扬，癫狂刺激，凌厉凶狠，几乎是杀气腾腾，手起刀落的，将生活阴暗惨痛的真相直接撕破了摊在读者面前，让人痛彻地感受到利刃切割肌肤的冷冷机锋。小说好在并不是单纯渲染暴力，文中的青春恣肆始终与压抑绝望焦灼的心绪相扭结，愤怒青年在痛苦的挣扎中，终被这比他残忍冷酷得多的社会引入万劫不复的境地，主人公坠落的过程同时也是小说不断地接近对人生本质拷问的过程。由此可见，马笑泉并不仅仅是沉浸在暴力生活状态下的作家，他有着自己的问题意识和形而上追求。

于怀岸善以粗砺之笔写粗砺的生活本身。起初接触于怀岸的小说是发表于《大家》2006年第5期的《南方出租屋》。小说先是讲述了一个沦为打工仔的大学生“我”在城市找工作屡屡碰壁的苦难，随后“我”不得不寄居于外地打工者云集的南方出租屋，与患有艾滋病的妓女苏文成为邻居，两人因合作侦查鬼魂托梦带来线索的凶杀惨案而步步走近，却又因这次侦查相继死于非命。故事环环相扣，着力塑造一种怪诞紧张的氛围，在环境渲染和情节铺张上很有生气。这部小说可以见出于怀岸小说的基本特质，作为一个打工作家，生活的经历者，他在小说中揉进了刻骨的生命体验，其叙述结实有力，如一记记重拳扑面而来击中生活的要害。而这种叙述方式也必然造就一种粗放坚硬的质感。

随后，于怀岸又在《上海文学》2007年第1期发表了《一粒子弹有多重》。这篇小说在于怀岸的谱系中较为特别，因为是家族叙述，便不似他的那些现实故事一般惨烈。却仍是沉重。小说行文朴素，看似信笔所至，无甚叙述技巧，语言在些微处甚至过于松散，但胜在情感的真切流露、丰沛绵长。故事以外公精心准备求死开始，最终得偿夙愿自杀结篇，其间交叉诉说了外公充满历史感与传奇色彩的人生。一粒子弹有多重？一条性命有多重？一个人的生死有多重？有轻如鸿毛亦有重如泰山者，生为军人，外公坚定地选择了后者，然而世事偏不随人愿，没能战死沙场成为他一生最大憾事。因此，外公早早开始谋划自杀的方式。自杀并不是件体面之事，但外公选择的子弹穿透胸膛的自杀，却像个庄严的仪式，在隐匿藏身压抑憋屈了大半辈子后，最终还复他一代将军的身份与气质。小说将外公复杂的性格形象塑造得深入人心，对待子女看似专制绝情，对待部下满腔热血激情，对待妻子又是相濡以沫如许深情。旧事故人在作者笔下不乏悲情，不胜唏嘘。

综观于怀岸的小说集《远祭》，多直面生活暴烈、血性、残忍的一面，作者以泣血之笔向我们揭示了民生之多艰，以亲身经历诉说着民众的悲苦哀愁，因其直接而有着锐利的锋芒，将人灼痛。

沈念的散文展现了对凡俗生活的与众不同的观察视角，他常能从对日常生活的描述中一个迭宕开去，沉沉地陷入精神的冥想与玄思。沈念这种欲罢不能的“走神”“梦呓”与“精神漫游”，成为他作品的最大特色，也使得他与纷繁世界保持了冷静的距离，而自觉扮演了观察者与思考者的角色。《对一个冬天的观察》《时间里的事物》《我们的相遇以回忆结束》《对一个夏天的观察》《河流上的秋天》等诸多篇章，都反映出作者对生活中那些精细微妙的感觉的敏锐捕捉以及对人生存在的强烈思辨。这方面作者显然受到了博尔赫斯等人的极大影响，他爱在不同文本中对时间、存在，现实、幻象，有限、无限等问题做出各个向度的探索，意境瑰丽繁复、文字缠绕绵密，文本从内部生出了巨大的张力。沈念最好的散文往往能在幻想与写实中恣意游走，收放自如，一方面充分挖掘语言的智性、灵动和飘逸，产生一种魅惑视觉的神奇美感，另一方面，又呈现出一种迷离、幽暗、冷峻的气质。相较之下，他的小说尚有理念过于强大，而血肉不丰之失。

如果说沈念以其写作对传统散文做了新的突破，那么谢宗玉则是扎根传统，默默耕耘，将传统散文的韵致发扬光大。他的乡村散文《遍地药香》读来情真意切，令人动容。作者经过多年的生活累积，对故园风物早已了然于心，他写乡间药草，并不只是单纯地记录，同时也是在写个人的成长以及人世的悲欢，抒发着多年来对人生际遇的点滴感悟。因着儿时记忆的丰富生动，作者在散文中向我们展示了充沛的生活兴味，元气淋漓。从对绿豆、苦瓜、向日葵、蒲公英这些乡村再平常不过的物种的细心描述中，我们看出作者虽然成年后在都市浸淫日久，但内心却无时无刻不在诉说着对田园生活的眷恋与怀念，以及对回归宁静恬淡的大自然的渴慕。乡村生活在作者心头留下难以磨灭的印记，培养了他谦卑而宽容的心性，作者对那段贫苦清寒的童年记忆亦常怀感恩，也正是因为这种态度，作者不仅写出了植物的性灵，还写出了人与植物的关系，人从宇宙万物中领略到的精神，以及反馈到人自身，人与人间的亲情、友情、爱情等等，作者对世故人情分外体贴，并通过一株株植物、一篇篇短文，渐次拼贴出了以瑶村为代表的传统农耕社会的全貌。

《遍地药香》这样的作品，没有大的野心，反映人生世态更接近诗的方式。它描绘故园风物含蓄从容，点点滴滴沁人心脾，很好地展现了中国传统美学的气韵风度。素净，是谢宗玉文字最突出的风格，这与他喜用白描的手法有关。看似信手拈来，不刻意讲求章法，反倒质朴真挚，浑然天成，恰似武侠小说里的“无招胜有招”，又暗合王安石所言“看似平常最奇崛”。谢宗玉温柔醇厚地娓娓叙说，就如同一股清泉，将我们被纷扰现实日渐风干的心重又淋湿、柔软，最终令心灵得到宁静与救赎。

喜楚有才，于斯为盛。“文学湘军五少将”作为新世纪文学的一支坚实力量，随其生活阅历的不断丰富与创作技法的日益磨练，其路一定会越走越宽广。

“80后”与时尚写作

——兼谈《十少年作家批判书》

继《十作家批判书》的热闹之后，又一本集合了所谓少年批评家的《十少年作家批判书》① 被推出。不过，这次的主角成了在2004年风起云涌气势凌厉的“80后”。从年初美国《时代》周刊亚洲版大篇幅报道了中国的几位“80后”作家，到《羊城晚报》推出它颇有争议的“80后实力作家排行榜”，再到“80后实力派五虎将”这个概念②的命名，“80后”写作从1997年中国作家协会鲁迅文学院少年作家班的开办，到1999年作为标志性事件的全国“新概念作文”大赛，至今达到高潮，一大批“80后”作者生龙活虎地进入人们的视野。

我仍然认为以粗暴的代际划分定义出“80后”，这样一揽子收进形态各异的一拨人，只是为了整体的花哨，而个人的面目依然是模糊的。《纽约时报》也批评中国文学界这样70、80、90地叫，实在是一种偷懒的做法③。“70后”尚能表示没有文革记忆的那一代与之前中国作家的显著差异，而“80后”，除了

① 中国戏剧出版社，2004年11月第1版。

② 东方出版中心《重金属——“80后”实力派五虎将小说集序》，方东出版中心，2004年5月第1版。

③ 转引自魏心宏《“80后”与上海人的才气》，《小说界》2004年第5期。

说明作者的年龄之外，没有任何意义。但市场就是那么无情，只因“70后”已不再年轻，便简单地运用后浪推前浪的线性历史进化论将一帮更小更有市场潜力的孩子们推向前台。在这点上，朱大可拒绝为《十少年作家批判书》做序而愿意等待更有才华的作家出现，有他的冷静与坚守。[①] 经过包装后的“80后”写作如今已然成为一种时尚，这种裹挟着青春天然的锐气与朝气的时尚，成功地令同龄人读者目眩神迷，投射了心理认同。它更像是一场娱乐圈的造星运动，时尚的另一面即是速朽，而文学却旨在探求人性永恒的价值。

在我看来，写作始终是一场分外艰难的心灵朝圣，其间那些必然的千辛万苦是凤凰泣血的历练而不是行色匆匆的贩卖，因此它永远与时尚无关。而“80后”在市场急不可耐的催生下，连还未成熟的世界观和尚显单薄的人生经历都一股脑儿摘了下来。因为不是自然生长，清新的同时必然酸涩。这样的“天才”，怎不让人担心其后劲。“80后”的起点是幸福的，世界从一开始就向他们呈现了多彩与开放。然而原本是无比旺盛丰盈的这一代，却因为过度的挥霍而显出了早衰症的样子，似乎人人都铆着劲背诵着张爱玲的名句，出名要趁早，迟了也不会痛快。“80后”齐刷刷地亮相更像是一场声势浩大的文化表演。谁在写？谁在看？传媒出版界探宝似的发现了充斥着作者和读者的“80后”，如同挖到一座富矿，赶紧将其翻炒得沸沸扬扬，走得全是畅销书的运作模式。因此《十少年作家批判书》的出版，同样让人怀疑背后的动机。愈炒愈热，愈吵愈热。大家都很有默契地在共谋着。以另一批同是“80后”的写作者对攻韩寒、郭敬明、李傻傻、春树、孙睿等十位“80后”当红作

① 《朱大可拒绝为“80后”写序》，《北京娱乐信报》2004年11月10日。

家，还未对现有的文学秩序做出冲击，就已先自落入了市场化和时尚化的陷阱。诚恳地说，同龄人批判同龄人，因为互知底细，更容易做到有的放矢，但全书纯粹文学价值部分的交锋还太少，更多只是为刻薄而刻薄的酷评，如顽童般在已被涂鸦的文字上又撒泼了一笔。诸如韩寒被批评为"一把破损的旧钥匙"，郭敬明被批为"文学王国里的小太监"，李傻傻被指为"问题少年"，春树更被讥讽为"性、谎言和没脑袋"① 等生猛的言论更似噱头，也难怪作者会不重视并以哗众取宠为由回击，双方的态度都不严肃，倒很有些后现代无厘头的游戏精神。

怎样看待"80 后"？一方面是我们不得不正视的数据，以"80 后"为主体的青春文学迅速占到整个文学图书市场的 10%，而所有中国现当代作家的作品所占份额也就在 10% 左右。② 青少年消费已成为文化消费的主导力量。另一方面我们也看到"80 后"始终是一种文化现象，而不是文学现象。虽然每一个写作者都是不同的主体，但他们却必须作为一个整体进入市场。至于文学？平心而论，与郭敬明合誉为"金童玉女"的张悦然，还有被称作"少年沈从文"的李傻傻，其文字功底在同龄人中无疑都是出色的，语言非常有才气和灵性，但作为"80 后"新锐作品的通病也十分明显：自恋的文风，难以抑止的情绪泛滥，沉浸在个人的悲欢和自造的世界中用意飘忽；花俏的语言，强烈的炫技欲望，故作深沉却无力表达，局部精彩而整体贫弱，露了少年人的怯。对他们而言，对书本的阅读经验的模拟大大超过了对亲身体验的自省，小说成为一个营养不良的孩子。

因此我更愿意将目前为止的"80 后"写作称之为读物，他

---

① 见《十少年作家批判书》，中国戏剧出版社，2004 年 11 月第 1 版。

② 见白烨、张萍《崛起之后——关于"80 后"的答问》，《南方文坛》2004 年第 6 期。

们的世界观是浮躁迷失的，最初情感的真挚在经历了不断重复的“疼痛”“飞翔”的语词宣泄后，忧郁也成了一种制造。虽然不停强调“自我”的“自由选择”，抒发强烈的浪漫情怀，但却完全按照市场的逻辑进行，若无经济力量的支持，其反叛和浪漫不可能存在。而作品只有同代人购买的事实，从另一方面也证明了他们的失败。他们为小说本身提供得也太少，作品还处于模仿阶段。“郭敬明《梦里花落知多少》抄袭庄羽《圈里圈外》事件”让人很感叹，不仅是前者有出版社追捧起印就一百万册而后者只能自费出书的境遇之差别，更因读后发现《圈》在故事和语言的自如跳脱上都远胜《梦》，这再次印证了市场价值常与文学价值无涉。而后郭敬明声称从未将自己定位成作家摆出拒绝与人讨论文学的姿态。文学必须有深抵人心的力量，否则文字再华丽，想象力再超绝，也只会离正途愈来愈远。“80后”原本正是灿烂朝阳的年纪，如今却在过度曝光下成了失血的黄昏，只怕未等他们老去，“90后”又会如众星拱月般粉墨登场了。

成长与超越

——论张学东的小说

下坠，还是飞升？

张学东给我第一眼最直观的印象，是一个文质彬彬谦逊有礼的书生。一瞬间很难与他小说中的那些残酷冷硬联系起来。因为好奇，又细细看了他在本书内页的照片，发现了他在沉静内敛的外表下藏也藏不住的锐利的眼神和刚硬的棱角。这样“矛盾”“有戏”的一个人，合该是要成为一个小说家的。正如他在长篇《超低空滑翔》后记中所说的，他原本就是为文学而生，没有什么比写作更让他痴迷往返。因此，学了四年航空电讯，在民航工作了十年的他，仍旧挣脱而出皈依了文学。

以往读张学东的作品，以书写乡土记忆者居多，充满了苦难的意识与悲悯的情怀。而这次的《超低空滑翔》是作者第一次用长篇的篇幅描写都市生活，是离当下现实贴得最近，也是与他的心境贴得最近的作品。它可以看作是作者在痛定思痛后对曾置身其中的滞重现实的回顾、挣脱与超越，因此在张学东的作品谱系里有着独特的意义。与我们一般读到的都市题材不同，小说依然带着张学东作品中素有的粗粝强健的朔风的气息和与大地连接的质朴厚重的力量。航空这个外人看来颇为神秘的、现代化的行业，因为作者多年的切身体验，使他对这个题材的把握是驾轻就熟，“舍我其谁”的；而因为他扎实的文学功底和强大的叙事能力，对情节、人物、语言的细细琢磨，写起来更是好看的，引人入胜的。我以为，这部小说具备了艰难挤入目前已愈演愈烈的以畅销为旨归的图书市场的潜质。但也因为这样，我一直担心《超低空滑翔》在“厚黑”已成为这个浮躁功利的社会中一门专门的学问，成为不登大雅之堂却人人认同的潜规则，职场小说、官场小说、公务员小说盛行坊间的氛围下，被“误读”的命运。此类小说泛滥的风气尤以2010年为剧，令文坛刹时充斥着权术、阴谋、诡计等乌烟瘴气的东西，而《超低空滑翔》与那些时尚、流行、探秘、实战手册式的小说截然不同，人的命运，是张学东一贯以来在小说中最关注的。因此，作者没有把小说写成一个小人物的奋斗成功史或强者神话，而是通过白东方在理想与现实、世俗与自我之间的苦苦挣扎，将生命的痛感淋漓尽致地展现出来，它有着对人物心灵的深切关怀和对这个时代的痛彻反思。

当然，小说写到了人们围绕着权力机制的狼奔豕突。人生如戏，民航局与机场就像是一个波诡云谲的舞台，上演着纷红骇绿的戏码。尽管以中国人的普遍性经验对那些冠冕堂皇后不足为外人道的背面早已熟悉，但每一次当真相赤裸裸地展示在我们面前时，还是会觉得震惊。小说将那种令人时时紧张处处压抑几乎窒息的环境和氛围塑造得分外真实，也因为这份真实，令人在读后沉重得久久打不起精神。白东方在他不能胜任的复杂的人事斗争中，心事重重，战战兢兢，几处心理描写简直令人想到了《小公务员之死》，而几次觥筹交错的饭局更是描写得机锋深藏暗潮涌动，像煞了一个江湖，有人的地方就有斗争。其实又何止是小说描写的民航业，整个中国社会的情状莫不如此。“我发现局里人和人之间仿佛真存在着一张巨大无边的网，它是大家共同精心编织成的，每个人都是一只或大或小或强或弱的蜘蛛，有人高居中心位置锦衣玉食无忧无虑，有人还在外围拼命挣扎，试图往中心地带爬行，因为大家都要在这张网上觅食温饱，彼此间便有一种看不见摸不着的牵绊，在这网上来回奔波苦苦寻觅，稍有不慎之举，就会波及四周惹祸缠身的。”这幅画面可以看作是全书的精神构图。关系，以及关系背后的权力机制权钱交易，在现实社会中成了怎么绕也无法绕开的时代的症候。

我想，每一个刚踏入社会对生活对工作怀着美好憧憬的年轻人，都有过和白东方和作者相同相似的压抑与愤然，彷徨与无奈，迷茫与痛苦。因此，我们对白东方这个人物有着太多的感慨。我们眼看着白东方从一个懵懂无知的毛毛兵，到环顾四方人们为利益争先恐后百般奔忙，到自己也一步步加入到这个队伍中，生平第一次送礼，第一次替人被黑锅，第一次被调查谈话，慢慢他也成了利欲的傀儡，低声下气地向权力和体制俯首叩拜。尽管在叩拜的过程中，白东方一直是不甘不愿的，一步三迂回的。他对前途和命运也有过张望和欲求，但与老韩、马晓勇等人相比，他没有那么强烈的爬升的渴望，更不愿意降低自己去迎合世俗。说到底，白东方是一个自我的人。这样一个自我的人在社会化的过程中注定艰难坎坷。成长与幻灭是张学东在许多小说中表现过的主题，这部小说中白东方的成长，更多表现在他的自我被不断社会化的过程。人在生理层面的成长，是随着岁月流逝年纪增长自然发生的，而社会性的成长却没这么容易。有的人一辈子都能保持着一颗天真的赤子之心，亦是一种幸运。然而大部分的人们都不得不被抛到社会中打磨得面目全非。拿小说的主人公白东方来说，原本年近三十快做父亲的他在社会阅历上仍几乎如一张白纸，但因为突然的家庭变故将他推出了人生惯常的轨道，就像是一个不会泅水的人突然被抛到茫茫大海上，从此他必须漂泊无依地面对整个世界的动荡与变化，艰难地“学习”与父辈的精神价值悖谬的生存的技术。对人事的转圜，白东方始终是后知后觉的。同事老韩、马晓勇、杨秘书、前妻李丹、情人郝椿，甚至小姨子李卉都比他成熟世故得多，而遗传父亲个性的白东方在为人处事上显得木讷稚嫩，保留着太多的童年心态。“活泛”是当今社会对人的要求，而白东方在漫长的思想斗争中，都表现得太不“活泛”了。后来，这个孤独的彷徨的人，感叹自己长进了不少，学会了从前看不上的溜须拍马，认清了自己的现状与位置，一直以来对前途未卜的迷茫感也因此消失。迷茫感的消失，可以看作是童年向成人进化的一个标志。然而这种成长因饱含了太多对人性的压抑和异化而分外悲凉。

人物，是长篇小说创作中最重要的元素之一。一个立得住的人物，也往往是一部长篇最终能给人留下深刻印象的原因。因为作者对人物的体贴，对人性的观察与分析鞭辟入里，使白东方这个人物形象塑造得十分成功。白东方作为一个基层小人物，比一般人多了些理想与坚持，真诚、正直、善良等品质尚未泯灭，但亦有着作为一个普通人的懦弱、惰性、自保等弱点。固然他不愿意也做不到像小说中的其他人那样为了从权力中分享利益而不断地出卖自己，但相比他的父亲，他也算不上高尚，他承认身体、权力等种种欲望的诱惑。他的父亲希望他去艰苦的地方锻炼，他在内心是抗拒的，他甚至在心底还存着一丝倚靠权力的奢望。从边远台站到指挥部到蔚蓝大厦到空管改革，白东方面临着一次又一次的何去何从，大部分时候他都是被在他之上的那股无形巨大的力量推搡左右着，不由自主随波逐流地前进着，从一个酱缸跳到另一个酱缸里。相比没有任何背景的老韩、马晓勇为了个人前途的积极行动，在别人眼里有着后台的他，反倒更像是一个游离在局外的思考者和旁观者。他的位置和心性，决定了他是一个矛盾的、尴尬的、不彻底的人。

正是这个不彻底，使他有了普遍性，成了在社会舞台上浮沉挣扎的芸芸众生的代表。

白东方的矛盾、尴尬和挣扎，实际上是两种价值观的对抗与拉锯。白东方的理想与坚持，来自于父辈的精神价值的指引。然而小说在一开篇就设置了父亲的意外身故。父亲乘坐的飞机失事就像一个强大的隐喻，暗示着其代表的正面精神价值的陨落。李丹因为白东方的落后消极抛弃了他，郝椿批评白东方不事进取的做派是蹉跎半生，在小说中这种已成社会主流意识的价值观若黑沉沉的低气压笼罩全篇。旧有的精神价值轰塌了，时代车轮依然滚滚向前，是像大多数人那样臣服于现实逻辑不断下坠，还是在理想的坚守中实现精神的超越与飞升，白东方就像一个城市的幽灵般踯躅在两极，没有人像他那样痛苦，找不到坚定的信仰和皈依的路。我一直在想，如果白东方，或者干脆另由一个人物将这铁屋子般的现实撕开一道裂隙，透出些许清新的天光，会不会使小说拥有另外一种精神向度获得更多精神的烛照，令小说的层次更丰富一些？然而我们又似乎无法批判白东方的犹豫不决，批评小说离现实贴得太近，因为这正是我们这个时代造成的。白东方对现实的强烈感受是如同“在黑暗的夜色中独自行走，孤独无依，脚下每踩出的一步都是虚无空洞的，心里没底”。这种无根无底的状态，形象地说明了我们这个时代精神价值的缺失。因为精神价值的缺失，白东方对父辈的情感是复杂的。他认同纪老局长对因世道变了人心散了而产生的种种现实问题的忧愤，但也认为发展是历史前进的必然。父亲去世后白东方时常梦见他，背负着无父的创伤，白东方对自己的转变始终心怀怅惘，对过去时代流露出深深的怀念。然而，父亲的人格操守又多次被他嘲讽为不合时宜。白东方自己也是一个不合时宜的人，因此不仅对他人，他对自我也采取了一种嘲讽的态度。在自嘲中，我们读到了一个小人物的苦涩与卑微。通过自嘲，主人公似乎显得对世相百态处变不惊，然而本质上仍是对现实的一种抗拒。这或许也是在这个时代，一个没有多少现实凭依，没有绝对的精神信仰的小人物所能反抗的唯一方式。

另外，小说通过白东方这个人物，不仅把当下现实刻画得入木三分，还写出了时代的变迁和历史的纵深感。从民国时代就建立的尘土飞扬的老机场，历经缝缝补补，到斥资数亿打造的现代化科技化的新机场的过程中，时代发生了巨变。但在政治经济的快速发展，世道人心的沧海桑田中，又有多少我们需要承受的代价。你看，白东方在历经下坠还是飞升的痛苦思索后最终选择以“超低空滑翔”式的爆发来完成对权力和命运的挑战，便是多么沉甸甸的代价之一。

宁静的诗意与隐忍的创痛

作为一位才气与勤奋兼备的作家，近年来张学东的创作一直呈现出强劲的势头，在短篇、中篇和长篇等各个体裁中都取得了不俗的成绩。虽然这是一个长篇写作的时代，充斥着许许多多仓促上阵为长而长的作品，但张学东对长篇的文体认识却是清醒的，他自言“长篇小说之长，更在于对生命体验的丰厚积累，更在于对时光岁月的幽深洞穿，更在于对文学创作的终极把握”，在他目前已出版的几部题材风格各异的作品中，无论是书写青春成长记忆的《西北往事》，还是书写“文革”荒诞历史的《妙音鸟》，书写都市现实人生的《超低空滑翔》，以及接续古老的传统文化根脉书写后文革时代人的精神和心灵世界的《人脉》，都让我们看到了他的思考和“野心”。

乍一看相比之前新作《人脉》的厚重与驳杂，《遥望白银湖》显得单纯而清新。白银湖曾经是一片纵横相邻一望无垠的大小湖泊，因白茫茫的水色，宛如碎银闪耀的波光而拥有了一个好听的名字，它在特殊的历史年代里被群情激昂干劲十足的人们填成田地，多年后又因为自然的变化地势下沉水势上涨，渐渐恢复了几分快被遗忘的湖光水景，最后在势不可当的旅游开发大潮中重新被挖成浩浩淼淼的大湖。时代的车轮滚滚向前，白银湖却像是走了一个轮回，然而这其间毕竟已沧海桑田世事变迁，也因此，作者对它的深情回望与凝视，更像是他用心谱出的一曲忧伤动人的田园挽歌。

小说以“春”“夏”“秋”三节讲述了湖畔水家的故事，主要围绕着水家一对漂亮的姐妹花云秀云朵说起。在这部小说中，作者倾注笔力塑造了这对姐妹花的形象，尤其是云秀，作为一个典型的吃苦耐劳、善良踏实、秀外慧中的乡村女性，可谓光彩照人。因为母亲早逝、哥哥智障、妹妹年幼，云秀早早地就扛起了家里的重担。即便出落到亭亭玉立该出嫁的时候，她也更多考虑了父亲的年迈多病、妹妹的求学花费和哥哥的需要照顾而选择了招女婿。她也曾想过追求自己的幸福，但这念想总是倏一闪光便黯淡了。第一次是因为妹妹的私心和生病，让她错过了和偶然返乡的同学常河的约会，第二次是因为道德和礼法的束缚，她亦不忍破坏常河和自己这已然建立的两个家庭。生活加诸云秀的，是一次次磨难，不仅仅是肉体上的，更是精神上的。云秀招女婿不成反倒被人凌辱，后来不得已嫁给了把寻短见的她救起来的残疾人麻脸许庆。生下不知父亲是谁的孩子后，她以为随着时间的流逝伤疤终会愈合慢慢自己也能够过上平淡正常的生活，然而天真可爱的小渠就在快上学的年纪被大水冲走淹死了。这一噩耗令云秀整个人仿佛被抽干了般，不久父亲也病倒了，生活迫使她再次坚强起来。在将父亲转到县城、省城的大医院不断救治和她的全心照料下，总算把父亲的命从鬼门关抢了回来，然而尽管她强烈反对，不愿再给她和父亲增添负担的妹妹作出了悄然出走离家打工的决定，从此下落不明。为了找到云朵，云秀也只好去了县里的一家餐馆打工，勤快能干的她先是得到了老板的信任，却又因误会被诬赖绑架打劫而关进派出所。后来被人贩子拐卖到山沟的云朵在常河的帮助下回到家，父亲的身体也恢复得差不多了，许庆却因为长久的压抑而沉迷上赌博，将家里的钱抢走并把云秀打得头破血流，最终带着悔意在风雪夜冻死。小说对云秀的遭遇有一句感慨："再好的女人都抗不过自己的命。命里该有什么就是什么，命里给你怎样的结局，到头来就是怎样的一个结局，命这东西说来邪气，它总是对那些过于顽强或完美的东西，给一些致命的打击，好像这样一来世上的所有事情就都扯平了。"这大抵也反映了乡土文化和伦理对女性的观点。然而云秀在展现乡村传统女性"安贫""克己""认命"的同时，更多表现了女性在忍辱负重中的自强不息和坚忍不拔。在一次次命运受难的淬炼中，云秀这个从苦难中艰辛跋涉而出的女人，渐渐散发出圣母般皎洁的光辉。

在同龄的写作者中，张学东是一位有自觉的苦难意识的作家。因为自然条件等限制，西北乡村似乎天然地与贫困、闭塞、苦难联系在一起。张学东的苦难意识，不仅体现在持之以恒地观察和描述，还有反思和探索。在作者以往的许多小说中，他写苦难、创痛，是凌厉而尖锐的，不惮将残酷罪恶展现到极致，例如《妙音鸟》中羊角村所发生的事件，小说通过夸张和变形的叙述，让人得到一种震惊体验，以重现那个特殊时代的荒诞性与复杂性。而这次作者在处理苦难时，却是含蓄、隐忍、节制的，并增添了许多温柔与暖意。我想，这也暗含着作者对苦难的理解。如果说《妙音鸟》是放，《遥望白银湖》则是收。例如小说对云秀被凌辱的遭遇和云朵被迷昏拐卖的遭遇，并没有大肆铺张而只点到为止。作者用平实、素朴的语调叙述了这片土地上的人们春种秋收、婚丧嫁娶、生老病死，在这里，苦难成了日常人生的一部分，因此便不显得那么突出。作者的笔触也没有一个劲儿地沉浸在对苦难的渲染中，而是常常涤荡开去，告诉我们“一只布谷鸟在前面的芦苇荡中咕咕咕咕地叫起来，声音断断续续地在水面上滑行，悠长而且空灵”，“秋风簌簌地吹黄了树梢上的树叶，天气微凉，湖里就开始飘荡那种甜丝丝的香味，有时气息浓得像刚刚烧开的一壶酽茶”。在“接天连日”的湖光水色中，在作者诗情画意的笔触中，好像苦也被稀释了，变得风轻云淡。这里的人们对苦难也有着充满诗意的转化能力，正如小说在一开篇描述的，这里的人管庄稼地叫“湖”，把“下地”说成是“去湖里”，好像不是去劳动受苦，反倒是观光玩水一般的惬意。小说中还有许多段落可以当做优美的散文、风景画来欣赏。借景抒情、情景交融的写法对故事的发展和人物的心理都起到很好的铺垫和暗示。例如云秀怀了常河的孩子后，为了不破坏自己和别人的家庭，毅然决定独自打掉胎儿。那晚与常河的会面，云秀的内心是极不平静的，然而小说并未直接描写云秀而着重描写了夜晚的景色：“这晚的月光太明了，水面上镀了一层油亮水滑的幽光，像漂浮在大海碗里的一层辣椒油。月牙儿也仿佛艳羡地溜进湖水里沐浴着，漂洗得越发晶莹透亮一尘不染。”宁静的诗意愈发衬得云秀创痛之隐忍和生活之沉重。

小说的主线是水家姐妹的成长与生活，但作者并不仅止于讲述一个家庭，更辐射到进城打工、农村旅游资源开发、环境保护等乡土中国在城市化进程中的种种令人关心的话题，亦再度让人看到他的抱负。从最初的短篇创作张学东就一直关注着西北厚土上农民的生存和精神状态，这一情怀始终未变。在乡土文明向现代文明转变的过程中，乡村的发展和变化是不可阻挡的，而伴随着固有的恬静安宁的被打破，是田地的逐渐荒芜和村里年轻人飞出去的愿望，云秀含辛茹苦供云朵上学也是为了妹妹不用重复自己的老路而能有更好的前途和出路。城市对她们而言，就像是云秀眼中对前来测绘的“太阳帽”的感受：“和村里人全然不同的气息，陌生，干净，庄重，不像庄稼人那样浑浊和拖泥带水，而充满了街道楼房和柏油路才有的那种坚硬与沉着，甚至有点像妹妹过去每天从学校带回家的那种书本味儿，总之完全来自她所未知的某个领域。”一方面是对城市的美好想象，一方面人物的进城故事又是悲剧性的，无论是云朵刚到旅馆落脚就被下迷药囚禁，还是云秀被老板冤枉关进警察局，都反映了城市的危机四伏和人与人之间的信任是那么脆弱。小说又通过云秀爹的落寞揭示了城市化进程中乡村不可避免的创痛，这个老实本分干了一辈子农活的庄稼人，眼睁睁地看着自己热爱并赖以为生的土地一块块消失，生活也因此失去了存在感和意义。即便是原先随大流而走的云秀也渐渐感到了土地被机器挖掘殆尽后人心的骚动与不安，再也无法回到过去的风平浪静与和睦。作者通过这些画面的交织显示了乡村改革发展的复杂性。

因为出身在乡村，作者的语言和他笔下描述的生活十分熨帖，整部小说读起来简单明快，一气呵成。然而或许也因为这种熟极而流，有些描写稍显随意，有的地方从表面划过了。小说如能写得再丰富和深入些，以完整的四时轮回分节，其故事和人物会更生动。总的来说，《遥望白银湖》为我们展现了一幅流水般的画卷，人间冷暖，人生悲喜，都凝聚在这画卷里。在挽歌般的一唱三叹中，白银湖也因此成了一个美丽的乡村寓言。

言有尽而意无穷

——阿来与新作《空山》

关于新作《空山》，作家阿来已多次言及了他的“拼贴画”历史观。这部即将展全貌于天下的《空山》，应是六部中篇和穿插其间的十几个“笔记体”短篇小说组合而成的图景。如果说六部中篇里现已完成的《随风飘散》《天火》《达瑟与达戈》《荒芜》是生长在长篇主干上的大花瓣，则“机村素描”系列便是那些于主干外旁逸斜出的小花瓣，看似零碎、散落，却一点一滴地丰富了机村的全貌，成为长篇史诗性叙述的有力补白，二者如层峦叠嶂、交相辉映，共同构成了一部宏大而又细腻的村落史。

作为本书主体、与“机村故事”联系最为紧密的“人物素描”和“事物笔记”，无一例外地讲述着逝去与新生，以及镜头带开来，映射到的那些在逝去与新生中不断前进的历史、现实、人生。

《格拉长大》位列“人物素描”卷首。少年格拉同母亲桑丹，还有他即将出世的小妹妹，组成了一个在村民看来“没脸没皮”“没心没肺”的家庭。格拉的眼神是那样清澈澄明，但他身处的世界却又是那样浑浊黯淡，即便如此，他仍是对这世界怀揣着单纯明丽的爱，而丝毫不计所受的屈辱与悲苦。在美丽的桑丹生产的那天，格拉杀死了一头熊，用切身的疼痛和流淌的血完成了一个男孩的成人礼，从此他是一个男子汉了，可以肩负起重任，保护这个单薄弱小的家。在整个故事里，阿来既没有抨击村民的冷漠，也没有斥责道德的虚伪，而只是怀着无限的温柔与悲悯，发出如大提琴一般沉郁低回的咏叹。人世的温暖与苍凉，个体在这茫茫人世中无依无傍的飘零与孤独，亦在这淡如烟墨的叙述语调中，晕开扩散，充盈至浩渺天地。

《马车夫》则是通过机村最后一位驾车人的命运，折射时代的无情变迁，亦是在为那些正在消逝已然消逝的美好，唱一曲悲凉的挽歌。以拖拉机为代表的强势工业文明的进入，令古老的农耕文化传统瞬间土崩瓦解。在拖拉机带来的现代奇观下，曾让村民惊艳赞叹的马车和驾车人再也引不起他们丁点的注意，即便是马车夫想要补偿一下孩子们，让曾经所有想坐马车的孩子们都享受一下的良好愿望，也无法实现了。马车夫只得黯然地退回历史的幕布内，随着他照顾疼爱了半生的马匹们一道，凄清地死去。这素描朴素简淡，只寥寥数笔，便勾勒出一个被时代洪流裹挟而去的牧马人的悲情形象。阿来以旁观的视角，让人物自己呈现命运，这命运在不可抗拒的时代推手面前，又带着宿命的色彩，一切似冥冥注定，便愈发显得悲情。而那些与原始、自然、混沌、神秘有关的美好传统，也随着最后一个代表符号的逝去，一径荒芜。

与《马车夫》有着同样浓郁宿命论色彩的，是《瘸子，或天神的法则》。万物皆有天命。天神说，一个村庄人口不能一例都健全。于是两百多号人的机村，必须配备一个瘸子。不多不少，只得有一个。先是自瘸腿后就变得脾气火爆狂躁的老嘎多，扮演着这个角色，直到某天，小嘎多出现了，老少嘎多便在这“只容得下一个瘸子”的信念下明争暗斗起来，却也渐渐产生了相知相惜、互怜互敬的情谊。阿来将两人情绪的微妙碰撞写得生动传神，不失幽默。后来，小嘎多因学习发电技术离开了机村，当他回来时，老嘎多已死去多时。机村再次恢复了只有一个瘸子的平衡，然而在这一去一归当中，却饱含了苍茫不尽的人生况味。

《自愿被拐卖的卓玛》里那个有着无比敏感纤细的内心，萌动着青春的热力与激情，幻想着青碧山梁外遥远而迷蒙的世界的少女卓玛，即便没有采摘蕨苔时相遇的小伙子的调笑与酒心糖，也定是会让收购蕨菜的老板将她带走的。作者笔下的卓玛，就像是一颗出走的灵魂，追寻着曾在我们每个人心底都激荡过的，对自由和奔跑的渴望。故事并没有多少曲折的情节，作者淡笔写来，纯净空灵，似直接承续了《诗经》中“蒹葭苍苍、白露为霜”的古风韵，凝练隽永。

“事物笔记”多摹写外来新生事物的引入给机村人带来的巨大变化。事物要写得好，亦须做到“此中有人”。比如《喇叭》，介绍了喇叭和收音机在机村引起的轰动，由物及人，成功地点染出衮佳斯基一家三代藏族女人的命运。《马车》《报纸》《脱粒机》也力图从各个侧面揭示特殊年代里藏民的生存状态。

《路》讲述了本可以跟着喇嘛舅舅安心学画的主人公桑吉，却因为偷运了一次盗猎者和淘金人而“意外”开罪了对此司空见惯的警察，从此一步步偏离了他正常的人生轨迹，陷入了盗猎者同警察的对峙与拉锯，阴差阳错地踏上了凶险的不归路，并最终丧了小命的故事。《声音》再度展现了阿来作为诗人的敏锐的感官与表达，下笔轻盈，意境幽远。阿来对事物的观察细致精微，对自然的感受丰富深入，即便是纤毫的动静，也能被他敏感的触角收纳，于是，各种声音在阿来的笔下有了细密的纹理，有了明暗、轻重、色彩和温度。而更为重要的，是他从那些声音里感知到的更广阔的存在，将读者亦引向了更广阔的精神空间。

村庄、镇子、路上，因着作者对这块古老宁静的土地及生长于斯的人们极为深厚的生命与情感体验，即使是描绘这些小花瓣，他仍是能带出广大的场景和深长的意味。其表情达意，一方面体恤人心、感谓世道，充盈着浩大的悲悯与怜惜，一方面却又始终保持着冷静、克制，让人物维系在自身的尺度与边界内。而读者，在阿来一时沉郁一时飘逸充满灵性的文字中浸润良久，是掩卷方如梦初醒，从此知言有尽而意无穷。

古今多少事，都付笑谈中

——莫言与《小说二题》

毋庸置疑，莫言是自新时期以来当代中国文坛最具个人特色的作家之一。他以一系列书写古老而传统的乡土小说登上文坛，因而被归入“寻根派”作家，但他对现代叙事技巧的娴熟运用，又使他的文本具有鲜明的“先锋”色彩。他天马行空任意挥洒的叙述，汪洋恣肆泥沙俱下的语言，神奇瑰丽异彩纷呈的感觉，给读者带来了巨大的感官冲击和陌生化的审美感受。一旦他的技巧和情绪陷入无节制、非理性地泛滥和宣泄，亦会产生很大的破坏性，为小说带来诸多批评。然而这就是莫言，他的庞大驳杂和难以把握，让喜欢抑或不喜欢他的人都同样感受强烈。无论如何，他以这种充满个性的创作对传统文学创作的模式和局限进行了大胆突破，拓展了文学的表现形式，丰富了文学的内涵，促进了当代中国文学的多元化发展。

在我看来，莫言是一个极聪明的作家。这不仅反映在他创作的速度，《神嫖》《翱翔》等十多个短篇几乎是一天写一个，中篇《怀抱鲜花的女人》花了三五天就完成，四十六万字的《生死疲劳》也只用了四十三天就结束，更重要的在于他经过短暂地学习和借鉴西方现代艺术尤其是拉美魔幻现实主义的表现手法后，迅速找到了自己的声音，创造出山东高密东北乡这一文学地理与精神原乡。福克纳终其一生只在书写那个他虚构出来的邮票般大小的约克纳帕塔法县，而莫言最能淋漓尽致地展现他自己的作品也无一不是来自于高密东北乡的故事。“高密东北乡”一词最早出现在小说《白狗秋千架》中，从此成为莫言作品的一个重要符号。一方面高密是作家真实存在的故乡，他的童年和少年时代都是在那里度过的，多年的乡村生活经历为他的创作提供了深厚的积淀，高密的一景一物，乡下流传的鬼怪故事、民间传说都成为他的灵感泉源，使他的作品散发着浓郁的地方气息。而童年的饥饿和孤独造成的压抑和痛苦，又使他对这片贫瘠荒凉的土地怀着复杂而矛盾的感情。尽管如此，这片土地还是令他魂牵梦萦，寄放着他最深切的爱与恨，以至于他在《红高粱》中形容高密是“地球上最美丽最丑陋、最超脱最世俗、最圣洁最龌龊、最英雄好汉最王八蛋、最能喝酒最能爱的地方”。而另一方面，高密东北乡又超越了方圆几十里具体地域和现实，成为一个满载历史和文化寓意的象征。在这个他创造出来的文学王国中，作者从最个人化的经验出发，描绘刻画出一个最具普遍性意义的中国北方乡村。通过狂欢的形式展现了一个民族所遭受的苦难，凸显了不屈不饶的生命意志，并从中重新发现了民间，发现了我们这个民族原始的野性和蓬勃的生命力，以及在历史进程中的“种的退化”，完成了他对民族的生命精神状态，传统文化心理的审视、重构、反思和批判。经过莫言的不断努力，“高密东北乡”亦拥有了与福克纳笔下的约克纳帕塔法县，托马斯·哈代笔下的威塞克斯，加西亚·马尔克斯笔下的马孔多镇，以及沈从文笔下的湘西同样深刻的意义。

由于早早地就站在了时代和艺术的制高点，变化和探索对莫言来说便显得更为重要。事实上，在每一个阶段的写作中，莫言也在有意识地强调这一点。他曾数次谈到高密东北乡的改造：“福克纳的那个约克纳帕塔法县始终是一个县，而我在不到十年的时间内就把我的高密东北乡变成了一个非常现代的城市。”这种变化“不仅仅是地理和植被的丰富与增添，更重要的是思维空间的扩展，是一个深刻的哲学命题”。同时他也是当代作家中少有的对文体意识十分敏感的一位。他曾说过：“好的作家，能够青史留名的作家，肯定都是文体家。”《酒国》通过对“文革”大字报、新写实小说等文体的戏仿，进行着各种实验，《檀香刑》中他找到了具有地方特色的“猫腔”和古典小说中凤头、猪肚、豹尾的结构。2010年他推出了长篇新作《蛙》，在这个讲述乡村计划生育史的故事里，作者经过反复推倒重来后最终选择了书信体这一古老的文体，有意克制炫技，加法变减法，语言也向朴素、简洁回归。在以往典型的莫言文本中那种强调感觉化意象化，富有进攻性侵略性，善用各种修辞形成一种话语狂欢的语言风格消失了，曾经喷涌的激情潜入了地底深处，几乎无法平静的音符，也逐渐沉着下来。无独有偶，《小说二题》中的两篇作品，也向我们展现了繁花落尽后的素净。作者再度放弃了他一贯擅长的华丽武器和十八般武艺，如果说作者从前的许多作品是色彩浓烈的油画，那这两篇作品则是清淡简约的素描。小说采用了传统古典的白描手法，笔墨精省节制，人物只勾勒轮廓，通篇以对话为主，趣闻轶事，随意点染，让我们看到了笔记体小说的神韵。

当然，故事的开口也不大，在人物随意家常的你一言我一语中记录了两个小场所（一为澡堂一为按摩房）内发生的片断。似乎生活的边角料、平常事，到了莫言这里，略一裁剪，照样能生出意味来。《澡堂》写主人公到原先的棉花加工厂改建成的洗浴中心泡澡，巧遇曾经的老工友们，在嬉笑怒骂中追忆了过去的生活。《红床》写主人公为缓解脚痛去足疗时与两位服务员的闲聊，在谈笑风生中反映了现实的人生。文章篇幅虽短，隐含的信息却很多。不仅出现了作者从前创作的《白棉花》，人物原型纷纷登场，老工友谈论当年计划生育政策下的逃逸也让人联想起作者的新作《蛙》。文本在真假虚实的相互对照中有了更多的面向。另外，两篇作品都有过去现在两种时空，在今昔对照中能生出许多感慨。市场经济改革开放给家乡造成的变化，不仅是外在的钢筋水泥的建筑，更有内在的人心的剧烈动荡。《澡堂》里退休的工友们尚能带着经历了世事变迁后的豁达和自嘲，只是这豁达里又分明含着被时代抛弃的无可奈何，《红床》里身在时代旋涡中紧张而焦虑的年轻人，在经济利益的诱惑下便不可避免地沦丧了。棉花加工厂被改成洗浴中心，给小廖足底按摩的“白牙”姑娘去了充满暗示意味的红床，这两桩事成了我们这个时代的表征，而个人在时代面前是那么渺小，除了古今多少事，都付笑谈中的闲话，又能怎样呢？

细细看下去，小说在这种闲话中流露出来的风趣诙谐，字里行间闪烁着的机锋，还是莫言的。例如“莫名其那个妙”“百里挑二”这种改造，轻轻松松就令人物的性格气质跃然纸上。民间的口语化的语言，也使人物形象鲜活生动。用看似轻松幽默调侃的笔调讲述人间悲苦，也还是莫言的，表面的漫不经心、信手拈来，实际反将生活的真相衬得更凝重。由此可见，返璞归真的莫言亦保留着他可贵的特质，向人们展现了一个在变化中不断丰富自己的莫言。

因为懂得，所以慈悲

——徐则臣的人性关怀

徐则臣1978年出生在江苏东海，在70后美女写作蔚然成风之时他尚未进入文坛，而当他的第一篇代表作《忆秦娥》受到关注时已是80后青春写作大行其道，凭借扎实坚韧的创作力，他硬是在市场化大众化的环境中突出重围，不仅自新世纪以来频频登上主流期刊，至今已出版长篇小说《午夜之门》《夜火车》《水边书》，小说集《鸭子是怎样飞上天的》《跑步穿过中关村》《天上人间》《人间烟火》《居延》等，更不断受到评论界和主流文学奖项的肯定。如果说前些年徐则臣还被看作文学圈的一匹黑马，如今他已被公认为青年作家的佼佼者和领军人物。

阅读徐则臣的小说，常常觉得他是老灵魂装错了青春的身体，他的作品他的人，都有着超越年纪的沉稳与历练。作为一个年轻作者，在激烈动荡的现代社会中，他顽固地表达着对传统和经典的敬意，作品亦散发着浓烈的古典式情怀。而学院派的知识背景和系统的理论训练，使他对小说的技艺和观念一直有着自觉的追求，早早地形成了自己成熟的风格和特色。在徐则臣的作品脉络中，“京漂”和“故乡”是两大谱系，前者写外来漂泊者的北京，后者写记忆与想象中的故乡，漂泊可以看作是怀乡的延伸，而怀乡不过是另一种漂泊。因此，无论是在切近的异乡还是遥远的故土的叙事中，我们都能看到漂泊者的忧伤和无根者的疼痛。

徐则臣笔下的新北京，不是邱华栋展现的那个充斥着高档写字楼、社区、豪华酒店、顶级商场、香车宝马等符号的纸醉金迷的北京，也不是荆永鸣白连春所描绘的底层农民工的北京，他的故事发生地总是集中在海淀、人大、中关村、蓝旗营、北大周围一带，主人公都是一些办假证的，卖盗版光盘的，兜售假古董的，在学校附近租房考研的外地学生，房产中介等身份的城市边缘人和小人物，场景也多安排在出租屋、过街天桥、车站、大学附近的小饭馆、人才市场等。那些成日游荡兜售假证盗版光盘的目光狡黠警惕的人们，一直是如流沙般活跃在这座鱼龙混杂、藏污纳垢的城市的庞大群体，我们在天桥地铁站人行道上都能与他们擦身而过，但这些人物进入小说的视野却源自徐则臣孜孜不倦地描写与发现，他细致入微的观察和思考着试图从这群人身上找到切入口，探求这座城市与人，人和我们身处的环境、时代的关系。

在《啊，北京》里，热爱诗歌，在苏北小镇当中学语文教师的边红旗，怀着对北京的一腔热血毅然决然地放弃了家乡的稳定工作漂到这里。作为一个国际化、现代化的大都市同时又是祖国的心脏，中国的政治文化中心，北京对他来说早已是如同精神信仰般的存在，因此，尽管笼罩在沙尘暴下的北京没有想象中的雍容和繁华，他还是激动地泪流满面。然而绚丽的理想虽在阳光中闪闪发光，现实却如沼泽般晦暗沉滞。“京漂们”千辛万苦来到北京后赫然发现自己在这座城市里迷失了，这种迷失不仅仅是地理上的，如《我们在北京相遇》中沙袖刚来北京时完全失去了方向感，一出门就迷路；同时也是身份上的，边红旗原本以为靠自己的知识就能找到工作，热切的梦想很快就被残酷的现实击得粉碎。没有户口、没有暂住证的他连出卖体力的工具也因没有牌照被城管没收，唯有走上办假证的不归路；它更是心理层面上的，四处奔波寻找工作的沙袖在一次次地报上学历、籍贯后一次次被人拒绝，只得待在家里打开门和窗户对着整个北京发呆。生存的艰辛和惶惶无着的心理恐惧，如同炼狱般煎熬。北京就像一个有着巨大魔力的女巫吸引了四面八方的京漂，但朝圣者终究会发现他们对北京的爱情只是一厢情愿的，就像水溶入水里，悄无声息，得不到任何回应。越是高楼林立之处，那些门越难进去；越是人海如潮，你认识的人就越少；城市越大，属于你的空间就越小。然而大部分异乡者在不断地受挫自我怀疑后还是顽固地留在这里，留下，至少意味着可能和未知，尽管这可能与未知里有着日复一日的满满的尘垢、油汗、奔跑、挣扎，甚至是隐隐提示着的如同宿命轮回般的结局，如姑父在《伪证制造者》里因制售假证入狱三年，出狱后无奈重操旧业再度被捕，敦煌在《跑步穿过中关村》也因卖假证被关了三个月，重获自由后为生计卖起盗版光盘又再度被捕，还有边红旗在《啊，北京》、魏千万在《把脸拉下》等，人物的命运感由此凸现。阅读这一个个元气饱满、酣畅淋漓的京漂故事，我们好像与小说中的人物一起生活着，同他们一道欢喜、悲伤，大口喝酒、大块吃肉，实实在在地经历着生存的颠沛流离和苦痛辛酸，感受着理想和现实的冲突带给他们的真实的焦虑和困惑。从这些人物身上我们不仅看到了作者，也看到自己的影子。正如作者所说，“‘敦煌们’的经历，里头有我，也有我们”，这是属于一代人的漂泊史和心灵史。

从乡村、小城市到大都市，徐则臣笔下的主人公一直漂泊在路上，这一次，他“漂”得更远了，到了大洋彼岸的美国。小说《古斯特城堡》以2008年爱荷华遭遇五百年最大洪水的真实事件为背景，引出了下面的故事。“水”一直是徐故乡小说中的重要意象，悠长、缓慢、流动成为它的独特气质。客居于爱荷华的“我”因为这一突发情况不得不搬到位于城市高处的古斯特城堡旁的房子租住，由此与美国房东、缅甸邻居的生活有了交集。在这篇作于异国他乡的小说里，“人”仍然是作者关注的重点，他也曾在无数访谈中强调，他感兴趣的是人，人是所有文学中最大的主题。

因此，这并不是一个以戏剧性取胜的故事，哪怕其中也有一些如闹鬼、抢银行等颇为耸动的细节的点缀，其实敏感的读者光看标题便约莫能猜着古斯特与ghost的联系。而那座老旧荒废、盛传闹鬼的城堡里灯忽明忽灭的原因不过是开关被经过的老鼠触碰，房东老约翰为能与拒绝让他探视的身陷囹圄的儿子见上一面甘愿去抢银行，这些悬念的设置也并不新鲜，作者有意将小说写得朴素淡泊，情节的发展都在意料之中，就像这座城市里静静流淌如平滑绸缎般的河流一样，波澜不惊。在以往作者的许多小说里，我们总是被他精心编织的一个个活色生香、好看流畅的故事所吸引，被故事行进的强大动力推着欲罢不能地向前走，而在这一篇中，戏剧性的故事隐下去了，平凡的日常生活却愈加浮上来，生活中的“人”被瞧得越发清晰真切。

“我”对房东老约翰的第一印象是他的皱纹：“这个年龄的美国男人皱纹都很多，可能是整天爱笑的缘故，他们为什么总能那么乐观?”然后是老约翰的口音。“我”有限的听力水平和他浓重的口音使对话交流变得困难重重，两人索性都懒得说话。事实上，老约翰并没有看上去那么乐观，借助纸笔的沟通“我”得知了老约翰的家事。这个哈雷摩托迷因常年骑着摩托到处乱跑而忽略了家庭，老婆不堪忍受和人跑了，他这才惊觉，卖了摩托身兼母职想从此弥补多年来对儿子的亏欠，儿子却故意用反叛来表达对父亲的不满，在孤僻乖戾的路上越走越远，直到进了监狱。老约翰活脱脱一个美国loser，失意者的落寞与孤独写在脸上。“我”和老约翰的邻居，半年前才从缅甸农村逃难来的家庭，因为语言不通，生活困顿，在这个陌生的国度就更显得隔绝、疏离。还不懂如何在美国生活的他们任由租住的屋子脏乱不堪无人收拾；小孩虽已在本地学校学习，但显然还难以融入主流社群，目光胆怯而谨慎，与他人保持着安全的距离；完全不懂英语的缅甸女人更是无法建立与这个新世界的关系，被固有的生活轨道抛出而失去所有动力和依靠的她，每天都要在房前的路边蹲上个把小时，似乎只有借助这样一个仪式性的动作寻求到精神的力量，才能将生活和心灵的空缺填补。

一个是土生土长的美国人，一个是从异国逃难来的家庭，一个失去了家庭，一个失去了故乡，他们不再是作者笔下的京漂，却仍是这座城市的失意者、边缘人。因为这场相识的机缘，作者在这群身份背景迥异语言国籍不同的人之间，探讨了理解与沟通的可能性。他们的日常对话常常需要抓耳挠腮纠缠半天急得满头大汗，表达情感却无需语言，一个眼神、笑容和肢体动作就涵盖了一切。老约翰因为对儿子的爱不舍地捡回丢掉的面具，推己及人，他不想让缅甸男孩难过立刻让“我”送去鸡蛋和另一个面具；“我”和老约翰一样，每次去超市都会多买一些鸡蛋牛肉青菜，方便地时候送给缅甸邻居；缅甸女人生病时，警察预备打电话叫救护车，“我”直言为何不能让已经停在门口的两辆警车先送她。在这些琐碎而动人的细节里，我们看到了人物的诚挚和善良，人世的温暖和友爱，以及作者的懂得和慈悲。爱，理解，同情，宽容，悲悯……这些全人类共通的价值，它们跨越了东西方，跨越了语言文化政治种族身份年龄的重重藩篱，让人尊重和疼惜。

第二辑

新媒体与新文学

十年论剑

——新世纪网络文学现状与问题

自上世纪末以来，网络文学在产生发展的十数年内，波及面之广，影响力之大，已不仅仅是一种单纯的文学现象，更是一种引起全民关注的社会现象。作为当代文学的一种新的形态，网络文学始终处在潮头浪尖，给我们带来诸多惊喜的同时也带来相关问题。本文试图从网络文学的潮流、评奖、批评研究等三个方面切入，概括网络文学的历史发展现状，并针对发展过程中暴露出的问题做出思考。

从上世纪 90 年代至今，中国的网络文学起落沉浮，走过了十余年的风雨历程。中国网络文学兴起的源头，来自一些海外留学生在当时新兴的互联网上发表的描写留学生活和思乡之情的文章。渐渐有人将这些文字组织起来，成为最早的电子杂志、纯文学站点和文学论坛，这种有组织的发表形式和集体交流模式使得最初散落在各处的网络文学作品聚沙成丘，有效地扩大了网络文学的影响，也促使更多人在网络上抒发自己的生活感受，投身于这种创作活动中。1994 年，出现了第一份汉语网路文学刊物《新语丝》，1995 年，出现了第一份网络中文诗刊《橄榄树》，1996 年，出现了第一份汉语网络女性文学刊物《花招》，海外华文网络文学为国内网络文学的诞生和发展，起了很好的先导作用，而因为作者和读者多是理工科技术精英为主的留学生，也使得早期的网络文学带有浓厚的精英气质，站在了一个较高的艺术平台上。随着1994年我国正式向公众开放互联网和网络技术的飞速发展，网络迅速在广大民众间普及。互联网打破了时空的藩篱，掀起了一场全新的信息革命，极大地刺激了个体写作力的增长。网民数量的与日递增，亦使得网络文学有了巨大的群众基础，忽如一夜春风来，千树万树梨花开，人们突然发现，网络时代，人人都可以成为艺术家。1997年，朱威廉创办了个人网站“榕树下”，一度成为国内最大的华语原创文学基地，并连续举办了三届网络文学大赛，成功地将网络文学推向高潮。1998年，痞子蔡在网上发表了小说《第一次的亲密接触》，风靡一时，成为一个标志性的事件，意味着网络文学正式登场，从此进入大众视野。宁财神、安妮宝贝、李寻欢等一波波网络写手凭借网络声名鹊起，有的迈入纸媒，成为传统作家的一员，有的业已离开，从事着与文学全然无关的职业，而新的网络写手又如雨后春笋般涌现出来，网络文学始终如同一个江湖般热闹纷繁。如今，大型原创文学网站“起点中文网”的日最高点击量已突破一个亿，互联网上全部中国网络文学作品的总字数已超过三十亿，而且这个数字每天都在迅速增长。① 阅读网络文学已成为许多人日常休闲生活的一部分，为数众多的网民每日如痴如狂、翘首期盼着他们追读的网络文学的更新。在2008年举行的第五次国民阅读调查显示，互联网阅读率为36.5%，图书阅读率为34.7%，网络阅读首次超过了图书阅读。② 互联网阅读改变着大众的阅读习惯，给传统出版带来极大

① 张炯《关于龙人的玄幻武侠小说》，《文艺报》2007年9月25日。

② 路艳霞《第五次国民阅读调查：网络阅读首次超过图书阅读》，《北京日报》2008年4月21日。

冲击和震撼，据报道，将来的图书出版或许会采取电子与纸张同步发行的形态。而近年来网络小说的出版量，也以每年25%的速度递增着，在各大书城里，网络文学作品总是摆放在最显眼的位置，受读者围观最多。与此同时，传统文学也以不断开放的姿态，拥抱网络文学。传统作家越来越多地触网，网络写手不断进入传统文学，使网络文学的格局走向多元化、复杂化，二者的融会交流，对新世纪文学的发展有着积极的意义。

一、在潮流中不断涌动的网络文学

正如同任何新事物的诞生都不是一帆风顺的，网络文学从它诞生的那一刻起，就争议不断。诸如什么是网络文学，到底有没有网络文学，怎么才算网络文学，各说不一。1999年“网络文学”这个词开始集中出现在媒体报道中，然而关于网络文学的概念，至今仍没有一个完整意义上的清晰范本，它的边界是模糊的。广义的网络文学包涵了一切出现在互联网上的文学作品，狭义的网络文学则如网易公司（www.163.com）在2000年做的一项社会调查，结果显示：网民心目中的网络文学具以下四种特征：（一）通过网络进行传播；（二）文字具有网络特征；（三）基于网络思维；（四）首发在网络上。概括起来即网络文学是采用网络思维的形式，语言上具有网络特征，依赖网络进行传播的网上原创文学。网络文学一边面临着对它的种种质疑，一边却彰显了它新时代新技术的特点，飞速而务实地发展着。面对正在成长中的网络文学，或许先别急着将它限定在既有思维框架内，换一种思路，开放性地看待这一新生事物的发生发展过程，更有建设性。

因国内尚未开启互联网，最早的汉语网络文学，来自于一批海外华人学子的创作。1993年出现，1996年离开的图雅，可说是海外华文网络文学的“骨灰级”前辈，为汉语网络文学缔造了最初的神话。他的小说诙谐幽默，有着俏皮的京味，几分似王朔，却比王朔多了几分清新的忧伤。少君也是早期海外华文网络作家中颇有影响的一位。曾任记者的他，小说兼具新闻性与文学性，平白如话，自然真切。这一时期还有阿待、方舟子、路离等人，都是海外华文网络文学创作的佼佼者，此时的网络文学，尚带着浓郁的江湖风云初起的洪荒草味。

1998 年痞子蔡发表了《第一次的亲密接触》后，本土汉语网络文学开始热闹登场。《第》已表现出网络文学典型的言情化、青春化、娱乐化特征。随着《第》的广受瞩目，一时间，时尚都市、青春感性、凄美动人的爱情小说纷纷涌现。2000 年三联书店专门策划出版了一本由宁财神、安妮宝贝、李寻欢等知名网络写手作品组成的网络爱情小说合集《进进出出在网与络、情与爱之间》。蔡智恒之后，出现了刑育森、宁财神、李寻欢、俞白眉、安妮宝贝等第一波网络写手群。这些多是最初网络文学评奖的获奖者，在之后的大奖赛中又迅速成为评委。2000 年，今何在的“戏拟”小说《悟空传》，带动了第二波网络作品的创作热潮，此后一批“戏说”“水煮”系列作品问世。2002 年慕容雪村的《成都，今夜请将我遗忘》赢得了百万点击率，掀起了又一轮网络文学冲击波。《深圳今夜激情澎湃》之类的跟风作品也甚嚣尘上。王小山、沙子、心有些乱、南琛、黑可可、雷立刚、江南、何员外等人，都是这段时期的重要作者。最早一批网络写手多为上世纪 70 年代生人，他们受传统文学的影响颇深，讲究文字，重视对生活、人性的思考和挖掘。逐渐地，80 后作者开始活跃，他们或如郭敬明的青春、忧郁、感伤，或如春树的凌厉、边缘、残酷，行文带有“学生腔”，却也散发着年轻人特有的气息。

2003 年，是网络文学走向转型的一年，市场力量的不断进入，使得文学与资本的关系日渐紧密，要求网络文学不断功利化、产业化。文学网站作为网络文学的主要载体，它的壮大，客观上推动和促进了网络文学的快速发展，然而作为一个企业，它同时又要遵循市场规则，背负着沉重的盈利压力。与此同时，资本市场看上了网络文学巨大的掘金潜力，纷纷抢滩争夺这块宝地。“起点”最早在原创文学网站中引入市场化概念，推行VIP收费制度，作者和“起点”变成了赤裸裸的雇佣关系，“起点”和读者则变成生产者和消费者的关系。2004年，著名游戏公司“盛大”收购“起点”，使文学网站的商业化又向前推进一步。在这种形势下，网络文学的商品属性被充分挖掘，以求得利润的最大化。在网上受到读者追捧的作品，迅速线下出版成纸质图书，还可以改编成有声读物、动漫、电影、网络游戏和签订海外版权等。而网络文学也变得像娱乐圈一般，开始造星运动。与网站签约的明星作者，成为光凭网络写作就能日进斗金的“大神”，拥有大量粉丝。这些“大神”一旦出了新作品，就像明星一般受到粉丝的强力追捧。不同“大神”的粉丝群还会因维护各自的偶像而展开骂战、掐架，使网络文学在混乱中呈现出一派虚假繁荣的景象，实际隐藏着大量浮躁拙劣的次品，网络写作成了工业流水线上的批量生产。要想成为网站的签约作家，每日基本需要写作万余字，固然有部分著名作者取得了光鲜的百万年薪，但长期如同码字工具般的“透支写作”下来，如何保证作品的质量？

然而，在强大的物质利益的诱惑下，还是有一批又一批新晋写手加入到网络文学的大潮中来，网络文学也出现了一波又一波的潮流性作品，每一波潮流都煽动起一批类型化写作。网络文学发展初期，小说创作的类型意识还不明显，直到新世纪以来，网络创作才真正进入了类型小说时期，如风靡一时的奇幻武侠类作品《诛仙》，历史幻想类作品《新宋》，历史权谋类作品《一代军师》，盗墓冒险类作品《鬼吹灯》等。如今大多数网络写手在写作前，都已自觉意识到在从事哪个类型的创作，这是消费时代对写作的又一重大影响。文学网站也敏感地意识到这种类型化写作的潮流，将自身营建成文学产品的“超市”，无论读者喜好武侠、言情、耽美、同人、推理、恐怖、盗墓、修真、黑道、异能等哪一种小说，都能在相应版块方便地找到。文学网站这种出于商业目的导向，使网络文学从过去充满个性化的业余、自发写作，逐渐转向墨守成规的商业化、职业化写作，束缚了它的生命力、创造力和想象力。类型化写作如何突围，已是当下网络文学继续发展的关键。

二、评奖活动对网络文学发展的影响

就像传统文学的发展离不开文学期刊等纸媒，网络文学的发展离不开文学网站这一媒介和载体。最初的网络文学散落在网络新闻组、电子杂志、BBS 论坛，个人主页上，因为没有独立的服务器，更具临时性和随意性，随着计算机和网络传播技术的发展，出现了专门传播与发布文学信息的文学网站，储存和传送空间都比主页大得多，服务更稳定，成为在网络虚拟空间里凝聚网络写手和作品的集散地。网络文学乘着这一平台，迅速扩张着它的版图，和网络视频、网络游戏、网络音乐等一道成为网络生活的重要组成部分。因为它强大的内容与资源，文学网站在很大程度上引导着网络文学的潮流和发展。这一引导主要通过它举办的文学评奖等活动来实现。

最早的网络文学评奖可追溯到 1999 年“榕树下”举办的首届网络文学大奖赛，它从此掀起了网络文学评奖的浪潮。这么多年来，网络文学的评奖、论坛等活动的举办一直不曾间断。“榕树下”作为当时的网络文学大本营，吸引了众多网络文学爱好者舞文弄墨互相唱和，从1997年建站到2006年底，它登载的原创作品近三百五十万部，这种发布量是传统文学报刊和出版社在同期内无法企及的。而从1999年到2001年，它连续三年举办了三届网络文学大赛，据2001年8月30日前统计，该网站共发表文章六十一万九千三百四十三篇①，使网络文学形成了一次创作高峰，成为网络文学史上的一件盛事。首届网络文学大奖赛邀请了王安忆、王朔、陈村、余华等著名传统作家担当评委，在取得开门红之后，第二届网络文学大奖赛取得了强大效应，“榕树下”也达到了它的巅峰期。2001年底，第三届网络文学大赛因两万元的高额奖金吸引了三十多万件投稿，其中还吸引了一些传统作家的加入。

首届网络文学大奖赛获奖作品	尚爱兰《性感时代的小饭馆》 老谷（赖大安）《我爱上坐怀不乱中的女子》 成刚（秦歌）《秦朝女子》 分子（张虎生）《春天很好》 水晶珠链（陈幻）《丹青》 Nikko（王少雄）《英雄时代》
第二届网络文学大奖赛获奖作品	最佳小说大奖： lying - max《灰锡时代》 最佳小说奖： 宁肯《岩画》 零之《毕业一年间》 飞花《烟火不堪剪》 人面桃花《迟到的戒指》

① 欧阳友权《互联网上的文学风景——我国网络文学现状调查与走势分析》，《三峡大学学报（人文社会科学版）》2001年第6期。

第二届网络文学大奖赛获奖作品	飞雅雷《漂亮的鼻子》 燕垒生《瘟疫》 快乐魔鬼《猫城故事》 刘塬《梯子》 今何在《悟空传》 心乱《秋风十二夜》 最佳人气小说奖： 今何在《悟空传》
第三届网络文学大奖赛获奖作品	长篇小说： 潘能军《乱醉如泥》 雷立刚《秦盈》 中篇小说： 书宏《招娣》 田耳《姓田的树们》 蔡骏《飞翔》 刘塬《隔壁房东的杀人声音》 王齐军《老黄历》 季哑《尘埃之上》 短篇小说： 卢江良《在街上奔走喊冤》 杨川《老疙瘩》 青月僧《丑陋》 悠晴《网络女写手李清照的网恋》 lstzxf《丫丫》 airp《山头对歌》 刀从中的小诗《花焚》 白丁香《春秋时期的爱情疯子》 安昌河《大嘴、三刀、四眼神枪以及五娼》 马知遥《爸爸的黄羊》

这三届大赛发掘出许多颇具实力的作者，如今何在、心乱、雷立刚、田耳等，他们的作品直至今天仍被人津津乐道。三届评奖里，第一届参赛作品仅七千多篇，第二届参赛作品就达到七万五千一百七十三篇，第三届参赛作品共有一万五千八百二十三篇①。获奖作品的数量也随之递增。小说奖项的划分不断细化，从最初的最佳小说，到最佳小说+最佳小说大奖+最佳人气小说奖，到最佳长、中、短篇小说奖。评奖作品的内容也更丰富，出现了历史类小说、科幻类小说、现实生活类小说等。评奖在慢慢地摸索中不断调整，走向成熟。与传统的文学评奖如茅盾文学奖、鲁迅文学奖等相比，网络文学评奖波及的范围、参与的作品、在群众间产生的影响，均大大增加。网络文学评奖对写手来说，是表达自我和确认身份的很好机会。传统文学评奖的参与者因为参与渠道的限制，多为专业作家。网络文学评奖的参与者则十分广泛，学生、白领、企业家、工人、农民等，各行各业的人都能自由参与，除了投稿外，还能在跟帖和论坛中发表热烈的讨论。乘着这股势头，2000 年 7 月，TOM 文学网和“榕树下”举办了一场主题为“网络写手要不要成为传统作家”的网络文学讨论会，邀请了张胜友、雷抒雁、心有些乱、李寻欢等传统、网络文学界知名人士畅谈，网络文学在这种形势下轰轰烈烈地发展着。

2003 年，国内最大的中文门户网站新浪网举办了“新浪·万卷杯”中国文学原创大赛，从此，新浪成为“榕树下”之后网络文学大赛的另一面旗帜。2008 年 6 月 6 日，第五届新浪原创文学大赛落下帏幕，相对于前四届，这届大赛的参赛作品达

---

① 张贵勇《走向多维的“原创”——从网络获奖小说看网络文学的审美价值取向》，http://www.cmr.com.cn/literaturestudy/timespace/2/ztyj02.htm，2009 年 2 月 4 日查询。

到新高；签约的影视作品也突破了历史纪录。本届大赛特设了影视特别奖（获奖作品《青盲之越狱》《青花瓷》《军婚》），影视评委更多地介入到整个评选环节的中间，文学和影视进一步联姻。最终获奖的优秀奖作品为《野外生存》《落日海滩》《青春无忌》《第七突击队》，铜奖军事历史类获奖作品是《军婚》，悬疑类获奖作品是《江湖特工》，都市情感类的获奖作品是《三十情事》，银奖为《女人突围》《冒险王之禁区》《倾城乱》，金奖为《青盲之越狱》《野外生存》《青花瓷》。从奖项类别的设立上看出，类型化写作仍是网络文学创作的主流。

与此同时，“起点”“17K 文学网”等大大小小的文学网站也举办了各种形式的文学评奖活动。值得一提的是，2006 年 10 月举办的第二届腾讯网“作家杯”原创文学大赛，不再邀请传统文学里的名作家、评论家担任评委，主办方认为评论家多为科班出身，经常参与茅盾文学奖等纯文学奖项的评选，他们继承了正统的文艺理论，评选中往往会按正统的学术标准，从内容、体例、语言等方面来衡量当下的网络文学作品，但网络文学中有许多新生事物，并不符合传统的语言规范，无法用传统的学术标准评判。这次的评委团由各大出版社的资深出版人组成，显然是注重评奖带来的市场效应。

最早的文学评奖，尚带着新生的网络文学的诸多期盼以及创办者的文学理想，诸如宣传扩大网络文学的影响，将其发扬光大，发现、培养人才，网络写手和文学爱好者之间的交流学习等等。然而新世纪以来，随着商业资本的不断介入，文学网站向商业模式转型，评奖的商业化色彩也越来越浓厚。评奖成了招商引资的最好广告，逐渐发展出从评奖到出版、周边产业开发的一条龙产业。出版社、图书发行商，影视、游戏、动漫等投资商不断加入，对网络文学进行深度开发，固然达到了作者、网站、出版社、投资商多赢，然而在商业杠杆的操控下，评奖和网络文学也日渐失去了原有的纯粹和自由。这是我们不得不警惕的。

文学网站在网络文学中扮演着重要的角色和作用，尤其在理论批评界还未能深入引导网络文学发展的现阶段，文学网站肩负着推动网络文学健康成长的重任。宏观地来看，网络文学的评比活动，对网络文学的影响巨大深远，这类活动不仅调动了广大网民参与的积极性，每一次评比中奖项的设立、评委的来源、组成，设定评比的标准和最后获奖的作品，还将作为一种强大的作用力塑造、引导着成长中的网络文学，慢慢累积形成网络文学的创作标准、评价体系。

三、网络文学批评研究的逐步深入

网络诞生之初，网络文学的飞速发展和文学批评的薄弱滞后，形成了鲜明的对比。理论批评界对网络文学集体失语，网络文学亦不在乎批评界的言论而自顾自精彩。随着网络文学不断庞大的创作队伍和创作数量，理论界逐渐关注起这一新生力量，20 世纪 90 年代末，中南大学文学院率先成立了国内第一家网络文化研究所，组建了专业学术团队。进入新世纪，理论界对网络文学的研究进一步深入，在网络文学的本体论，网络文学的价值和局限，网络文学的现状和未来等焦点问题上展开讨论。2003 年，《中华读书报》发起了一场关于网络文学的论争。

欧阳友权的《网络文学：技术乎？艺术乎？》① 认为，网络的技术特性使网络文学容易出现“只见网络没有文学”的现象，导致文学的“非艺术化”和“非审美性”。张晖的《网络文学

① 欧阳友权《网络文学：技术乎？艺术乎？》，《中华读书报》2003 年 2 月 19 日。

不是游戏文学》[①] 则持反驳意见，认为“文学不仅仅是科班出身之人的文学”，网络文学也是文学，网络文学的“我手写我口”正是它的生命力所在。何志钧的《网络文学：无法忽略的“物质基因”》[②] 认为，网络文学不可避免地打有后现代消费文化的深刻烙印。网络文学的写手和受众的组成多为白领、小资，网络文学贩卖的正是这些人的小资趣味、休闲情调。朱朝晖的《游戏冲动与文学的技术依赖》[③] 则认为，从事网络文学写作的人，多数抱着审美理想，为圆“文学梦”而来，但确实也有个别为宣泄情绪进行“游戏”的，不能一概而论，应做具体分析。网络的技术特性并不意味着技术已取代艺术。刚起步的网络文学出现了部分工具理性的趋向，但尚未走到完全替代价值理性的地步。[④] 2004 年，中南大学、《文学评论》、《文艺理论研究》联合举办了“网络文学与数字文化”全国学术研讨会，近百名专家学者作家围绕着网络文学的诸多问题进行了广泛的交流和探讨，同年，中南大学文学院网络文化研究基地出版了“网络文学教授论丛”，作为学界第一套专题研究网络文学基础学理的丛书，标志着网络文学从印象式批评走向了学科建设、学理研究。2007 年末，该研究基地再度推出了“网络文学新视野丛书”[⑤]，作为其研究成果的又一次集中展示。2008 年，欧阳友权

---

① 张晖《网络文学不是游戏文学》，《中华读书报》2003 年 4 月 23 日。

② 何志钧《网络文学：无法忽略的“物质基因”》，《中华读书报》2003 年 5 月 21 日。

③ 朱朝晖《游戏冲动与文学的技术依赖》，《中华读书报》2003 年 5 月 21 日。

④ 白烨《网络文学论争》，《人民日报海外版》2004 年 2 月 9 日。

⑤ 杨雨《网络诗歌论》、苏晓芳《网络小说论》、李星辉《网络文学语言论》、柏定国《网络传播与文学》、蓝爱国《网络恶搞文化》，欧阳文风、王晓生等《博客文学论》，中国文史出版社，2008 年。

还出版了《网络文学的学理形态》，主编了我国第一部网络文学原创教材《网络文学概论》，从基础学理上系统地阐述了网络文学的学科性质，表明网络文学成为一门新的学科的现实性和可能性。《文艺报》于2008年5月8日以整版篇幅推出由北大等高校著名教授撰写这八部论著①的系列评论②，在全国又一次掀起了“网络文学研究热”。另外，2006年全国首家地区性网络文学委员会成立，由武汉市作家协会和武汉工业学院工商学院网络文学研究所组成，《芳草》杂志社网络文学创作基地执行。2007年，中国作家协会、中国国际经济科技法律人才学会联合主办了“首届中国网络文学发展研讨峰会”。同年，中国社科院文学所中国文学网开展了“全国文学网站年度调查报告”的调研与撰写工作，对全国文学类网站的数量、网站内容、发布机制、作者队伍、读者群体、社会影响、与传统出版之关系等都做出了比较精确的统计、分析和研究，以期从宏观和微观两方面探讨对当今文化产品生产与消费影响越来越大的文学网站的发展和运作情况。2008年，中国社科院文学所中国文学网等主办了“2008年网络文学发展高峰论坛”，同年，中国作家协会指

---

① 《网络文学概论》《网络文学的学理形态》《网络诗歌论》《网络小说论》《网络文学语言论》《网络传播与文学》《网络恶搞文化》《博客文学论》。

② 赵宪章《原创教材，以启新声——评欧阳友权〈网络文学概论〉》，陈望衡《网络文学语言理论的新探索——评李星辉〈网络文学语言论〉》，马龙潜《走进网络文学的传播学视野——评柏定国〈网络传播与文学〉》，陶东风《博客文学的第一次学理性审视——评欧阳文风、王晓生〈博客文学论〉》，罗成琰《古典视野观照下的网络诗歌生态——评杨雨〈网络诗歌论〉》，黄曼君《开辟网络小说研究的新门径——评苏晓芳〈网络小说论〉》，阎真《恶搞：边缘处的文化追问——评蓝爱国〈网络恶搞文化〉》，王岳川《当代文论研究需整体创新——评欧阳友权〈网络文学的学理形态〉》，《文艺报》2008年5月8日。

导，中国作家出版集团和中文在线主办了“网络文学十年盘点暨首届网文（2008）年度点评”活动。这是自中国网络文学诞生以来最大规模的一次评选，也是传统文学与网络文学最大规模的一次对话。这些都表明了官方文化机构和权威学术机构，正不断加大对网络文学批评研究的投入。网络文学研究业已成为新世纪文学理论研究和文学批评重点关注的对象。

另一方面，网络文学自身也表明了对批评的渴望。每一代文学的发展都是与文学批评紧密相连的，网络文学同样需要两条腿走路，才能走得平稳长远。文学批评的繁荣不仅能鼓舞作者的创作热情，更能引领网络文学驶上正确的航向。当然，网络文学批评的困难在于至今尚未形成一套符合网络文学特点的评价体系和批评理论。作为一种全新的文学形态，网络文学在许多方面都与传统文学大相径庭，对我们既有的文学批评理论提出了严峻的挑战。而网络文学作品的海量存储泥沙俱下，也令理论批评界无暇全面顾及，这就更需要网络文学在批评界的引领和指导下，培养建设出自身的评论队伍。最早的网络文学评论，来自于读者以跟帖形式发布在作品下方的阅读观感，多为直接的情绪表达。之后，文学网站为吸引写手驻站，激发其创作动力，纷纷组建了评论团。“起点”是最早组建评论团的网站，然而，把商业化放在第一的“起点”将评论团定位在“为作者服务”上而丧失了客观性、独立性、公正性，使其沦为作品的附庸。2003 年，当时著名的玄幻文学网站“龙的天空”评论版的斑竹伟大（WEID）曾提出了一个构想：建立跨越网站的、公正的、权威的评论机构，建立一套评分分级体系，将原创玄幻小说划分为不同等级类别，引导主流作品的走向，对读者的阅读提出建议等。[①] 这是

① 暗黑之川《网游的起点与架空的 VIP——2004 年网络幻想小说回顾》，http：//www. 17k. com/main/readbook. do？ method = showChapter&bid =12710&cid =665270，2009 年 2 月 4 日查询。

一次由网民自发进行的，规范引导网络文学创作更好发展的活动。可惜的是，这种自发行为在实施过程中必然遭遇到诸多困难，评论版更像一个来去自由、聚散匆匆的舞台，评论者多是基于自身兴趣和审美取向的散兵游勇，这一美好愿望在经过了短暂的热闹便后继无力。2003 年的网络文学领域还发生了一次波及甚广的“文以载道”讨论事件。事件发轫于一位网络文学作者发表的一篇关于网络文学写作需严肃化、“文以载道”的必要性的帖子，由此引发了不同观点的辩论。各大文学网站论坛的相互转帖使讨论范围迅速扩大，讨论深度也被不断挖掘出。此次事件可以说是网络文学的首次自律行为，评论的责任被第一次明确地提出。如今，各大文学网站都设有专门的评论版块，作品本身亦支持跟帖评论，不过，大部分批评仍未脱出读后感的范畴，多代入式的感性宣泄，少理性化的思辨、学理式的研究。还有的批评为博得点击率吸引读者眼球，故意制造惊世骇俗的“颠覆式”“恶搞式”观点和言论，显现了正在成长中的网络文学的不成熟。

总的说来，年轻的网络文学仍处于摸着石头过河的探索时期，它不完美，有诸多缺陷，但这些缺陷却同时也是它的活力与生机所在。随着对网络文学各方面认识的不断深入，我们总能掌握住它的发展规律，引导其健康成长。

“全民写作”时代下的散文生态及发展

网络改变生活。随着网络发展的日新月异，文学也迅速进入了“全民写作”的时代，它给文学的观念、形式、内容等各个方面都带来了深刻的变化。它使原本更多由少数精英掌握话语权的文学成为一种普及的、大众的、草根的，人民都能参与各抒己见表达自我的文学。大批文学爱好者通过互联网有了尝试写作的机会和施展才华的舞台，其传播的迅捷和广泛也使它有了比传统媒体更大的影响力。网络的实时更新和交互性，同时充分调动了创作者和阅读者的热情与积极性，形成“全民写作”和“全民阅读”共生共荣的现象。

全民写作时代的散文现状

对于作为文学四大主要样式之一的散文而言，原本它的文体界定就比较宽泛，在我国悠久的散文传统里，广义上的散文几乎容纳了韵文之外的所有文学作品，这一特征使得它在这个全民写作的时代中如鱼得水，有着天然的适应性。从互联网发展伊始的社区 BBS，到网站的论坛、版块，博客、博客圈，到微博、微信等新载体的不断涌现，将散文的记录生活、行旅见闻、抒发心情、表达想法、沉潜思考等功能张扬到极致。散文的疆域变得无限广阔，真正成为无所不包的“散”文。

“全民写作”不仅扩大了散文的空间，促进了散文的繁荣兴盛，是散文在这个前所未有的崭新时代的发展机遇，同时，也正因网络发表的低门槛、任意性等特点，作为一枚硬币的两面，导致了好作品亦淹没在浩瀚无际鱼龙混杂的文字海洋中的现实图景。

散文个性化日益突出

时代造就文学。“全民写作”令各行各业的人都加入到散文创作者的队伍中，使散文所反映的生活、情感、思想等内容更为广阔和多样，更接地气，更有个性，其艺术表现也更为摇曳多姿。一些散文作者还在形式上做了种种挑战与尝试，他们利用网络的复制、拼贴、视频、图片、超链接等一切技术手段，进一步模糊了散文的文体意识，形成超文体和超文本。作为我们这个时代的文学，只要有基本的文化程度和对生活的真挚感受和表达愿望，就可以“我手书我口，我口述我心，我心抒真情”。从早期的安妮宝贝、慕容雪村、尚爱兰、菊开那夜、塞壬、阿舍、李娟等，到近年的马伯庸、十年砍柴、苏枕书、欧阳杏蓬、燕山飘雪、郭敏、纳兰妙殊等，他们或关注历史人文，或书写都市情感，或着眼当下生活，或回望乡村记忆，记录所看所听所想，表达对人生、社会、历史、现实等的感悟和思考，凭借充盈的生活、充沛的情感、个性化的思考以及鲜明的风格吸引了广大读者。

例如在历史叙述与个人言说方面，马伯庸的作品既有丰富的学识作为底子和支撑，同时又见文人性情和诙谐的趣味。在网络这个相对自由和虚拟的空间中，创作者的思想少了许多条条框框，因此会更锐利和有锋芒。其作品不再像严肃的传统文学那样强调经世载道而更平易近人，随性的文字里多了些调侃、幽默或自嘲。例如在反映当下生活方面，创作者与时代的距离更近，更能反映时代投射在这代人身上的苦乐和悲喜，因此动态性更强。如安妮宝贝用华美灵动的文字展现了都市钢筋水泥森林下的冷寂和孤独，人与人之间爱的缺失和隔绝疏离的心灵状态。如欧阳杏蓬作为一位游走在都市和乡村之间的农民工创作者，他写故乡湘南，写打工者来到城市，语言简洁素净，描写细腻生动，情绪饱满，诗意盎然，在对生活纹理和人生道理的展现中闪动着心酸过后依旧明媚向上的温暖和希望。如李娟笔下的新疆既是迷人的故土，又包含了整个世界。她只写她身边的天地人，其文意高情真，纯净清新，浑然天成。

如果说老一辈散文作家有对“大”的时代的自觉，青年作者们更多表达了对“小”的意义的自觉，他们自觉地于日常生活的潜流和旋涡间停驻，力图挖掘其永恒。在这一批作者的散文写作中，传统散文的观念逐渐淡化，而个性化越来越突出。即便在相同的题材中，其个性亦是千差万别的。或许只有如此，才能更好地表达出当代人内心深处最具复杂性的缠绕纠结的东西。这是我们这个时代的精神气质，也是当代文学的需求所在。

如何推出精品佳作

从全景看，散文创作的确呈蓬勃生长之势，迎来了新的高峰和热潮。目前上百家文学网站多已开设“散文随笔”栏目，加上专门的散文网站，以天涯社区为例，每天发表量至少有数百篇，一年发表的主题帖有数十万个，而在传统刊物一期最多发表二十多篇散文。然而一方面是创作的繁荣，一方面是创作的大家和精品并不能与之匹配。

不可否认散文庞杂的基数下泥沙俱下的现状。改变这一现状首先需要网站加大对内容的投入，自觉起到导向和助推的作用。运用推荐、置顶、合集等方式让好作品脱颖而出；进一步培养编辑的力量，加强其与作者的交流，对有潜力的新人多一些引导和扶助，逐步建立起好作品的发现与生产机制。更为重要的是，无论在网上还是网下，都要重新确立与时代相契合的好作品的标准。目前散文创作的环境给许多人造成的错觉是散文成了一种没有难度的写作。例如随着新的文学平台出现而兴起的“微散文”，一百多字内的创作看上去似乎很容易，然而在简短精炼的字数中，照样要精致漂亮地表达出一个人的智慧、思想、情操等，才会有着独特的艺术魅力。这是散文在我们这个时代继续存在的价值。并不能因此将散文看“小”，而将对散文的评价降低至那些随意化、浮泛化、泡沫化、滥情化文字的水平，任何时候要写出优秀的拥有认识、思想和审美等价值的散文都并不简单。

散文首先是要有感而发的，不能为写而写，真情实感是散文写作的第一要义，好的散文一定是从心中流淌出来的，能最直接地表达一个人的情感，散发出一个人的气息；散文又是多元和自由的，它可以最贴近日常生活，也可以辨宇宙之思，可以当下，也可以历史，可以微观，也可以宏观。它关注我们生存的现实和体验，关注人的灵魂和思想，关注我们从何处来、到何处去等等。因此写作散文不仅需要丰厚的学识和修养，也需要充盈的才气和性情。好的散文是有血肉的，带着生命的疼痛和欢喜，给人最朴素真切的感动；好的散文是自由的，从内容到形式都能挣脱束缚自由飞翔；好的散文是有个性的，能在文字背后看见一个独特的“人”；好的散文还是智性的，闪烁着思想的光芒，体现出作者的智慧。总之，好的散文是厚积而薄发的，需要作者各方面的积累和功力。

可见，散文的评价标准一方面要跳出传统的窠臼，与时俱进，不断创新，一方面仍要坚持那些普适、永恒的价值标准。

树立了好的标准之后，再通过媒体、读者、作者和理论批评家们一同以阅读、写作、交流建设起良好的创作环境，才能使我们这个时代里的散文得到健康的发展。

文学同期改编影视热现象的冷思考

文学与影视的联姻，随着新时代和新媒体的不断前进，已经发展到水乳交融的程度。以前许多影视作品常常同步改编于那些热门文学书籍，而近年来越来越多火爆荧屏的影视剧多从人气较高的网络文学中汲取营养，网络文学也热衷于给这些大众文化产业提供故事源泉，这些年《宫》《美人心计》《步步惊心》《千山暮雪》《裸婚时代》到《甄嬛传》等影视作品的相继热播，不禁令人想起此前也曾持续产生热潮的影视同期书现象。当时一批还活跃在期刊中的传统文学作家，随着影视传媒的发达，逐渐打破了以往通常是先推出小说，再将适合拍成影视剧的作品改写成剧本的原有程序，而变成作家先创作剧本，再改写成小说，然后把小说和拍成的影视作品在同一时间段内推向市场，造成同时期市场的"轰炸"效应，受到坊间的热烈反响。之后即便有时作家是先开始构思小说，也会在无形中处处受到剧本影响，充满剧本的动机，时时以影视的特点考量与取舍写作的内容。在这一类型的"产品"中，势必会缺少作家以往在纯文学作品中注重的丰富的文化内涵和多元的艺术审美情趣。因此，文学同期改编影视热成为文学创作中一个突出和令人争议的现象。

新世纪以来，大众文化成为当代文化的主流，市场环境下的文学期刊也开始争相发表有影视同期书倾向的长篇作品。这种趋向背后的商业动机是不言而喻的，然而，更值得注意的是，权威期刊的这种选稿方式彰显了一种理论上似是而非，实践中却越来越走强的价值标准，即所谓“好看小说”就是“好小说”。按照这种逻辑，既然影视同期书是受众最广的小说，那么它就是理所当然的好小说，甚至还可以说，对影视技巧的借鉴促进了小说艺术的新发展。当时的争议并没有得到解决而是随着时间的流逝搁置了，这就造成了今时同样为难我们的困惑。因此再来分析这个问题尤为重要，影视同期书到底可不可以算作纯文学意义上的作品？两者之间到底有什么不同？用影视手法写作对小说的发展是补益还是伤害？影视同期书与借鉴影视技法创作的小说有何本质区别？或许厘清这些能给同样火爆的网络文学改编一些有力的借鉴和思考。

如果以纯粹的文学标准而言，至少在许多文学同期改编影视的作品中存在着以下一些问题。首先是它带来了情节设计满溢的问题。影视同期书的情节常以紧张富有悬念为追求，一桩桩事件的发生就像大串联一般令人目不暇接，没有任何闲笔。作者手执一支流转如踢踺舞似的笔，令书中剧中人物时时刻刻都处在紧张的备战中，但“斗”到最后的结果是观众过瘾，而读者疲乏。这当然和小说、电视的接受方式不同有关。米兰·昆德拉曾说：“小说是速度的敌人，阅读应该是缓慢进行的。读者应该在每一页、每一段落，甚至每个句子的魅力前停留。”但影视不能等，尤其是电视连续剧，需要热闹的剧情，快速的节奏，紧凑的结构。只有剧情时时处于矛盾中，才能在最快的时间内呈现给观众最跌宕起伏的世界。因此必须让人物像赶场一样不停地运动。即便是固定场景，人物也须在对话中不断走位，因为只有运动才能给人强烈的画面感，让观众长时间将注意力聚焦于屏幕而不感到沉闷，想不到换台。另外，电视连续剧是分集的产品，每一集约四十五分钟长的时间都必须设立两三个兴奋点。它对视觉刺激的频率要求特别高，这是它与小说的最大不同之处。因此，它呈现的世界必然是满满当当、密不透风的。

然而，对小说来说，作品的叙述若“太满”，所有情节都环环相扣般紧紧串连在一起，所有的矛盾都能在作者提供的内部系统中解决，就会使得它的情感宣泄也是一股脑儿的，如同洪水泛滥一般，而没有在字里行间留有让读者回想思索的空隙，就不能在“有”和“无”之间显示出属于小说的独特的魅力——宛若山水画般的意境。它也使作品拘泥于一个自足闭合的结构，缺少了小说必要的开放性。要“满”必然注重“数量”，然而文学更注重的是“质量”。

其次，它带来了追求噱头的问题。文学同期改编影视作品要在有限的篇幅内凝聚这么多的情节，还要强调“好看”，势必增加噱头。“噱头”在这里是指人为地强行加入一些情节。它动用各种花招来吸引观众的眼球，可以不顾故事的自然发展，甚至不惜损害小说的艺术品位来哗众取宠。或许这与今天纯文学日渐式微，“素面朝天”之作难以吸引大众有关，在残酷的市场竞争下，不改造自身，就要遭受市场的拒绝。另外，噱头的产生还和创作者的浮躁心态有关。在这种情形下影视同期书已经不是单纯的文学创作，而日益演变为市场利益驱动下的制作或炒作。

许多曾有过触电经历的作家曾感叹小说要求平实，生活化，但电视剧要求有“戏”，“戏”就是戏剧化，夸张，放大，巧合，与小说的要求背道而驰。可见他们对两种艺术形式的区别其实有着非常清醒的认识。因此在作品的影视改编中，每当情节经过一段长时间的拉力赛后变得相对稳定平庸时，为了延宕故事的进程并刺激读者的视觉，作者常会制造一些充满戏剧性的点，一如综艺节目制作中特意剪出放在预告充分“吸睛”的“破口”，显然是为了所说的“戏”。这许多远看似花团锦簇，近看开得只是一种花的噱头，对读者和观众而言，在最初接受时的确能产生很强的视觉刺激，但在作者的一再重复使用后它的渲染力也会失效，读者和观众早已先行一步猜到作者横生一出戏的套路。而被日渐加剧的重口味惯坏的他们，神经已然麻木，此时作者即使再加强刺激也只能使其徒增阅读疲倦罢了。

再次，它带来了对话比重过大的问题。以影视改编为目的之一创作的文学作品，大都采取以对话推进情节和组织人物的方式。对话占据了小说绝大篇幅的容量。好的对话能让小说变得简洁、直接、有力，如海明威的《杀人者》也是由对话组织起来的，而影视同期书的对话却只是为了成为直接写好的台词，说话太露，用笔太实，减少了小说的韵味。你要谁来，谁转眼就到。你要场景跳转到哪个部分，故事就可以进行到那里，这完全是“速食式”的表达。另外，冗长的对话也淹没了人物思想和情感的深层次的表达。作为电视剧尚且一看，但作为小说读之何益？那些密集却缺乏精炼含有许多套话的对话，不仅使语言平白无味，使心理刻画和细节描写不足，造成了人物性格的雷同、模糊，忽视了作品意境、氛围的营造，影响了主题的锤炼与深化。这样的影视同期书不免患上“艺术贫血症”。

其四是情节套路化人物类型化的问题。例如编织情节的套路。在大多影视剧中，父亲若是费尽一生维持良好清誉和正面形象的高层领导，后人就往往必须扮演不争气守不住这份家业的角色。还有叙述模式的单一。情节一套接一套，视角也随着人物的转换而不断转换，看似一个万花筒，其实用的却是一种模式。原因在于，影视剧的结构是“板块结构”，每一节都可以独立构成一个板块，每一个板块都是一个典型事件，板块和板块之间的材料则可以跳跃。将主要人物分布于每一节轮番交待，既使情节集中加剧了戏剧冲突，又有效地梳理了众多人物。电视连续剧作为快餐文化，观众一看而过，只需粗枝大叶，把握人物和事件的大体走向、流程就够了，且每到下一集等于又是重新开始的过程，观众会不在意情节的套路和模式的单一。但它对小说而言，却是令读者不能忍受的重复。例如人物类型化在官场电视剧中，为了塑造人物形象的方便，一定要有个正面高大的英雄人物；一定要有与好人作对比的大反派，才能更好地树立其光辉形象；同时还要有一个时时起扭合、平衡作用的人物。如写不好，作者对人物的描写便颇为漫画化。

其五是丧失独立批判立场的问题。电视剧因为它巨大的成本，必然要求收益的最大回报。因此，对影视同期书而言最保险的做法是使用最规范性的表达，将官方意识形态与“民意”相结合，体现社会主流的价值观。而小说则是对这个世界的个人性的思考和个性化的艺术表达。一篇好的小说，必须展示作家面对世界的独特方式。小说家应通过小说与自己和世界保持距离，颠覆我们平常已然习惯的那种施加在我们的思想、需求甚至生存之上的权力体制，以坚持文学的纯粹性、艺术性。小说不仅仅止于对现实问题的简单归纳，更须体现意识形态的复杂性，于混沌中呈现极具张力的意蕴。在访谈中米兰·昆德拉表示：“如果说小说有某种功能，那就是让人发现事物的模糊性。……小说的智慧则在于对一切提出问题。……在一个建基于神圣不可侵犯的确定性的世界里，小说便死亡了。”

从这个意义上说，小说的天职是反专制主义的。而在文学同期改编影视作品里，所有个性的声音被或多或少抹杀了。真正的小说，或许会充满种种意识的矛盾抑或裂隙，但也因此使小说达到了它必须具有的艺术的质地。许多作者恰恰是因为看到世界的混沌性而写作，若对一切事物都能用清晰的二元论解释，何必写小说。许多同时从事小说和影视剧创作作家都深切感到个人意志和主流意识形态的冲突。以《甲方乙方》《天下无贼》蜚声文坛的职业编剧王刚就明确表示：“写剧本是一件特别可怕的事。因为它很难有自己的意志，是一个被迫劳动。……在我眼里，小说才是艺术，一般意义上的剧本只是商品，是没有主动精神去做的商品。因此，对我而言，小说创作高于一切。”他创作的长篇《英格力士》不带一点脚本的痕迹，从叙述腔调的设置、视角的把握到文本内容之间的矛盾与互文的处理都显示了一部纯正的小说的品位。作者以地道的小说笔法展现了小说的世界，从中我们看到的是对人的关照和对信念的坚持，以及对历史、人性和整个民族文化的反思与自省。这使小说超越了特定历史时空的局限而具有一种耐人寻味的魅力。

总的来说，文学同期改编影视作品有它在文化市场规则下成功的地方，诸如常常抓住了观众关心的政治经济改革、家庭生活伦理等热点问题和内容，加上拍摄时选取了受欢迎的演员阵容，庞大的投资制作赏心悦目等。但其属于小说自身的表现手段却显得有些贫乏，会使小说的艺术独特性受到侵蚀。纯文学当然也需要关注现实，赢得读者。但许多影视同期书则是如社会新闻般一味追求时效性与轰动性。对一个作家来说，有时“为何写”是比“写什么”更重要的问题。写小说不是为了制造轰动，而是为了做一件“持续性”的事情。小说不是浮躁的，小说家不应忽视对文字整体流动性的把握即对语言自身魅力的追求，对故事背后的意蕴的营造，对这个世界的多义性与模糊性的敲打，才能使小说不丧失它作为文学应有的品质。

自20世纪电影作为一种全新的艺术类型出现后，它与文学一直就有着密不可分的关系：文学为影视提供了内在的滋养和资源，影视则以它更直观和视觉效果的优势，扩大了文学的生存空间和影响力。但文学与影视同时也是两种不同的艺术样式，有各自独特的生存方式和内在品质。比如小说是手工业，电视剧是大工业，制作方法完全不同；小说是意识形态含混丛生之地，电视剧是主流意识形态产物；小说是个性化的创作，电视剧则导致同一性；小说阐明事物的复杂性，电视剧则把事物简单化；小说向世界提出长长的疑问，电视剧则给出迅速的答复。因此两者虽均为文字的表达，但小说还是小说，剧本还是剧本，其互相补益必须建立在保持各自艺术特性的基础上。

具体说来，小说的写法当然可以多种多样，罗伯·格里耶的名作《去年在马里安巴》就是用通俗的电影小说形式写成，它给我们的启示是雅俗不是绝对，形式也不仅仅是形式，形式可能束缚作家，作家也能创造和发展形式。尤其对如今在某种程度上已陷入窘境的纯文学来说，要走出“地盘越来越小”的“边缘状态”，也必须学习一切有利于文学的开拓和创新。这方面台港作家比我们先行一步。朱天文、李碧华等人的小说成功借鉴了电影语言。台湾作家朱天文投身电影界十年，她此间发表的许多作品都有着双重身份，但她的每部小说都仍能让我们看到作为小说的意高情真的境界。编剧的经历使她的写作笔法有了一定改变，例如小说中片断的画面感增强，描写性的语言增多，用字愈发精练、简洁。她在侯孝贤那里学到的最大收获还是故事的另一种讲法，简单到像什么都没有说，却又什么都说了。“是个不言的石头，看半天，似乎倒有块玉隐在里面。”如那部先有剧本大纲后改成小说发表的《风柜来的人》，满篇皆是“意在言外”的片断，但正是这些看似毫无意义的片断将处于成长阶段的少年人无所事事及迷茫虚无的人生表达得透剔入理。香港作家李碧华的多部小说也都改自电影脚本。她游走在文字与光影之间，撷取两者之长，使其语言散发出一种强烈的镜头感，以宛如摄影机之笔，剥尽世间男女的华丽外衣，揭示掩藏在世俗背后的蚀骨苍凉。在小说具有自然而又独特韵味的同时，也保持对现实、历史、人性的深深怀疑和冷峻批判。很显然，问题的根源不在于影视创作对小说有无影响，而在于作者能否将这种影响的有益因素融会于创作中，以及是否能将小说作为一种独立的艺术予以尊重。

从实践上看，自20世纪90年代初期王朔开启了作家“触电”的先河以来，作家投身影视界已成为一桩低成本、高回报的美差。不过，影视也是把双刃剑。一方面它使文学凭借另一种媒介绽放光芒，另一方面又使作家不断放下身段降低姿态。虽然它和文学的联姻已是大势所趋，几乎这个时代的所有人都在无形中被影视的巨大辐射力打上了印记，但事实也证明作家按照影视文化模式写作的影视同期书伤害了小说的创作。虽然它容易获得商业上的成功，影视的红火带动书籍的红火，这也使影视对文学的侵蚀，就像市场经济的潮流一般拥有强悍的进攻力，但它将小说简化，成为影视的附庸，缩短了读者通向小说的路径，是明显的短期行为，于文学意义不大。太多不属于文学的外部的东西附着在这些作品上，渐次淹没了小说本身的存在。作为小说的它们实已死去，唯有作为影视继续娱乐大家。

如今，网络文学不仅在文字的付费阅读，同时也在动漫、游戏、影视等其他载体的改编上都受到广泛而持续的欢迎，从创作到产业均充满活力无往不利，成就了一番天地。事实上无论是普通读者还是死忠粉丝，以及广大的文学工作者，都由衷地期待这一新兴的文学形态能够有好的发展和希望。而它现在的确也面临了以前我们曾经在通俗小说、影视同期书等问题上遇过的相似质询，无论是通俗小说影视同期书还是网络文学，它们是不是我们所谓的“文学”？两者如是区别何在？用通俗、影视、网络手法的写作对小说发展的影响何在？这些仍然是当下创作需要回答的问题。

成长的左岸，成长的小说

左岸文化网，于2003年由三位志同道合之人创办，逐渐影响甚巨，成为文学爱好者呼朋引伴、以文会友、唱和切磋、争鸣批评的好地方。我虽然未能见证左岸文化网破土而出的历史性的那一刻，却有幸经历了它后来的艰难成长与如今的茁壮发展，深知其不易。为了保证文学评判的独立性，创办者自始至终拒绝了商业的投资，一度步履维艰，这在文学日益市场化产业化的今天，是很有些理想主义色彩的。因此，它的存在才更为我们所珍视。《红豆》2007年01期刊发的左岸小说特辑，多以少年成长心事为主题，每篇均带着作者强烈的个人色彩，体现出了各自的小说意识，在艺术性上也各有追求。

徐则臣的小说在题材上可分为截然不同的两类：一类是以京漂者的视角，观察和描摹活跃在北京的不同角落的外地人的境遇和心态，例如《啊，北京》《我们在北京相遇》《三人行》《西夏》等；一类是对故乡记忆的整理与书写，例如《花街》《鸭子是怎样飞上天的》《石码头》等。徐则臣在城市漂泊路与乡村幼年事这两套笔法中任意驰骋、自由穿梭，这篇《天堂里飘香》即属后者。

《天堂里飘香》讲述了一个少年意外撞见内心奉为“天使”的小学女教师与“天堂”大商店的伙计间的“偷情”故事。对“我”来说，梅老师是这世上再美好不过的人，天堂大商店则是这世上再美好不过的地方，然而当两者以一种他万万意想不到的方式展现在他面前时，他惊慌愕然地发现这个世界的所有美好与纯洁都在瞬间坍塌了，让他的内心既冰凉又灼痛。

《天堂里飘香》用孩子好奇天真的目光，来看待成人世界里发生的事件。前者的单纯与懵懂，后者的复杂与暧昧，交织成一种蒙眬却又尖锐的艺术效果。徐则臣的叙述一直以扎实、有力见长，手法工整、朴素，叙事平实、及物，对节奏有着良好的控制力。结尾是典型的徐氏风格，戛然而止，余韵悠长。

李云雷的《巧玲珑夜鬼张横》写得温柔醇厚，流动着一种淡泊绵远的意蕴与情绪，光一个题目便已令人浮想起宋时说书的古风韵。果然他讲的是村里一个叫做张横的“散淡人”，绰号夜鬼，善说书。作者既传承了赵树理一脉的厚实的乡土气息，同时又有着自己纯净细腻的触觉。通过一部张横说书兴衰史的描写，作品既表达了主人公对那些过往美好时光的无限向往与怀念，也道出了对世事沧桑变幻若浮云的惆怅与无奈。在那个文化生活十分贫瘠的年代，夜鬼张横用他丰富多彩满怀激情的讲述为所有人编织了一个金戈铁马的生动奇妙的世界，让所有人的精神有所寄托，张横也成为一个英雄般的人物，在乡亲们的日常生活中占着不可或缺的一部分。然而随着时代的发展，体制变了，人也变了，村里人渐渐富起来，家家户户也都有了电视机，听书的人愈来愈少了，只有张横，仍然沉浸在他说书的世界里浑然忘我，全不知魏晋，这便注定了故事的伤感结局。从围在槐树下黑压压的一大片座无虚席，到最后只剩下皎洁的月光与呱呱鸣叫的青蛙伴随左右，张横的说书显得格外慷慨与悲凉。此时谁都知道，即便张横说得再怎样好，也敌不过时代车轮的无情前进。如果说在《天堂里飘香》里能看出一种成熟的有意识，则《巧玲珑夜鬼张横》更像是无意识地流淌出来的，因此有一种更古朴淡然的诗意。

李浩的小说一直执于开掘人的缓慢流动的内心，对各种感官的捕捉精准敏锐。这篇《雨水连绵》无论是对我、弟弟、父亲等人物纤细敏感的心理把握，还是对雨水、光线等事物的精微细致的描写，都体现了作者的特点。破败、霉湿的村子，在连绵雨水的冲刷下显得愈发萧条、落寞。雨总也不停，一家人的情绪也因此被笼罩在这阴郁天气所带来的愁云惨淡中。忧心忡忡的父亲每日最担心的便是四处漏雨的房舍的行将倾斜与倒塌，无事可做的我和弟弟被迫禁锢在这个沉闷滞重的家中如同困兽，母亲与父亲的争吵日益演变成为每天必要的生活方式。细细看来，所有事不过是一些家长里短的琐屑纷争，但李浩就是擅长在这种“无事”中寻出意味，这些生活中无尽绵延的啮咬性的小烦恼，渐次堆积成人生的灰凉与漂泊。小说反复渲染天气的阴沉昏暗，父亲的忧心与焦虑，母亲的牢骚和怨怼，雨水将一切行为、心理延宕，也将人物意识与情绪的流动丝丝缕缕地展现在我们面前。整篇小说深深浸淫在一股湿漉漉的水汽里。

李红旗的《一只黑猪》像一篇小品，单纯而澄澈。那只老陈从镇上买回的在乡邻中引起轩然大波的黑猪，只是一个起兴，作者真正想书写的是赵西和赵志明两个少年人在成长过程中对童年、人生的疑问与思考，以及由此产生的忧郁、迷惘和感伤。所以在这篇小说中，黑猪更像是一个符号或象征，指代着少年人对这个世界里所有未知的好奇与探究。两位小主人公坐在河边的那段超越他们应有年纪的对话和问答，像就是来自我们自己的儿时记忆中一般，让我们感同身受，心领神会，而结尾赵西对一道数学题近乎固执的追问，也是我们每个人在成长的岁月中都会有过的追问吧。其实并没有多大的事，地球依然在转，大人们依然在忙碌，世界安然无恙，只有我们觉得很悲伤。好像世界不属于我们，意义也不属于我们。

盘索对文字一向有着很好的感觉。这种感觉如同天赋可遇不可求，而很难由学院训练生成。《茉莉》的语言精致细密又充满弹性，但更令人动容的是小说对主人公情感的皴染描摹。父亲的横死是多么惨痛的一幕，在“我”心头留下沉重的阴影，夜夜化作梦魇压迫“我”，令“我”窒息。面对如此家变，作者却是缓缓道来不露声色，藏着埋伏和曲折，表面的平静之下压抑着汹涌的惊涛骇浪，让人感到它行将爆发的力量。

杨遥的《寒流》也是一篇以平静写疼痛的作品，读来哀婉沉恸。文章虽短，但扎实有力。寒流来袭固然冷，却哪能及主人公老年突然丧子的痛。最后主人公选择用他最擅长的挽绳线的方式自尽，只怕也是不想再承受这哀莫大于心死的冷了吧。

王棵的《寻找一个人》致力于营造一种故作神秘、扑朔迷离的氛围。马雄这个人物从始至终都只是一个混沌的能指，而非具体真实的所指，叙述先是集中在主人公探查旧友马雄的生死之谜上，最后主人公又自我质疑起马雄这个人物的真实性，将谜题推入更大的旋涡中。

徐东的《祝你幸福》写了一个文学工作者的京漂生活，是所有作品里现实烟火气最浓的一篇。在这个太大太荒芜的城市里，找寻幸福何其不易。但许是不想让读者失望，作者最后还是给了男女主人公一个温暖光明的结局。

综观而之，本期特辑的作品都写到了创痛与忧伤，他们是成长过程中的必然经历，有此经历，将来的人生之路才会走得更稳健。在不断成长的左岸，有这样一批又一批不断成长的小说，是为幸事。

市场时代之下网络文学的问题与反思

作为80年代出生的人，自网络诞生的那一刻起，我们就天然地接受了它，并伴随着它一同成长。网络发展十余年，给我们带来的影响是巨大的，它在极大程度上改变了我们的生活，不断创造着新的网络流行语、网络文化，不断塑造着网络视频、网络游戏、网络动漫等新的生活方式。网络是时代进步的标志，亦推动着社会的飞速发展。如今，网络已是绝大部分中国人日常生活不可或缺的组成部分，网络文学亦成为许多人的日常消遣。在网上读小说，变得和在网上打游戏一样普遍。网络文学的阅读对象已不仅仅是单纯的文学爱好者，无论是白领、公务员、在校大学生，还是网络游戏玩家、中小学生、社会边缘人群等各行各业的人都以此为乐。从前阅读是一件私人化的行为，而网络时代，成千上万的人可以同时访问一个节点阅读同一部作品，网络迅捷的传播手段、交互性，使得作者与读者、读者与读者之间的距离大大缩短，读者读完一部作品，马上可以跟帖发表意见，每当一部热门作品及其作者出现后，各大论坛、社区的相关版块都会聚集着大量网民展开热烈讨论。诸如1998年的《第一次的亲密接触》、1999年的安妮宝贝、“三驾马车”、黑可可，2000年的《悟空传》，2001年的《蒙面之城》，2002年的《成都，今夜请将我遗忘》《此间的少年》《毕业那天我们一起失恋》，2005年的《诛仙》，2006年的《鬼吹灯》，2007年的《家园》，2008 年的《窃明》《巫颂》……网络文学屡屡能够形成年度热点和时代风潮。许多知名网络小说先后被改编成了动漫、游戏、影视作品，并出版成纸质图书，都持续受到追捧。网络文学的出现，给新的时代背景社会环境下日渐边缘的文学带来了生机，尤其是凭借网络技术特点而集体创作的互动小说、接龙小说，大大调动了网民参与的积极性，似乎一时间，全民皆读网络文学，全民皆写网络文学，在某种意义上实现了所谓的“大众文学”。王国维曾说过，一代有一代之文学。我们五千年的文学史上，楚辞汉赋、唐诗宋词、元曲明清小说，都曾各领风骚，或许，网络文学便是“这个时代的文学”。

如今，网络文学的每日点击量都是以“亿”为单位计算的，网民为何热衷于阅读网络文学？首先，因为网络文学的民间性，民意在此得到了最为宽容的表达。网络文学解放的文字话语权，打破了传统知识分子、精英阶层控制的话语权，打破了传统的信息由少数人流向多数人的旧式格局，使普通民众享有了平等参与文学的机会，每个人都有了书写的权利。其次，现代人普遍生活在紧张、压抑的生活环境中。生存空间日渐逼仄，缺乏交流，孤立隔绝，而网络文学解放了人们的心灵，使人们从日常生活中超脱出来，寻求情感宣泄和认同，寻求紧张的工作、生活压力外的放松。作为网络文学初期著名的“三驾马车”之一的邢育森就说道，“在没有上网之前，我生命中很多东西被压抑在社会角色和日常生活之中。是网络，是在网络上的交流，让我感受到了自己本身的一些很纯粹的东西，解脱释放了出来，成为了我生命的文体。”无论是作者还是读者，网络都给其抒发心灵的舞台，网络写作成了人与生活的互动，而发言的匿名性和空间的虚拟性，使互不相识的人畅所欲言，淋漓尽致地表现着自己。

然而，网络文学在蒸蒸日上的表面繁荣下，却也隐藏着它一直以来的冲突和矛盾。“三驾马车”中的另一位李寻欢曾表达了网络写手对网络文学理想状态的想象：“我希望网络文学始终是业余而纯净的。不要让文学成为作者的物质生存支撑点，从而使写作本身成为作者写作的唯一动力。我希望网络文学是清新自由的。不要沾染上现实社会中的某些习惯，那些使文学变成世故和技术的习惯。”现实并没有朝着李寻欢的希望而去，2002 年李寻欢以《粉墨谢场》从此告别了网络写作，而后成了著名书商。网络文学诞生在市场经济的大潮下，不可避免地打上了时代的标签和印记。在这个以市场为主导的时代，文学进入市场是大势所趋。网络文学为了生存，便不得不努力发展其产业。市场化对文学的冲击，不仅是对网络文学，传统文学亦步履维艰。新世纪以来，纯文学期刊、出版社为经济效益所苦，纷纷寻求突围，开动脑筋以各种思路一手抓社会效益一手抓经济效益，与传统文学相比，近年来的网络文学的确风光无限。不仅线上付费阅读红红火火，线下出版亦蔚然成风，周边产业开发也越做越大。网络文学凭借着网络新技术新媒体的特性，天然就吸引着投资商的目光。然而，文学毕竟不是纯粹的商品，它终究是属于心灵的东西。文学的商业化应在合理的范围内。但是如今的网络文学，在商业化的不断腐蚀下，成了写手、网站、投资商合谋的掘金场。对互联网公司而言，盈利模式成了最重要的东西。2003 年，“起点中文网”开始推行 VIP 制度，各文学网站纷纷仿效。网络文学的付费阅读，使得点击率和人气指数所代表的读者兴趣，成了衡量网络文学的最重要的标准。读者阅读欲望的是否得到满足，直接决定了作品的成败。网民、驻站作家、网站、出版机构之间，形成一条完整的价值链，只要作品吸引了大量读者的眼球，就能受到出版商的青睐，有市场潜力的作品被强力追捧，其商业价值被榨取到最大化。朱威廉最初创办“榕树下”所代表的文学理想，被无情的商业现实所粉碎。

如今网络文学虽然依旧红火热闹，但只要深入各论坛，放眼望去的却是一派浮躁之气。大部分网络写手如今已不屑谈文学理想，更多是想着如何借网络写作挣大钱。文学网站也在有意地引导着这种倾向。在文学网站的运作下，网络文学变得如同娱乐圈一般，其造星运动轰轰烈烈地展开。随着写手明星制的形成，“大神”这个词被创造出来。那些光在网上码字就能日进斗金的网络写手，被称作“大神”。在网上一篇题为《唐文飞：三招教你成为一个网络大神作家》里，作者概括了一部畅销小说得以炼成的制胜法宝，“首先，是你的题材。出版人看一部书有没有卖点，能不能赚钱，最先看的就是它的题材。《鬼吹灯》之所以火，那是因为它的题材首先就占了优势。它开启了整个中国的盗墓文学风。其次，是你的风格。网络小说不适合《红楼梦》的厚重风格，它偏轻松娱乐。《第一次的亲密接触》的成功足以说明这点。人们在生活中读教条式的书本都读蒙了，谁还上网来找压抑？所以这就要求你的语言必须文笔轻巧生活，幽默搞笑。观众多人气小说无不如此。再次，是你的故事。如果你的文笔没有痞子蔡的逗乐，如果你的文笔没有宁财神的诙谐，那么你就必须重视故事内容了。读网络小说，属于年轻人与找乐子的人居多，看一个意淫探险的故事远胜于读尼采的哲学。最后，是你的炒作。市场经济离不开炒作，任何一部畅销的书都是炒作成功的体现。”与此相似的教导如何网络写作的帖子在各大文学网站还能看到许多。在这种创作形势和创作心态的影响下，网络文学正日渐丧失它的初衷，变得急功近利。而要想成为网络写手中的“大神”，首要的条件，不是质而是量。起点对签约作家的要求，是每天至少写万字，一部作品以二十万字起跳。目前在起点，前二十万字的阅读是免费的，二十万字之后，每千字收费两分，网络写手可得分成。例如凭借《回到明朝当王爷》在网上红极一时的月关，前二十万字免费阅读结束后，当月提成达三万元，之后每个月的提成约七八万元，连载至第五个月时，月关的收入已达每月九万元。百万年薪就是这样诞生的，而起点的下一步目标，是打造千万年薪的作家。这种导向下，网络文学如何不浮躁？因至少要写二十万字才能上架销售，网络写手们更像码字的工具，想尽办法拼命拉长作品，使得长篇小说几乎成了网络小说的唯一形态。而在所有的长篇小说里，类型化写作又占了主流。

类型小说历史悠久，在读者中一向有着广阔的市场。优秀的类型小说在引人入胜的同时仍能给以人生的感悟和智慧的启迪。多年来，类型小说也曾获过各种国际文学奖项。然而，只有一种文学形式单一狂热的现象是不正常的。网络写手的类型化写作，更多源于作者追求写作的易操作性，和片面迎合读者的娱乐性、消费性的需求等。最初的网络文学，萌发于自我对生活的记录和思考，以及对自身情感和体验的交待或设想，因此还有较多个性化的表达，然而，随着网络文学的不断产业化，网络写作日益成为工业流水线上的制成品，为省时省力，每种小说都形成其固定的写作技法和要素。其次，网络的阅读特性，决定了在线上看网络小说，读者采取的是鼠标式阅读，即用典型的鼠标手势，上下滚动滑轮，代替了阅读纸质图书时的翻页。上下滑动，一目十行，这种阅读方式非常快速，如果小说没有吸引读者的关键词，没有简单、直接、具冲击感的语言和情节，读者马上可以关闭这篇，选择下一个对象。因此，跌宕起伏的故事，眼花缭乱的细节，一波未平一波又起、环环相扣的情节等等，日渐成为网络写手写作长篇的套路。在既有套路里不断繁衍编织，最终拉出一个长篇的阵容。例如在玄幻小说大行其道的时候，戏不够，神来凑，成为最省事的招数，它使得如今一大批网络写手，不再注重原创性和创新，甘心模仿、复制，一股脑儿地扎堆写起类型小说。当2005年《诛仙》赢得网络最高人气时，便有一堆类似的作品问世；当《鬼吹灯》突破千万点击率后，掀起了一批盗墓小说的潮流。目前文学网站亦认可这种类型小说的操作，例如17K文学网首页做的“推荐小说”里，明确地将它旗下的网络作品分类为玄幻小说、都市小说、军史小说、女性小说、游戏小说、恐怖小说等。还有的文学网站正是以某种类型小说起家的，诸如“幻剑书盟”“龙的天空”的玄幻武侠，“晋江文学”“红袖添香”的言情耽美等等。文学网站这种出于商业目的导向，束缚了网络文学的创造力和想象力，使文学越来越像有着既定模板的公文写作，必然折损文学本身的生命力、活力，文学性和创新性。

实事求是地说，理论批评界长期以来不甚关注网络文学的原因之一，是大部分作品因严重的套路、粗糙的语言、平面化的内容，缺乏深层的审美愉悦、文化积淀和社会意义，缺乏对人类命运意识的关注等而不值得细读。网络文学发展了十余年，作品可说是乌泱泱数千万计，然而能被称作优秀作品的却屈指可数。虽然各大文学网站、门户网站的读书频道都有职业编辑、业余斑竹进行着传统媒体中的把关人的角色，但是人手毕竟有限，无法与网络文学的实时更新和发表速度成正比。并且各网站的推荐标准也无法做到单纯的文学性。晋江文学的推荐榜就越来越被读者诟病，推荐榜被大神级作者占据，而写作质量却江河日下。如今的网络文学一方面是海量小说，一方面是优质的缺乏，造成了虚假繁荣的景象。这种虚假繁荣因为各网站为了创造更好的点击率和人气，故意在后台人为操作制造高人气和点击率的假象；作者或者他的粉丝为了炒作一部作品不断申请马甲自我吹捧，而愈演愈烈。网络文学的虚胖浮夸着实让人忧虑。

当然，愈是如此，愈是需要给处在迷茫和成长中的网络文学以充分细致的引导和批评。历史上每个时代，文学的发展都和文学批评紧紧相连，网络文学同样需要两条腿走路，才能走得平稳长远。网络文学作为一种全新的文学形态，对其无法照搬传统的批评理论，亟需建立与之相适应的批评体系、原则和标准，这其中，需要有着深厚学养的理论批评界加大对网络文学的关注和思考，亦需要网络文学自身建立起与之同步发展的批评事业。至今，原创网络评论已有一定发展，如许多文学网站都设有专门的批评版块，玄幻文学网站和言情文学网站还组织过作品互评。然而，这些批评文字多以情绪性为主，缺乏高屋建瓴、一针见血的指导性意见，这和网络写手的文学理论素养有关，大部分仍是正在学习创作的业余作者，凭着一腔热情写作，且许多还是年龄偏低的中学生。因此，网络文学自身批评队伍的建设，还需理论批评界的不断引导。我们期待着年轻的网络文学从类型化写作中跳脱出，走向多元，不断提升艺术品质、社会责任感，找到技术与艺术的完美平衡，开掘出生命的厚度、人性的深度和认识的广度来。

从主动“缺席”到被动“失语”?

——传统批评如何应对网络时代的文学

网络文学经过十余年的发展，与传统文学、市场文学形成了三分天下的文学格局，使当代文学产生了结构性的变化，加速了当代文学的转型。如今，它的重要性已毋庸置疑。然而，作为一项应新时代与新技术而生的新事物，网络文学自诞生的那一天起，就像置身于一个热闹的舞台，关于它的话题与争议也从未消停过。从“什么是网络文学”的概念之争，到“网络文学是否会取代纸质文学”的未来之争，到“网络文学的技术性和艺术性”的当下之争，学界一直众说纷纭，不一而是。在这种情势下，传统批评是否已不能对网络文学发言，成了时下讨论的一个新的焦点。

传统文学批评界对网络文学的探索和认识，历经了如下几个阶段。网络文学在诞生之初，并未引起传统文学批评的注意。网络文学的评论主体大多本身就是网络写手，在一片虚拟的园地里互相唱和、自娱自乐。作为传统纸质文学批评主体的专家、学者对新生的网络文学呈现出“沉默”“缺席”的状态。经过了一段时期双方的各走各路，少数较早接触并对计算机、网络技术感兴趣的学者，开始对这一新生事物进行观察与思考，但整个学界对此仍持观望态度。网络文学的飞速发展和传统批评的薄弱滞后，形成了鲜明的对比。直到网络全民创作热潮的兴起和持续升温后，传统批评界才开始以集体的热情地投身于网络文学的研究，尤其在2008、2009两年，传统文学与网络文学都显示出积极融合的诚意。传统文学领域与文学网站合作频频开展与网络文学相关的活动，开辟专栏，召开研讨会，文学评奖，举办培训班等等。然而从成效上看，即便传统批评界不断显示并强调着对网络文学的重视，但它至今仍未完全参与到网络文学的整体创作活动中。并不是传统批评不愿意参与，而是其中的确存在着不易解决的难度。

网络时代文学批评的对象、内容和标准都发生了巨大的变化。首先，传统文学中作品的发表需要经过编辑的严格把关，层层筛选出具备一定文学水准的作品呈现在读者的面前。网络的出现鼓舞了无数文学爱好者。写手的一个点击就能发表文章。发表的自由加上网络存储的无限扩展性，令每天涌现在网络上的文章浩浩荡荡无法计数，使网络文学展现出蓬勃朝气的同时，也使文学批评的对象处在滚雪球式的膨胀中，无法统一和确定。因为缺少了编辑的把关，面对如此海量又良莠不齐的文字，批评家们的确有着无从着手的感觉。作品的实时刷新和网络发表的匿名性，要求批评家眼观六路包罗万象，如果不能达到巨大的阅读量，很难对网络文学的全局有着比较准确的认识和判断。但批评家毕竟没有三头六臂，进入批评家视野的大部分是已在网上引起一些讨论与关注的作品，这些文本之所以能够火起来，与网络读者的趣味和倾向有着很大关系。因此，批评家们接触到的网络文本不仅是相对滞后并且有限的，更受到网络读者审美趣味的影响。

其次，网络文学着重娱乐性、消遣性，个人情感意志的表达和宣泄，它的创作内容和目的和传统文学有较大差异。旧的评价标准不再适应新的网络文学。如果再按传统文学的评价标准和尺度来要求网络文学作品，显然会令网络作者和读者产生反感与不满，认为批评家不了解他们的世界和现状，不在乎他们的想法，批评家的评论也显得隔靴搔痒，切中不了命脉，甚至是“鸡同鸭讲”和“外行”。

再者，网络时代每个人都有权利和自由表达自己对文学的见解，任何言论不过是一个节点上的一家之言，需要接受来自四面八方的评论和质疑。专业批评家的权威性、精英意识，传统批评中的启蒙、教导的功能，在没有了权威、限制与规范的赛博空间中被消解和抹平。

这些问题使传统批评对网络文学的研究在很长一段时期内集中在宏观的理论推演，而绕过了大量芜杂又具体的文本细读，与网络文学的创作实践相脱离。

近年来，网络文学批评中存在着的旧的问题尚未得到很好解决，新的问题又随着时代的飞速发展而出现。如果说传统批评最初的缺席是出于对新生事物的不了解而采取的谨慎和观望的态度，那么如今的失语则是出于对网络文学现状与困境的认识和担忧。2010 年 4 月盛大文学发布了《2010 中国网络文学蓝皮书》，明确将网络文学定位成继网络音乐、视频、游戏之后的第四大网络娱乐类应用方式。之前盛大掌门陈天桥也多次表示过要将盛大集团打造成一个娱乐帝国的设想。这个整合了当时网络文学最优秀的力量，成立时堪称网络文学界一个标志性事件的盛大文学，正日益将网络文学导向商业化的航道。在一连串的收购后，盛大文学统领了网络文学的大半江山，它主导的 VIP 收费模式和写手明星制，前者使千字两分钱成为网络文学付费阅读的商业准则，后者通过签约作家和塑造“大神”级写手，将网络文学改造成娱乐圈一般开始造星运动，二者都是为了将网络文学的商品属性充分挖掘以达到利润的最大化。商业化迅速改变了网络文学的生态。如今的网络文学就像一部高产出的印钞机，网络从文学写手的交流娱乐的场所变成资本的掘金地。

在这种环境下的网络文学，面临着文学性和商业化的艰难抗衡。其实，这不仅是网络文学，也是我们这个时代文学的难题。整个市场环境、商业诉求对文学原创力和艺术性的侵蚀，是我们不能回避的现实，只不过在网络文学上反映得尤为突出和剧烈。

经过了几番潮流代际的演变，当下网络写手的生存和写作状态，与当初的痞子蔡、安妮宝贝等人已大相径庭，网络文学呈现出过分低龄化、商业化的现象。最早一批网络文学作者多为上世纪 70 年代生人，他们无论在文学观还是价值观上都与传统文学一脉相承，对文学经典的看法也较为一致。网络并不是他们谋生的手段，而只是为热爱写作的他们提供了宽阔而自由的平台，帮助他们创造了富有生命力和活力的草根文学，实现其文学梦想。然而随着市场力量的进入，文学与资本关系的日渐紧密，网络文学不断功利化、产业化，离最初无功利、业余化的写作状态越来越远。网络文学从过去充满个性化的业余写作，逐渐转向墨守成规的职业化写作，束缚了原有的生命力、创造力和活力，类型化写作成了网络文学的主流。在商业模式的操作下，对写手来说，首先要解决的是生存问题。生存之上，才是文学问题。要想成为签约作家靠网络文学谋生，月写十多万字是网络写手的生存底线。2010 年 4 月在上海举行的青年文学创作会议上，一位叫做“骷髅精灵”的写手自言五年来写了一千多万字。2009 年 5 月在广东举办的网络文学座谈会中，“红娘子”等知名写手在介绍写作经历时说，如果一天什么都不做关在房间里码字，最多可以写到一万多字，但他们也承认这种状态使体力和脑力都透支得厉害，不可能持续很长时间。并且如此惊人的速度和产量，是以牺牲写作质量为前提的。然而这些被文学网站塑造出来的通过不断挥霍才华和青春换来短暂成功的“大神”级写手，还是成了广大默默无闻从事网络写作行当的写手们奋斗的目标。最初网络文学的创作动力，来自于表达自我和宣泄情感的需要，而如今，挣钱和逐利成了写手创作的最大动力。加上文学网站对年收入过百万元的签约作家的不断宣传和鼓吹，网络文学变得浮躁而世故。写手们为了维持高人气和点击率不仅需要频繁更新，为此不惜违背创作规律不断重复、拉长作品，文字注水，还需要紧跟流行趋势，往往一种写作类型开始流行，众多写手就趋之若鹜，产生了大量跟风拼凑甚至抄袭的作品。然而关于这些问题文学网站似乎并不在意。文学网站作为网络文学的媒介和载体，在网络文学的发展上功不可没，但如今片面追求盈利目标的它也将网络文学引入了商业误区。如今文学网站在评价、宣传一部作品时，依托的不是它的文学审美价值，而是点击率和传播率，似乎只要是得到高点击率和传播率的作品，就是好作品。目前这种价值观已弥漫于网络文学，只有扭转这种偏差的价值观，网络文学的困境才有可能突破。

当然，我们也要看到网络文学引发的价值观问题正越来越得到重视。虽然，传统批评对网络文学的研究尚存在着许多困难，但并不是没有"发言"的可能性。而只有通过传统批评的介入和引导，网络文学的发展才不会一味地被商业化牵着鼻子走，坚守住文学的独立性和艺术性，实现其存在的价值。

首先，建立批评家、作者、网站编辑、读者四方联动机制，改变传统批评界与作者、网站编辑、作品的断裂和隔膜的现状。批评家要对网络文学作出全面的判断，不单单只是熟悉、了解作品就够了，还需了解整个网络文学的生态，作者的生存、写作状态，网站编辑的导向，作品的传播过程，读者的阅读感受和需求。以往这么长的时间内，传统批评界与网络文学的创作、发表、传播等一直缺乏一条有效沟通的渠道。而在传统文学的机制内，这条沟通渠道是畅通而及时的，批评界得以把握文坛的动向和综观全局。如今，大型文学网站的编辑和最初网络论坛的斑竹的职能相比已产生很大变化，他们正逐步向传统期刊的编辑靠拢，在发掘需要的作品、培养潜力作者上，发挥重要的作用。专业批评家与网站编辑加强交流与沟通，可以较为准确地了解网络文学的现实，而不至迷失在网络文学的汪洋大海中。专业批评家与网络写手加强交流与沟通，可以使网络文学批评真正建立在网络文学创作的基础上，实现良性互动。

其次，传统批评可与在线批评取长补短。目前，网络文学批评的主力是出自广大网民之手的在线批评。它以即时跟帖的形式出现，多三言两语，少长篇大论，短小犀利，直观，生活化。可以看作是对古代口头批评的回归。在线批评的优点是互动性和灵活性强。只要作者贴出了作品，即使还未完成尚在创作的过程中，它也能快速反应提出看法，并且形成你一言我一语的集体讨论，影响着网络写手的创作。它从某种程度上成了传统批评的镜子，提示传统批评也须适应网络这个时代。然而在线批评的缺点是没有约束后的众声喧哗，以及由此呈现出的无责任、无原则和精神维度的丧失。在线批评的学术水平和理论修养与专家学者相比当然存在着距离，这是传统批评的长处与优势。两种批评的结合和互相参照，可以使网络原创文学形成一股良好的创作和批评氛围。

虽然发展到今日的网络文学仍不成熟，大部分网络文学仍属于快餐文化，作品浮躁，质量不高，读者的阅读也多为满足休闲娱乐的目的，但我们也要看到，在类型化写作的大浪淘沙中出现了一些代表性的作品和作家，例如言情题材的匪我思存，盗墓题材的天下霸唱，恐怖灵异题材的 tina，玄幻题材的沧月，历史题材的当年明月，仙侠题材的萧鼎等。这些作家作品已然在网络文学的研究谱系中留下一笔。类型化写作也成为当代文学一个重要现象。还有一些作品如《杜拉拉升职记》《裸婚》，在努力表达自我的同时开掘了新的题材领域，写出了我们这个时代的人和生活，有着切实的生活基础和生活体悟。至今，网络文学虽然还未出现经典，但它一直是时代情绪和情感方式的忠实记录。其实，无论对传统文学还是网络文学来说，文学都不可能归结为若干部杰作。法国学者蒂博代说过，如果不是有成千上万很快就将湮灭无闻的作家维持着一种文学生活的话，那就根本不会有文学，也就是说，不会有大作家。我们回过头来看传统文学近几十年的历史，也是一些突围型的作家，对原有的停滞性的状态和水平线进行了突破。毕竟，网络文学仍是十年新生的事物，我们有理由对它怀着更多的宽容、耐心与期待。多年网络文学创作与批评的实践也告诉我们，建立新的批评标准和评价体系，是一个漫长而艰巨的过程。正因如此，传统批评家更应拿出舍我其谁的勇气，知其不易而为，使网络文学的创作与批评得到真正健康的发展。

茅盾文学奖与网络文学

——兼谈网络文学中的几个问题

第八届茅盾文学奖的评选可谓2011年文学界的一桩盛事，虽然评奖过程携着它所造成的热度已逐渐远去，但它带给我们的思考却一直在持续。本届茅奖受到社会各界的热烈关注，主要因为两个革新举措，一是实名制和大评委制的实施，一是吸纳网络文学参评。通过社会各界传来的反响，我们看到了茅奖作为我国长篇小说的最高奖项在广大读者心目中的地位，也看到了新生的网络文学经过十多年发展已成如火如荼的燎原之势。

其实，早在2010年第五届鲁迅文学奖首次吸纳网络文学参评就已引起文学界的讨论。因为鲁奖的七个题材门类（中篇小说、短篇小说、诗歌、报告文学、散文杂文、理论评论、文学翻译）中不包括长篇，而目前网络文学中大部分创作均为长篇，于是没有产生像这次一样大的影响和争论。最终第五届鲁奖的三十一部网络文学参评作品中只有文雨（张雯轩）撰写的中篇小说《网逝》入围初评名单。这部讲述媒体暴力的小说虽未获奖，但因较强的文学性和评奖所受到的关注，此后被陈凯歌导演改编拍摄成电影《搜索》，取得不俗的成绩。

鲁奖的试水和茅奖自身的文学地位和社会影响力，使网络文学在本届茅奖中的每一步命运都受到了密切追踪和报道。例如从一开始的申报：17K小说网率先爆出《〈橙红年代〉成为首部参评茅盾文学奖的网络小说》的消息[1]，《湖北日报》2011年6月16日也刊登报道《〈巴山旧事〉获茅盾文学奖提名》，然而这两部作品最终未能入选参评作品名单，是因为根据新修订的《茅盾文学奖评奖条例》，参评的网络长篇必须和传统文学一样遵守在规定年限内出版的规则。另一部著名网络文学作品《盗墓笔记》的申报[2]则引起了更为广泛的关注。南派三叔从2007年开始创作《盗墓笔记》系列小说，凭借紧张悬疑的故事情节，飞扬张弛的想象力，在网络上赢得读者追捧，并掀起了盗墓文学的热潮。但这部体量宏大的作品因为《条例》对网络文学作品"必须是图书形态、多卷本应以全书参评"的规定，作为系列小说收官之作的第八部在当时尚未完成而无法参评。

最终中国作家网发布的经审核通过的第八届茅奖参评名单中网络文学作品为以下七部：新浪网推荐的王海鸰《成长》、李晓敏《遍地狼烟》、顾坚《青果》，起点中文网推荐的郑彦英《从呼吸到呻吟》、关中土《国家脊梁》，携爱再漂流《办公室风声》，中文在线网推荐的容三惠《刀子嘴与金凤凰》。

可以说公布的参评作品已严格遵守了本届条例的规定，然而在其是否为网络文学的身份认定上却依旧引起不小的争议。如有媒体报道称：严格意义上的网络文学作品仅有一部《遍地狼烟》入围，在名单中标注的首先是作者的本名李晓敏，其网络名"菜刀姓李"被备注在括号中。另外，郑彦英的《从呼吸到呻吟》和顾坚的《青果》虽是由网站推荐，但并非纯粹由网络文学作者创作的网络文学作品，只是曾在网站连载。[3] 当然，

---

① http：//www.17.com/chapter/111250/3191764.html。

② 《〈盗墓笔记〉将申报茅奖南派三叔：心情"茅盾"》，《钱江晚报》2011年7月8日。

③ 夏琦《茅盾文学奖公布首轮投票结果引来质疑》，人民网，2011年8月10日。

这篇报道对参评作品网络文学身份的界定也并不精确，但的确道出了此次参评作品的一些问题。

让我们仔细审视这份名单。《成长》作为著名作家和编剧王海鸰的新作，讲述了少年彭飞从学生到军人和飞行员的学习、成长经历，以及在这个过程中面对的生活情感、婚姻家庭和理想事业之间的碰撞与抉择。小说保持了一个已然成熟的作家一贯的风格和水准，语言明快流利，情节生动好读。但小说无论从形式和内容上，与作者之前在传统刊物发表的作品并无二异，只因新浪网有其电子版权而推荐。《刀子嘴与金凤凰》同样是传统的乡土文学写作，小说主要讲述了母女两代人刀子嘴胖大姐和金凤凰何大萍离开农村走向城市的命运，在她们艰难抗争与奋斗的过程中，寄托了作者对中国乡村与城市、历史与现实的思考。以上两位作者都有着多年传统文学创作经历，作品也多次获过传统文学奖项。

郑彦英《从呼吸到呻吟》的情况略有不同。它是由起点中文网主办的“三十省作协主席小说巡展”这一网络活动的参赛作品，并最终获二等奖，作为传统著名作家的一次触网尝试有着积极意义。小说一开篇便将一位厂长、一位女秘书、两位科长这四个不同身份的人抛至与世隔绝的荒岛，在其远离文明世界荒野求生的过程中发生了种种荒诞离奇的故事。小说有着强烈的魔幻色彩，充满了象征性和寓言性。但在光怪陆离的描述上有迎合年轻读者标新立异的趋向。①

现为畅销书作家的顾坚的确是通过网络成长起来的业余写作者。其处女作《元红》在网络发表并连载时得到众多点击率，

---

① 作者说道：“我很喜欢网络的环境，这次重新修改了我的作品以迎合年轻读者，这也是我们所谓传统作家适应网络的需要。”《作协副主席小说〈从呼吸到呻吟〉刺激韩寒打擂》，《今日早报》2008年9月18日。

出版后也获得名家的肯定。这次申报的作品《青果》被誉为《元红》的姐妹篇。小说讲述了乡村青年赵金龙在两次高考失利后不愿再复读成为家里的负担而悄然离家去城市闯荡的经历，并塑造了一批从乡村到城市打拼的追梦青年群像，文风朴实细腻又蕴含诗意，是一部充盈着南方气息的青春小说，真切地写出了青春成长道路上的青涩与酸楚。不过，顾坚也在采访中表示，自己的作品并不是真正意义的网络文学，只是通过网络书写的传统文学作品。的确，如果只给已出版成书的文本阅读而不作标识，恐怕读到的人亦很难将其与网络文学联系在一起。对《成长》《刀子嘴与金凤凰》来说也是如此。实际上只有以下几部作品在目前网络文学的主流类型中占有一席之地，作为军事题材的《遍地狼烟》，作为官场题材的《国家脊梁》和作为职场题材的《办公室风声》，作者也主要通过网络进行文学创作。

《遍地狼烟》讲述有着射击天赋的狩猎少年牧良逢在因缘巧合下走出山林走上抗战的道路，经过种种磨练最终成长为一名抗日将领的英雄传奇故事。作者李晓敏，1979 年生，2009 年 5 月以“菜刀姓李”为笔名在网上尝试长篇写作，《遍地狼烟》经网络发布后立即受到读者追捧，数月内小说的网络点击超过三千万，并在全国四万多部参赛小说中脱颖而出，获得中国首届网络小说创作大赛一等奖。

《办公室风声》是一部继《杜拉拉升职记》在网络火爆之后涌现的具有代表性的职场小说。它以一个五星级酒店的转型为背景，通过女主人公逐步成长为职业经理人的过程讲述了职场的经验与法则。虽然小说描述了职场的波诡云谲和人心险恶，但主人公在历练与成长的过程中却一直保持着乐观积极的心态。小说最终传达给读者的也是这样一种积极向上的精神，是这部作品打动人心，受到广大网友和读者喜爱的一大原因。作者携爱再漂流，本名宋丽晅。主要创作类型为历史言情类小说和职场成长类小说，曾获第一届网络言情大赛第六赛季冠军。

《国家脊梁》虚构了一座叫做滨江的城市，在这个城市中上演了权力的博弈和人性的较量。作者关中土，本名李建锋，1984年生。作为一名80后作家他表现出了年轻人对中国现实的热情和关切，并对官场和人性做出了自己的思考和解读。

从这几部作品看来，网站推荐有意识地选择了与传统现实题材、创作方法、审美取向相靠近的作品。这几部作品表现了网络文学中现实的一面，而占据网络文学另一大部分的幻想的一面被忽略了，例如穿越、架空、奇幻、玄幻、仙侠、武侠、修真、盗墓、悬疑、恐怖等类型的作品在这次申报中都没有出现。因此，我们看到的结果是参评作品很难反映和代表网络文学目前发展的现状和特色。茅奖首次吸纳网络文学参评，可以看做在文学史上踏出了革命性的一步。或许因为是第一次，双方都在摸着石头过河。评奖过程中出现的问题，反映了传统文学和其奖项与网络文学之间的真实碰撞与冲突。网络文学从诞生到高速发展至今已走过十数年的历史，但理论评论界对它的关注和研究却一直相对滞后。如果通过这次评奖，能促使我们展开更深入地思考，亦是功德所在。

一、关于网络文学身份确认的思考

从本届网络文学参评作品在媒体报道中出现的八部①、七部、六部②之说可以看出，网络文学发展至今在概念的界定上还

---

① 《八部网络文学作品竞争茅盾奖》，http：//www.poemlife.com/newshow－6269.htm，2001年7月6日。

② 杨青《网络文学冲击茅奖有戏吗?》，《中国文化报》2011年8月15日。

困难重重，既没有形成公认的标准，也没有大致相同的见解，尚处在一片众声喧哗之中。传统作家的传统文学作品，借由网站推荐，能否称作网络文学？即便它是率先发布在网上，是否就能定义为网络文学？我想，并不是把传统文学放到网上发表就等同于网络文学。而落地出版、时间年限、系列作品需要完结的规则要求，将网络文学和传统文学放在同一天平下考量，忽视了网络文学与传统文学的不同特性，本质上是将网络文学传统文学化和纸媒化。当然，从主办方角度出发有它实际的可操作性：网络长篇小说动则数百万字的容量，如果能够落地出版，说明它至少经受住了出版编辑的筛选和把关，质量更能得到保证。我们对比网络在线写作和实时发表的作品与经过编辑、作者审核、修改后的出版作品，在文本精致度上确实存在差别。前者容易成为惯性写作，读者也容易变成一目十行的惯性阅读。在这种状况下写得“水”一些也无所谓。但这个缺陷一旦被印刷成字放大在纸媒上，就会特别突出。因此在网上受到追捧的作品并不代表转换跑道后在出版界也能得到一致反应。而能够成功出版的网络作品，证明它无论在线上还是线下都是有实力的。另一方面，对评委来说，阅读书籍更符合他们多年养成的传统阅读习惯。并且，在目前尚未形成对网络文学单独的评判标准的情况下，对其评价只可能是借用传统文学的评价标准。然而，这种将网络文学传统文学化和纸媒化的倾向，挤压了网络文学自身的特点，窄化了网络文学的发展空间，是另一种形式的精英化，网络文学恰恰是去精英化的。在这种导向下，网站推荐自然也会选择那些并不十分具有网络文学特色的作品参评这个传统文学大奖。所以公众对参评此次茅奖的网络作品有“虽名为网络，但实质上还是更靠近主流文学”① 的看法。

---

① 《冲击茅盾文学奖　网络作品缘何折戟?》，《西安晚报》2011 年 8 月 11 日。

网络文学之所以成为一门新兴的文学形态，毕竟有着与传统纸质文学不同的独立特性，需要我们充分尊重：首先是创作主体的草根性和匿名性。最初网络文学的发表只需在BBS论坛或留言板上点击鼠标就可以完成。如今网站虽然已强化了编辑和关键内容的审核，但终究与传统文学的发表需要经过层层关卡的高门槛不同。网络文学的草根特性使文学的门槛大大降低，让广大业余写手有了发表的机会，使更多有才华的人得以进入文坛。这不吝于一种文学权利的重新分配，可以说网络对旧有的文学秩序产生了颠覆作用，“所有到目前为止的权威都走向了灭亡”①。而创作主体构成上的匿名性，使作者可以抛却现实身份等束缚，不为大众和社会所左右，真正做到解放思想，听从内心召唤和生命需要而写作，题材的宽泛选择和意志的自由表达成为可能，文学会因此变得更加纯粹。

其次是创作过程的即时性、互动性和开放性。在网络文学的创作过程中，不仅产生了具有网络特色的“直播帖”，也产生了跟帖、接力式的集体创作。并且相比传统文学，网络文学传播的速度更快，作者和读者之间的联系是直接的，读者在作者贴出章节后的第一时间就能阅读并提出意见，作者在下一章节的写作之前便可以吸取有益意见修改之后的创作。网络文学的写作、接受、传播方式都与传统文学大大不同，在广大网民的参与下，它永远是一部开放的未完成的作品，富有勃勃的生机和强大的生命力。

最后也是最重要的是它鲜明的技术特征和时代特性。正如麦克卢汉所言“技术的影响不是发生在意见和观念的层面上，而是要坚定不移、不可抗拒地改变人的感觉比率和感知模式”②，

---

① 雅斯贝尔斯《何谓技术》，《文化与艺术评论》第1期，第202页。

② 马歇尔·麦克卢汉《理解媒介——论人的延伸》，何道宽译，商务印书馆2000年版，第46页。

计算机技术的诞生与发展对网络文学的意义不言而喻。网络文学是数字技术的产物，它之所以区别其他文学的最大的特色也在于此。在“赛博空间”带给我们的“数字化生存”① 的体验中，技术对网络文学的影响不仅是反映在创作方式上，如文本的超链接和多媒体技术的应用，同时也反映在创作内容的个性化以及灵活新颖的网络语言、语体创造等多方面上。因此，网络文学与传统文学并不是简单的发表载体或媒介的不同，更是文学精神的不同。网络创造了一个多彩斑斓的文学新世界，对传统文学造成了强大的冲击，从这个意义上说，将网络文学称为一种文学革命并不为过。

二、关于是否设立网络文学奖的思考

将网络文学纳入鲁奖、茅奖的评奖范围，体现了传统文学对网络文学的包容和扶持的决心与努力。社会在发展，时代在进步，文学当然也应该在不断发展中与时俱进。但通过第五届鲁迅文学奖和第八届茅盾文学奖的评选，我们发现它的确有不适应网络文学之处。每个奖项都有自身的评奖条例和标准，需要参评作品遵守。面对申报作品时，鲁奖规定中篇小说字数不应超过十三万字，而网络文学中篇常以六十万字为限。茅奖规定申报作品必须落地成书，并且多卷本要出版完结，的确卡住了一批在网络文学界反响不错的作品。网络文学能落地出书的只是一小部分，写得好受欢迎的网络文学作品更是会不断续写推出新篇以飨读者。面对参评作品时，我们也能看到，权威的传统文学奖项其既有的评价标准、价值体系并不适用于新生的

① 尼葛洛庞蒂《数字化生存》，胡泳、范海燕译，清华大学出版社2002年版，第3页。

网络文学。

无论鲁奖、茅奖都是深深根植在传统文学体系之内的，因此它的选择与判断，只能是在传统文学的体系中进行。而网络文学不管是作者队伍、题材内容，还是创作形式，都与传统文学卓然有异，例如我们对盗墓、穿越、玄幻、修真这些网络文学中的热门题材进行分析和评价时，若生搬硬套现有的传统文学的评价标准，就会有“鸡同鸭讲”之感，甚至被众网友认为外行。《遍地狼烟》虽入围第一轮名单，但作者李晓敏认为茅奖依然没有真正接受网络文学。“我们被贴上‘网络写手’标签，以显示与传统作家相区别，可评奖时双方却参照同一套体系，这是不合理的。只有为网络小说单独设立评价体系，网络文学才能真正拥有地位。”可见，硬要将网络文学与传统文学放在一个体系内评价，只会令双方皆不满意。鲁奖结束后，就有学者提出是否将来能成立专门的网络文学奖项。茅奖结果一出，关于设立网络文学奖的呼声更是高涨。

实事求是的说，新兴的网络文学一方面为文坛注入了强大的生机和活力，在传统文学困境重重，中国文坛缺乏深入时代和现实生活勇气的当下，网络文学以独特而鲜活的个人经验和思考，充满时代感和现实感的叙述表现出难得的“接地气”，还为我们提供了不同于传统文学的天马行空、朝气蓬勃的想象力。但另一方面它发展至今尚未成熟，由于深受流行、娱乐文化以及消费主义、商业资本的影响，目前网络文学中的主流是通俗化、类型化的作品，并不是说将来不会产生别样形态的文学，在杂花生树、百草丛生的网络世界中，一切皆有可能。只是在目前这种以商业化为主的网络文学生态中，还不具备环境与土壤。从这一层面上说，传统文学与网络文学的差异，实质上是严肃文学和通俗文学之间的差异，前者代表的精英文学遇到了后者代表的大众文学，背后是不同的文学观念、趣味、精神、价值、标准等的碰撞。网络文学诞生的一大动因是为了抒发网民的个人情感，获得心理愉悦或慰藉。因此它一直注重个人性、娱乐性和消遣性。在我们身处的这个全球化时代，世界愈来愈趋于平面和一致，网络打破了时空的藩篱和固有的人际交往关系，网络世界成为与真实世界平行甚至更为强大的世界，但越是如此越增加了生活的不确定性和种种可能性。因此，在这个逐渐影响并改变现实的“虚拟空间、精神生活空间和文化空间”① 中，以年轻人为主要群体的网民希望沉潜在网络文学中找到自我，实现主体性。读者喜爱穿越小说中主人公的游历和成长也是如此。在现代生活的巨大压力之下，网络文学满足了对现实不满和抱有幻想的读者的 yy 心理，阅读网络文学成为一种休闲娱乐、放松减压的方式。因此，网络文学强调可读性，密集的故事容量，快速的情节推进，不断制造戏剧冲突和高潮，以吸引读者注意和引发读者阅读快感。但也难免造成叙述的粗疏，结构的重复，逻辑不够缜密，节奏过快而凌乱，人物在极端的刻画中扁平化。网络文学的想象力纵然飞扬张弛，但通常多运用在情节的曲折离奇上，着眼在小处缺乏大的境界和气象。而点击率和商业利益的驱动，使网络文学中不乏猎奇、情色、血腥、暴力等为追求感官刺激而写的作品。许多作者因不迅速“更新”便会流失读者的实实在在的生存压力，又不得不用“注水”、自我重复来片面提升写作速度。总的来说，网络文学无论在写作水平还是思想性、艺术性等方面都尚待提高，网络文学的格调与品味趋向亦有待引导。尽管有一些作家认为，无论网上还是网下，好的文学在本质上是相同的。但就具体作品来说，好在哪里仍然是有区别的。茅盾文学奖作为传统文学的最高奖

---

① 曾国屏等《赛博空间的哲学探索》，清华大学出版社 2002 年版，第 3 页。

项，有它一贯坚持的“文学性”的评判标准，不可能因为网络文学的加入就擅自降低或更改。而茅奖文学奖作为目前唯一的国家级长篇小说大奖，对新生网络文学力量的吸纳又是大势所趋，那么，如果在茅盾文学奖内分设网络文学奖项将二者做有效的区分，或许可以更好地鼓励和引导网络文学的健康、长足发展。

其实，日本文学界一百多年以来一直有着“芥川奖”和“直木奖”之分。前者主要奖励纯文学新人，后者主要奖励类型小说新人。日本侦探小说如此发达与此鼓励不无相关。我国电影界也一直有着作为专业奖项的“金鸡奖”和作为大众奖项的“百花奖”之分，二者各司其职。茅盾文学奖亦可借鉴他们，分设文学界的专家奖与大众奖，如此既能坚持纯文学的精神高度，又能适应大众文学不断发展的形势。

三、关于建立网络文学批评标准和体系的思考

新世纪以来，文艺发展状况纷繁复杂，批评环境也产生了很大变化，《文艺报》针对“如何增强文艺批评的有效性”问题专门组织了版面和文章，可见文艺批评有效性的问题已成为一种广泛的影响的焦虑。而在这当中，网络文学批评的有效性尤为需要关注。网络文学虽发展迅猛，但对其批评研究却长期滞后，网络文学的批评标准和评价体系迟迟未能建立。而如果没有评价标准和体系作为前提，又如何能够评出适合网络文学的奖项？奖项对于促进网络文学发展当然有着积极意义，因此建立网络文学自身的批评原则、标准和体系已迫在眉睫。

於可训在《漫议文学批评的有效性问题》中提出：“有些问题是文学创作中出现的一些新问题，为此前的文学批评所无法回答，或不能解决的，故必须构造一种新观念、新方法，创建

一种新模式，以适应文学批评阐释和评价新对象的需要。”① 用来描述网络文学再合适不过。评价网络文学应尽早改变旧观念、旧方法。过去理论批评界更多强调的是研究网络文学的困难，如作品的海量存储与更新，一个评论家能够阅读的网络文学只是沧海一粟，难以把握全局。网络文学又是泥沙俱下、良莠不齐的，找出好作品并不容易。网络文学掀起的阅读革命，作者——读者直接联动的机制，使得专业评论家和大众读者站在了相同的起点，专业评论家的权威性受到严峻挑战。还有专业评论家研究网络文学必然涉及的知识体系的更新等。也因此，之前在很大程度上，是网络文学读者的“在线”发言替代了理论批评界对网络文学承担了大量和具体的评论工作。我们看到在一部作品连载的阶段，就有许多读者追更，实时地跟帖，表达对作品的感受和评价。在各网站设立的评论版块，我们也能看到读者自发、义务地撰文对作品进行鼓励与批评。许多文学网站都有长评区，不仅会定期组织征文活动，还会把对知名作品的评论按不同角度分类整理成合集。这些评论固然以感受性的文字为主，但也有从写作技艺角度例如人物塑造、情节走向、文化背景等多方面对作者的真诚建议。不过，这些读者自发的评论，毕竟比较片段化、零散化和随意化，大部分停留在“自娱自乐”的层面上，缺乏学理性以及思考的深度和广度。

因此，建立网络文学批评标准和体系，不仅需要加大在线批评，更需要理论批评界的积极和深度介入，并将二者相互勾连，有机融合。过去理论批评界对网络文学主要是大而化之的文化研究，这的确是最快速和省力的方法。这种高屋建瓴、泛泛而谈的宏大式、空泛式批评，使得我们对于网络文学的认识

---

① 於可训《漫议文学批评的有效性问题》，《文艺报》2012 年 7 月 25 日。

长期停留在既有印象上，对网络这个复杂的媒介中产生的一些具有独特性、原创力和个性化的东西容易被忽略。所幸，已有学者意识到并且为了突破目前的研究困境，提出在反思精英标准、理解网络文学的基础上，进入网络文学现场的观点。① 只有在切实进入网络文学现场之后，才能真正理解网络文学创作的实际和特点，从文化研究转向文学研究，打“阵地战”，创建网络批评独立话语，分析网络文学艺术发生发展的构成和逻辑，逐步建立符合其创作规律的评价标准和体系。如何创建网络批评独立话语？对理论研究者来说，需要“向网络文学的实践者，特别是向精英粉丝们学习，倾听他们几乎是本能地使用着的‘土著理论’，然后，将它们加工（或翻译）成严密的学术语言和学术理论，最后，将这个辩证的学术理论还给网络文学。”②在北京大学中文系新开设的“新世纪当代文学新生态研讨”课程中，我们已看到将理论与实践，专业批评和在线批评融会贯通的一种探索和努力。研讨成员在生活中本身就是网络文学的读者，他们从个人的兴趣爱好出发，自觉地对网络文学进行文本细读和现象梳理，将专业批评的学理性和业余批评的感悟性更好地结合起来。随着这批熟悉网络应用，会读网络文学，又具备传统文学理论素养的年轻学者对网络文学批评和研究的深入，网络文学批评标准和评价体系的早日建立又多了几分可能。

---

① 邵燕君《面对网络文学：学院派的态度和方法》，《南方文坛》2011 年第 6 期。

② 崔宰溶《网络文学中的土著理论与快感的美学》，《网络文学评论》第三辑，花城出版社 2013 年 4 月。

诡异离奇的阅读冒险

——评“盛大文学首届全球写作大展（SO）盛典”大奖《大悬疑》

近年来，悬疑小说作为网络文学中最热门的题材之一，其创作可谓空前繁荣。从蔡骏、天下霸唱到上官午夜，一大批悬疑写手纷纷崭露头角，掀起阅读的热潮，2005 年更是被称作中国的悬疑小说年。王雁的《大悬疑》亦是一部近期在网络上颇受关注的作品。看到《大悬疑》的篇名不禁令人想到倪匡的《大秘密》，敢如此命名的人，究竟会如何展现一个惊天动地的“大”故事呢？作为作者设置的第一个悬念，它已先自令读者有所期待。作者虚构了一个北方边境城市墨里州，这座城市就像故事发生的主要地点古玩旧货市场“鬼街口”一样鬼气森森，而整个故事亦同这座城市一样诡异离奇。虽然故事发生的时间是 21 世纪的当下，然而小说中除了一些现代化的符号如宝马汽车、机场、公路外，很难找到一丝现实生活的影子，它更像是隔离在尘世之外的一座鬼城，在解谜探秘中，充满了悬疑恐怖灵异凶险的历程。而我们读《大悬疑》，亦不失为一次诡异离奇的阅读冒险。

阅读冒险的一大原因来自于悬念的设置。其实，无论对纯文学还是对通俗文学来说，悬念的设置都十分重要。悬念可以说是构成小说最基本的元素之一。而这一点对悬疑小说来讲尤为关键。悬疑小说的特点即是通过一个个设计巧妙的悬念来吸引读者，并且让读者在跟随人物破解悬疑的过程中享受到阅读和智力挑战的乐趣。可以说，悬疑既是故事的主要内容又是叙述不断推进的动力。小说中的悬念可以分为“过去时”的悬念，即历史中过去发生的事件留给读者的悬念，和“将来时”的悬念，即事件和人物命运的未来发展留给读者的悬念。无论哪一种悬念，其产生的原因，都来自于人们对未知的浓厚兴趣。人生本来就可以看作是一个巨大的谜团，未知的东西总能引起人们强烈的好奇心和前去探究的欲望，未知携带的种种不确定因素又能带给人们不安和惊恐，因此，用出色的文学功夫去渲染这份未知，带领读者不断解谜探秘，是悬疑小说的最大诱惑。拿这部《大悬疑》来说，小说的情节始终处在紧张的状态下，作者不断制造着连环扣般的谜题，一波未平，一波又起，曲折离奇，高潮不断。小说的开篇数章写得风生水起，颇有几分引人入胜的功力，从做古玩生意的猴渣拿到凶煞之物葬玉琀蝉的那一刻起，故事的主人公们便卷入了一场始终未被揭秘的阴谋。身怀鉴宝绝技的萧错和格格刚刚摸出玉蝉的蹊跷决定追查下去，未婚妻子格格便飞来横祸惨死街头。随之而来的是艰难的破案解密的过程。在整个紧锣密鼓的故事当中，各路人马如走马灯般上场，各怀鬼胎的文物、盗墓贩子，火眼金睛的考古、鉴宝者，破解死亡密码的法医，侦破死亡悬案的刑警，众人的每一步前进似乎距离真相又近了一些，其实却将案情引向了更扑朔迷离的方向，在他们的背后有着更强大的幕后黑手，操纵着一切却迟迟未显露踪迹。直至目前已完成的《大悬疑》第一部最后一章结束时，作为小说核心悬念的驼皮书所携带的宝藏之谜还无从下手，真相只不过是掀开了她迷蒙面纱的一角而远未抵达。

小说宏大的叙述架构与野心，再度让我们看到了网络小说长篇浩制的倾向。这种动则几百万字，数卷本未完结的写作模式，在当下的网络小说中似已成惯例。为了在这么大的容量内始终吸引住读者的眼球，小说几乎都会将流行小说中的各种元素纳入进来，例如在《大悬疑》中，恐怖灵异，侦探推理，犯罪惊悚，盗墓探秘，青春言情，家庭伦理等等，各种元素它都具备了。如此繁复的内容和线索要想都把握好自然不易，在这种创作意图的影响下，小说便容易流于渲染。渲染情境本是悬疑作者的看家本领，但这个渲染仍须有度。应该说，《大悬疑》在诸多网络悬疑小说中称得上文笔娴熟、描写细腻，然而它亦有着网络悬疑小说的通病。例如从“尸血胎沁”“槐尸疑云”“神秘血婴”“倾听尸语”等耸人听闻的标题到“葬狗坡”“食尸鼠”等大量血腥、惊悚的刺激性场面和残酷阴冷的细节描绘，都过分渲染了阴森恐怖黑暗狰狞的气息，压抑得令人透不过气来，不仅轰炸着读者的视觉神经，也挑战着读者所能承受的阅读极限。小说如果只是将重心放在这些感官的刺激上，则必然忽视人物性格的刻画和情节的推敲。例如高娃这个人物的处理就十分表面，她缠着猴渣开车送她去机场的情节，也显得过于生硬。归根结底，精彩的悬疑小说，需要的不是一味地制造悬念与惊悚，让读者“惊呼”连连甚至受到“惊吓”，它最终仍须关注人的生活和灵魂，回到对人生和人性的体察与思索上。

阅读冒险的另一原因，来自于穿插在作品中的大量收藏、历史、宗教、地质、考古、风水命理等领域的知识，让人大开眼界。从如何鉴别古玉，玉器收藏的各种知识，青花瓷的源起，到萨满教的历史，阴阳风水的说法，露天丧葬的仪式习俗，噶纳山的地质地貌等等，作者将这些东西巧妙地融入小说，成为整个故事发生发展的环境和内容本身。这些读者原本不太熟悉的“知识”不仅引发了读者的阅读兴趣，也增强了小说的真实感和文化底蕴。悬疑小说之所以能在西方有着如此大的魅力和影响，它对知识内涵和文化内涵的追求值得称道。例如著名悬疑作品丹·布朗的《达芬奇密码》不仅涵盖了历史、宗教、艺术、科学等众多领域的知识，小说中悬疑惊悚的元素也都有着深厚的传统根基和文化理念。最近几年国内的网络原创悬疑小说正有意识地把中国古代文化和民俗的元素加入到小说里，使其逐步本土化，这是网络原创悬疑小说的一个很好的尝试与突破。这些文化可能最大限度地介入，使悬疑小说超越了解谜揭秘的智力游戏而有了更沉郁深厚的积淀。

江湖夜雨十年灯

——2008 年度网络文学综述

2008 对所有中国民众来说，是难以忘怀的一年，对中国网络文学来说，亦是一个重要的年份。1998 年，痞子蔡在网上发表了风靡一时的小说《第一次的亲密接触》成为一个标志性的事件，意味着网络文学从此正式进入大众视野。从 1998 年至 2008 年，中国的网络文学起落沉浮，走过了整整十年的风雨历程。2008 年，无论是《人民日报》《新京报》等传统媒体还是新浪、搜狐、17K 等网络媒体都纷纷做起了中国网络文学十年盘点工作。十年来，一波波网络写手凭借网络声名鹊起，网络阅读也慢慢走向了主流。在 2008 年举行的第五次国民阅读调查显示，互联网阅读率为 36.5%，图书阅读率为 34.7%，网络阅读首次超过了图书阅读。互联网阅读改变着大众的阅读习惯，给传统出版带来极大冲击和震撼，将来的图书出版或许会采取电子与纸张同步发行的形态。从 2008 年网络文学的一系列成果看来，网络文学正不断与传统文学结合，走进现实，走进主流。

一、文学评奖、文学论坛等网络文学活动举办如火如荼

早在 1999 年，朱威廉创办的“榕树下”作为当时最大的华语网络文学大本营，就成功地举办了首届网络文学大奖赛。这

么多年来，网络文学的评奖、论坛等活动的举办一直不曾间断。宏观地看来，网络文学的评比活动，对网络文学的影响是巨大而深远的，这类活动不仅调动了广大网民参与的积极性，对网络文学的影响亦超出了单纯的作品评比，从奖项的设立、评委的来源、组成，到设定评比的标准和最后获奖的作品，都将作为一种强大的作用力塑造、引导着成长中的网络文学。这些年来形成的评奖标准，亦有可能慢慢积淀成为网络文学的创作标准。2008 年网络文学活动在继续蓬勃开展的同时，又表现出一个突出的特点，各文学网站之间、文学网站与官方权威文化机构之间合纵联横，加强了合作。

2008 年 6 月 6 日，第五届新浪原创文学大赛落下帏幕，至此新浪原创文学大赛已经成功举办了四届。相对于前四届，这届大赛的参赛作品最多，达到五千九百多部；签约的影视作品也突破了历史纪录，本届大赛特设了影视特别奖（获奖作品《青盲之越狱》《青花瓷》《军婚》），影视评委更多地介入到整个评选环节的中间，文学和影视进一步联姻。最终获奖的优秀奖作品为《野外生存》《落日海滩》《青春无忌》《第七突击队》，铜奖军事历史类获奖作品是《军婚》、悬疑类获奖作品是《江湖特工》、都市情感类的获奖作品是《三十情事》，银奖为《女人突围》《冒险王之禁区》《倾城乱》，金奖为《青盲之越狱》《野外生存》《青花瓷》。从奖项类别的设立上来看，类型化创作仍是网络文学创作的主流。本届比赛获奖作者的年龄层普遍靠后，但作品在文字和情节上相较之前评选出的作品却更成熟。

2008 年 7 月 21 日，由一起写网站主办，近百家文学网站、知名文化公司及出版社参与联办的“2008 一起写首届网络文学大赛”启动，此次活动不仅有对 2007 年度网络作家、原创作品、文学网站和出版策划人的展示和评选；更组织了知名作家、编剧、评论家和知名写手、文学教授，召开文学论坛和专题研讨会，探讨当前网络文学的现实问题及发展方向；并邀请重点文艺出版社、图书发行商、影视投资商对当选作家、获奖作品进行宣传和市场推广，就网络文学作品的版权及影视改编权、漫画改编权等合作和深度开发，进行了交流和合作。可见，文学网站对自身在网络文学中扮演的角色和作用有了日渐主体化的意识，在挖掘网络文学商业价值的同时，也越来越意识到推动网络文学的健康发展。

在文学网站不断组织评奖活动的同时，由官方文化机构和权威学术机构组织的研讨、调研活动也在继续进行。继 2007 年 12 月中国作家协会、中国国际经济科技法律人才学会联合主办"首届中国网络文学发展研讨峰会"大获成功后，2008 年 3 月 20 日，由中国社科院文学所中国文学网等共同主办的 2008 年网络文学发展高峰论坛暨 2007 年国情调研项目《全国文学网站年度调查报告》合作网站遴选及签约活动在京举行。自 2007 年末起，中国社科院文学所中国文学网开展了"全国文学网站年度调查报告"的调研与撰写工作，对全国文学类网站的数量、网站内容、发布机制、作者队伍、读者群体、社会影响、与传统出版之关系等都做出了比较精确的统计、分析和研究，以期从宏观和微观两方面探讨对当今文化产品生产与消费影响越来越大的文学网站的发展和运作情况。这些活动都标志着官方文化机构、权威学术机构和主流媒体，开始以认真的态度研讨和分析网络文学、文学网站现状及如何健康发展等问题。

2008 年 10 月 28 日，由中国作家协会指导，中国作家出版集团和中文在线主办的"网络文学十年盘点暨首届网文（2008）年度点评"活动启动。这是自中国网络文学诞生以来，最大规模的一次评选活动，也是迄今为止传统文学与网络文学最大规模的一次对话。此次活动的一大亮点表现在它的评选标准，长期以来，网络文学的评价标准以娱乐化、商业化为主，讲究点击量和市场销售数据。而本次活动将严格遵照百年以来形成的传统文学价值观，以期得出一个单纯而有价值的审读结果。中国作协近年来一直非常关注作为新兴群体的80后作家和作为新兴文学的网络文学的成长，此前，“重视和关心网络作家”已被写入中国作协七届三次全会的报告里。中国作协对此次点评活动的参与，表明其将通过各种形式引导、扶持网络文学健康发展，促进传统文学与网络文学之间的融会交流，推进中国文学事业和谐发展。

与此同时，由“中国国际版权博览会”组委会倡导并联合国内知名原创文学网站举办的“2008原创网络文学评选”活动也举行了颁奖，活动最终遴选出《我们的师政委》《北京情事》《知北游》《史上第一混乱》《人事经理》《家园》《食霸天下》等十部作品，并评选出了十年来引领促进网络文学发展、为繁荣网络文学事业做出贡献的“十大杰出人物”。此外，组委会还评选出了“2008原创文学网站优秀奖”，红袖添香、搜狐读书、腾讯读书、晋江原创、逐浪文学、四月天、潇湘书院等国内知名原创网站都榜上有名，新浪、17K、起点中文网分别获得了“2008原创网络文学传媒奖”“2008原创网络文学维权奖”和“2008年度文学网站”等奖。此次评奖成为由国家版权局和北京市人民政府共同主办的“2008中国国际版权博览会”期间最具社会影响力的主题活动之一，引起了全社会对原创网络文学的关注，在提高国民的文学素养，活跃文化生活，培养文学新人，营造健康、活泼、向上的网络文化环境等方面都起到了作用。2008年，作为新兴媒体的文学网站和作为文化主流的权威机构、传统媒体，双方都决意以更积极主动的姿态加强着合作。

二、不断走进现实的网络文学和不断走进网络的传统文学

关于网络文学，一直以来就有概念界定之争。可以说，至今网络文学仍没有一个完整意义上的清晰范本，它的边界是模糊的。广义说来，所有在网络上出现的作品都可以称之为网络文学。为了与传统文学有所区隔，在这里我们使用狭义的网络文学的概念，即在网上书写的带有典型网络特征和精神的作品。2008年，网络文学正在不断走进现实，线下出版态势红火。由网友推荐入选2008年网络十大经典之作的历史穿越小说《窃明》、商战小说《浮沉》等原创网络文学不到一个月就成功“落地”，连续在图书市场热销。与此相对的是2008年传统作家的出书量少，在销售上也失去了阵地。随着原创网络文学的声势渐隆，网络文学频频与传统出版、影视传媒对接，对出版社来说，这些在网络上已然成名受到追捧的作品，有着广大的群众基础，其市场价值是毋庸置疑的；对读者来说，也能更方便地随时随地地阅读其喜爱的作品，因此网络文学频频“落地”出版便成了自然而然之事。如今，出版社开始越来越提前介入网络，很多作品都在网上连载刚出现火爆的势头时，就被出版商签下。投资者看上了网络文学能够带来的可观利润；而对于网络文学的作者来说，这也是争取更广泛的社会认同，确认其身份的好机会。由搜狐网主办的2008年原创文学大赛一个多月时间就收到参赛作品七百余部，其中已正式签约和确定签约意向的达十二部。网络文学出版签约率创下新高。除了出版成纸质图书，更有反响好的作品被开发出各种形态的商业价值，网络文学作品陆续走出网络，以纸质图书、电影、电视剧、网络游戏、广告、动漫产品等多种形式融入社会，诸如改编成网游的《诛仙》、flash动漫版的《明朝那些事儿》、即将被拍成电影的

《鬼吹灯》和《盗墓笔记》等。

网络文学有今日之繁荣，文学网站的贡献杰出，然而，文学网站与市场日渐紧密的关系使市场对网络文学的影响变得举足轻重，十年来，网络从写手娱乐交流之地，变成文学出版市场巨大的掘金场。网络文学也走向写手明星制。如今，各大原创文学网站旗下都签有各自的明星写手。这些明星写手和文学网站在市场化的运作中取得了巨大的知名度和商业利益。2008年3月，以《鬼吹灯》系列成名的网络作家天下霸唱以年收入三百八十五万元入选“福布斯2008中国名人榜”，成为网络作家入选该榜第一人。此前，安妮宝贝、当年明月等网络作家也入选过中国作家富豪榜。在起点中文网的几千名签约作家里，已有六七位网络签约作家年收入超过百万元。这些签约作家之前大多是业余的网络写作者，如今成为在网上奋笔疾书就能日进斗金的“大神”，如同明星一般拥有属于自己的众多粉丝。然而，商业也是把双刃剑。商业使文学网站走向盈利，拥有了持续发展的旺盛生命力，其市场导向也给网络写作带来一系列的问题，对市场的过分追求势必折损了对文学自身的考量，起点对驻站作家的要求是每天至少写一万字，这样如何保证作品质量？老一辈网络写手已开始对网络文学进行反思，在网络文学十年盘点时，宁财神认为现在的网络文学含有大量水分自己很少阅读。当提到十年来网络文学最值得推荐的作品时，李寻欢认为还是在网络文学最初的“黄金时代”诞生的痞子蔡的《第一次的亲密接触》，安妮宝贝的《告别薇安》，今何在的《悟空传》和慕容雪村的《成都今夜请将我遗忘》，“这四本书是‘古代’最好的四本书，它分别代表了热烈的世俗生活、优雅的生活方式、叛逆精神，以及浪漫的梦想。后来所有的流行的网络文学都逃不过这四本书的影子”。这么多年来网络文学虽然基数巨大，各文学网站旗下的网络写手众多，新人辈出，热闹非凡，然而优秀的作品着实不多。许多作品片面追求速度和快感，追求娱乐性，无深度，平面化，甚至为追求点击率迎合暴力、色情等低俗趣味。即便是那些掀起过一波波潮流的著名作品，类型化的问题也十分严重。

与网络文学不断进入现实相应的是，网络也不断向传统文学抛出了绣球。2008 年 9 月，盛大文学旗下的起点中文网举办了“全国三十省（区）作协主席小说擂台赛”，包括蒋子龙、秦文君、阿成、刘庆邦、叶文玲等在内的三十位省级作协负责人在网络上摆开长篇小说“擂台”。此前，博客的出现，已经使得一部分传统作家有机会进入网络文学领域，这种由一定圈子的一群人共同完成的开放式写作使传统作家感受到网络的巨大魅力。而起点举办的这场史无前例的网上“对决”，让原本泾渭分明的传统作家和网络文学进一步结合起来，亦体现了主流文化对网络文学的回应。与此同时，实体畅销书作者也纷纷触网，严歌苓、郭敬明等十八位知名作家与起点签约，将其作品拿到网络上首发。此外，第七届茅盾文学奖的入围作品也授权起点网络传播。随着传统作家的不断参与，传统文学已逐步加入到网络文学的时代大潮中。当代文学经历的这次“网络洗礼”，既能使陷入瓶颈的传统文学获得重现辉煌的机遇和力量，亦能使泥沙俱下的网络文学提升审美与文化素质。

三、理论批评界对网络文学批评与研究的不断深入

最初，网络文学与文学理论批评界一直各走各路，文学批评界对网络文学集体失语，网络文学亦自顾自精彩热闹。随着网络的迅速普及，网络文学不断发展，不仅创作队伍庞大，创作数量也十分惊人，形成了全民创作的热潮。这股创作热潮的持续升温，显示出了巨大的潜力，也引起了理论界的不断关注。

近年来，对网络文学的批评和研究，经过了单一的肯定或否定，而走向深入。众多评论家纷纷发表文章，引导人们冷静地观照网络文学，许多文学评论刊物也在组织专题讨论，希冀从更深的层次上探询和分析网络文学。

2007年以《数字化语境中的文艺学》获得鲁迅文学奖的欧阳友权，多年来致力于网络文学的研究，2008年在北京大学出版社出版了《网络文学概论》，被称作我国第一部网络文学原创教材，该书对网络文学进行了系统而扎实的理论研究，从基础学理上系统地阐述了网络文学的学科性质，表明网络文学成为一门新的学科的现实性和可能性。该书属中南大学文学院网络文学研究基地在2007年末推出的八部网络文学系列论著之一，其余为《网络文学的学理形态》《网络诗歌论》《网络小说论》《网络文学语言论》《网络传播与文化》《网络恶搞文化》《博客文学论》。这是该基地继2004年出版“网络文学教授论丛”之后对网络文学研究成果的又一次集中展示。

2008年，长期关注中国网络文学发展的马季也由中国工人出版社出版了《读屏时代的写作——网络文学十年史》，该书的特点是现场感十足，马季从网络文学初见端倪时就开始了网络文学的史料记录工作，视野广阔，材料详实，与欧阳友权对网络文学理论系统的建设不同，本书更具个人观点。

2008年的文学批评界引发了新一轮的“网络文学研究热”，然而总的说来，对网络文学的批评研究仍是滞后的，网络文学作为一个正在不断发展中的新的文学形态，鲜花与杂草并存，对我们既有的文学批评理论是一项巨大的挑战，日新月异的网络文学亟需理论界早日建立起符合网络文学自身特性的审美标准和批评标准，以引导网络文学创作的健康发展。

文学性与商业化的艰难平衡

——2009 年度网络文学综述

迈过了网络文学的十年之坎，作为文学新兴力量和生力军的网络文学也迎来了建国六十年的华诞。裹挟在各种话题、争议、热点中的网络文学已自觉或不自觉地成了文学界、文化界乃至社会的一道奇观。2009 年网络文学继续着它令人乍舌的商业神话，传统文坛也不断加大对这一新兴的文学形态的投入与研究。2009 年，手机上网已成为我国互联网用户的新增长点。手机作为网民上网终端的新形式，使互联网随身化、便携化的趋势日益明显。随着网络和信息技术手段的不断提高，博客文学、手机文学等成为文学的新样式，发展十分迅速。在我们这个多媒体的时代，科技与文学的结合越来越紧密。新的文学样式的不断出现，使文学开始泛化，文学的边界变得无限宽广。然而，随着动漫、游戏、影视、网络文学、手机阅读等文化产业已成为青少年接受文学的主要方式，文学的分化也越来越显著。这不单单是中国文学才有的现象，也是全世界范围内的文学都面临着的问题。网络文学是继续向通俗的类型化写作方向发展以严格区别于传统文学，还是在愈走愈逼仄的商业化、类型化之路中寻求突破，文学性和商业化如何在拉锯中保持各自的追求，取得适当的平衡，是当下网络文学亟待解决的问题。

一、传统文学与网络文学的加大融合

2009年，传统文学以前所未有的力度介入网络文学创作、研究等领域。2009年6月15日，《文艺报》与盛大文学共同主办了“网络文学中的幻想王国——起点四作家作品研讨会”。专家们不仅对跳舞、我吃西红柿、唐家三少和血红的作品进行了分析，还研讨了许多大家关心的网络文学中的问题。诸如网络文学走红背后社会与文化的变迁，网络文学的价值与贡献，网络文学从内容到文体与传统文学相比发生的变化，网络写作的优劣，以及网络文学发展的新思考。随后，《文艺报》与盛大合作，举办了“网络文学评论”专栏，约半个月一期，既有学理方面的论述，又有具体作品的评析。《文艺报》再度发挥了一个在文学艺术界有着重要影响力的权威媒体引领文艺思潮的作用。这些举措促进了来自传统文学界的主流批评家们对网络文学的深入认识与研究，纠正了以往网络文学批评中文本细致阅读缺乏的问题，对网络文学的发展有了更进一步的学理性的指导。

2009年6月25日，“网络文学十年盘点”结束。活动自2008年10月启动，是主流文坛、传统文学首次对网络文学的整体介入。2009年2月26日，“盘点”评出了前三十强，其中军事题材、游戏小说、女性作者的优秀作品受到追捧。最后“盘点”产生了前三名的评选结果，即“烟雨江南”的《尘缘》、“老猪”的《紫川》和“晴川”的《韦帅望的江湖》。其中，《尘缘》来自17K文学网，《紫川》来自起点中文网，《韦帅望的江湖》是晋江文学网的作品。2009年6月27日，“网络文学十年盘点”组委会发布了确定向中国作协推荐入会的作者名单的公告。被推荐入会的人选为烟雨江南、老猪、晴川、兰帝魅晨、血红、酒徒、大爆炸、月关、叶听雨、可蕊、阿越。这十一位作者的作品都入围了这次“网络文学十年盘点”的“十佳优秀作品”或“十佳人气作品”。

2009年7月15日，素有“作家摇篮”之称的鲁迅文学院与盛大文学联合举办了第一期网络文学作家培训班，对经过遴选的唐家三少、任怨、秋远航、张小花等二十九名网络作家开展了为期十天的培训。这次培训与以往鲁迅文学院组织的高研班有所不同，突出网络文学创作的特点和要求，根据网络文学作家的年龄结构和创作特性，围绕当前文学创作面临的问题，制定了适合于他们实际需要的课程内容。鲁院邀请了十几位知名作家、文学评论家及其他方面的专家学者为学员们讲课，帮助网络文学作家打开了认识世界的多维视角和宏观视野，丰富了他们的文化知识和艺术涵养。

中国作协通过一系列举动，对传统文学和网络文学的磨合之路乃至当前整个文学事业的发展，对全面提高网络文学作家的创作素养乃至新世纪我国文学事业的人才培养和作家队伍建设等方面，都起到了积极的作用。

与此同时，各地作协和研究机构也将网络文学列为工作重点。2009年4月25日，广东作协进行了一次全省范围的网络文学调研活动，邀请了慕容雪村等一批身在一线的网络写手和红袖添香网等网站编辑及对网络文学十分感兴趣的传统作家、专家学者共同参与，彼此在交锋中促进了理解。2009年5月11日，由江苏作协和无锡作协主办的“中国网络文学研讨会”在无锡召开。2009年6月10日至12日，中南大学文学院、首都师范大学文学院、吉首大学文学院和中国社会科学院中国文学网联合主办的“网络·网络文学·公共空间”全国学术研讨会在凤凰召开。2009年12月，浙江作协类型文学创委会在杭举行2009年度笔会，讨论了2009年度中国类型文学发展的状况和趋势。该会是全国第一家专攻类型文学的研究机构，在网络文学不断向类型文学发展的潮流下，将不断发挥观察、批评、引导等作用。2009年是网络文学发展史上十分重要的一年，这一年传统文学与网络文学均怀着宽容开放的心态，在承认文学多样性的前提下，加强了理解与融合。

二、资本力量对网络文学的加速渗透

2009年，资本继续显示着它强大的力量，对网络文学进行着渗透和改造。资本对文学的渗透，以盛大模式为突出代表。2009年，集合了雄厚资金与资源的盛大文学有限公司继续声势浩大的动作，一方面，加大与传统文学“联姻”的步伐，一方面，举办网络文学活动目的性、倾向性更强。2009年3月26日，盛大文学启动了首届“全球华语原创文学大展”。此次大展将在起点中文网上广泛征集三个板块十一个不同类别的华语原创文学作品。3月开始“类型小说展”，4月启动“剧本展”，5月重点推出“手机小说作品展”，7月举办“盛大文学杯”原创军事文学大展。在金融危机的背景下各家互联网公司在2009年均以压缩市场费用为主，而盛大文学计划投入整个大展的现金总额却高达千万人民币，显示了它的实力与野心。这次大展的特点是将各类题材细化举办各个分展，充分挖掘商业潜能，并大规模整合影视、版权、无线等多方资源的产业链。盛大文学对大展的定位早已超出单纯的文学活动。CEO侯小强称盛大文学的最终目的不只是一个文学网站，而是做国内最大的版权运营商。2009年，盛大文学成功复制了《鬼吹灯》的赢利模式，先后卖出热门网络小说《星辰变》和《盘龙》的游戏改编权。目前，盛大文学凭借成功的商业运作成为中国网络文学出版的绝对领跑者，甚至代表中国走在了世界的前列。就连2009年的法兰克福书展会刊头版亦称赞了盛大这种令人目眩的成功。可以说，在推动网络文学主流化的进程中，盛大文学功不可没。然而在商业目的的驱使下，盛大模式使类型化写作成了当前网络写作的主流。类型化写作使网络文学趋向工业化下的流水线产品，甚至在一个题材类型下，出现大量跟风模仿，拼凑，抄袭，文字注水的作品。

在这种形势下，网络文学的代际更替非常频繁，无论是网络写手还是创作类型都是城头变幻大王旗。然而网络的优势在于它的海纳百川。纵然泥沙俱下，还是能筛淘出宝贵的真金。2009 年度的网络文学出现了一部不容忽视的作品《大江东去》。作品已由长江文艺出版社出版，并获得中宣部第十一届“五个一工程奖”，成为首次获得该奖的网络作品。《大江东去》从个人视角出发，对 1978 年后的历史进行了回顾，清晰地展现了我国经济发展的脉络，表达了一个被时代洪流裹挟着的在场者对三十年巨变成败得失的体悟和反思。小说凭借大量原汁原味的细节，引人入胜，我们通过这部小说得以触摸到那个年代的生活和现实，脉搏与呼吸，而如今不管是传统小说还是网络小说，离现实的距离都越来越远了。作者阿耐不是专业作家，在小说的功底与意识上或不如后者，但因为扎实的生活基础和多年积累的观察与思考，使这部作品言之有物、掷地有声，在网友中引起广泛共鸣。《大江东去》更像网络文学在自发与草创时期的状态，携带着强烈的个人性、原创性、民间性和现实性，与当下网络文学中“娱乐至死”“虚幻缥缈”“喃喃自语”式的文字截然不同。从其引发的热潮我们可以看到，一部作品能否赢得读者的口碑，并无网络文学与传统文学的界限，在任何时候，读者喜爱的都是那些能获得审美愉悦和精神升华的作品。《大江东去》在网络小说如何更理性、从容地反映、揭示现实，如何真正融入传统、主流文学，如何与读者的阅读需求形成良性循环等方面都提供了一份范本与启示。

三、网络文学负面问题的加强整治

2009年，网络文学的另一重要动向是，多年来存在的日益严重的负面问题，正逐步得到重视与解决。以往没有一种文学需如此大量动用国家政策法律资源来规范引导它的发展，这也是诞生在新的时代、科技、社会背景下的网络文学展现出的特点。

首先，是网络文学低俗内容整治工作的进一步展开。2009年10月20日，全国“扫黄打非”办公室发出进一步查禁互联网上淫秽色情小说及相关内容的通知。网络文学中的低俗化一直是困扰和阻碍网络文学健康发展的一个严峻问题。一些网络文学作品为追求点击率，或明目张胆宣扬暴力色情内容，或用挑逗性标题和侵犯个人隐私性质的内容，一些网站为谋取经济利益也无视社会公德，大肆宣扬并刊登这些作品或提供下载链接服务。这类不良的阅读引导在读者与作者之间形成恶性循环，拉低网络文学的水准，败坏网络文学的品质。

其次，是网络文学版权意识的不断强化。互联网诞生之初，资源信息的无限共享让民众感受到一场革命，然而相应而来的是旷日持久的版权维护工作。对网络免费资源的任意借用几乎已成网络写作的常态。不解决版权问题，网络文学将永远无法健康成长。2009年2月26日，“中国原创网络文学版权保护研讨会”在京召开。研讨会上专家估算每年盗版市场规模高达五十亿元，而同期正版市场的规模仅为一亿多元。2009年10月下旬，作为第二届中国国际版权博览会主题活动的“中国网络文学节”提出整合现有专业网络资源，规范并建立网络文学版权保护体系的活动宗旨。2009年12月17日，“网络文学版权研讨会”在京召开。盛大文学发起的“反盗版宣言”活动得到了张抗抗、莫言等百名作家的签名支持。

总的来说，网络文学已打破旧有的文学机制与评价体系，新的规则尚未建立，至今我们仍在探索它的发展与可能。从“破”到“立”是一个艰难的过程。作为我们这个时代的文学，我们将与它一道迎难而上。

主流化、内部规范与新技术
——2010年度网络文学综述

2010年中国网络文学继续沿着它的高速发展之路前行着，据中国互联网络信息中心（CNNIC）发布的第二十六次《中国互联网络发展状况统计报告》显示，我国网络文学用户规模达1.88亿，较2009年底增长15.7%，是互联网娱乐类应用中用户规模增幅最大的一项。网络文学拥有近千亿字数的内容存储量，每天更新内容约1.1亿字，转变为纸质出版物的图书种类约五千余种。2010年网络文学进一步走向主流，国家级奖项鲁迅文学奖第一次吸纳网络文学作品参评并有一部作品入围终评，被称为“破冰之旅”。网络文学研究不断细化和深入。继2009年国家对网络文学低俗内容开展整治、网络文学界高举反盗版旗帜以来，2010年网络文学继续了完善内部规范的努力。2010年是微博、手机文学、手持阅读器迅猛发展的一年，以互联网、手持阅读器、手机为媒介的界面阅读不断替代纸面阅读，成为与传统图书分庭抗礼的文学阅读、消费方式。我们已身处“全媒体阅读”时代。2010年根据网络文学改编的影视剧数量也在持续上升。2010年最火爆的网络小说《斗破苍穹》，小说仍在连载，同名网络游戏已在封测阶段，二者同时进行，可见其号召力。总的来说，网络文学通过互联网、手机、电子书、图书、影视、游戏等载体和渠道，打造了日渐成熟的产业链，并成为我们这个时代不可或缺的大众文化消费品。它早已超越了单纯的文学领域，更像是人们在这个时代选择的一种生活方式。也因此，在文学领域内谈论网络文学的种种问题，总显得力有不逮，至今批评家们仍未解决这种困境。

网络文学的主流化与规范化

网络文学正在成为文化娱乐产业的主力，来自2010中国网络文学蓝皮书调查问卷回收的数据显示，有78.74%受调查者认为，在整个文化创意产业中，网络文学的位置“很重要，网络文学会成为影视、游戏、图书的重要内容来源地”。

2010年传统文坛继续加大与网络文学的对话与交流。3月19日，新闻出版总署首次组织了网络编辑培训班。7月17日，鲁迅文学院在成功地组织了两期网络作家班后，也组织了第一期网络文学编辑培训班。十年来网络文学的发展速度、规模和影响力，超出了人们的想象，文学网站编辑的作用也日益体现。因此，对文学网站编辑的培训已刻不容缓。而通过这一活动的常态化，编辑素质与水平的提高，将进一步保障网络文学的发展、兴盛与繁荣。

中国作协2010年重点作品扶持项目入选了西篱的《昼的紫，夜的白》、孙丽萍的《举人庄》、雪小禅的《十年》三部网络文学作品。中国作协2010年新发展的三百七十八名会员中，吸收了“17K小说网”旗下的网络作家酒徒、烟雨江南加入。2010年5月20日，中国作协、广东作协共同举办了“网络文学研讨会”。除此，中央外宣办、国务院新闻局进行网络文学调研，了解网络文学发展现状；贵州省成立网络文学研究会，一些省作协相继成立网络文学社团组织，举办网络作家作品研讨会等活动。

2010年网络文学存在的两大问题得到进一步重视和整治。文学网站在提升网络文学质量上下了大功夫。盛大文学、中文在线都组织了旨在提高编辑业务能力的培训班，增强了对网络文学不良内容的鉴别和控制。在培育作者上，通过和中国作协等权威机构举办培训班、研讨会的方式，提升网络文学作者的审美品位，引导网络文学作家向传统作家学习。职业编辑与作者进行实时沟通，帮助作者确立写作选题和写作方向，引导作者撰写格调健康、积极向上的文学作品。在内容监管上，设立专门机构，配备专职人员，修改充实内容监控制度。例如盛大文学成立了审读室，有计划、不间断地组织对各家网站内容进行审读。各网站也对关键词进行充实，并设立网上有奖举报系统，发动网友积极参与监督。而针对已经形成产业化的网络文学盗版现象，《侵权责任法》已为网络盗版确立了两大规则，下一步法律部门要加强执法力度和对盗版网站的惩处力度，增加盗版网站的盗版成本，并由政府牵头成立盗版认证机构，对盗版进行及时、准确的认定。目前，网络文学仍处在建立规范时期，只有经过不断摸索和调整，网络文学才能从混乱无序走向平稳良性的发展。总体来说，当下网络文学作品中以色情暴露邪恶血腥为诉求的极端写作正在变少，无论是作者还是读者都日趋理性。

网络文学研究渐成热点

另一方面，批评界继续加大对网络文学的研究。《文艺报》继2009年开辟专栏组织网络文学评论文章后，2010年又开展了网络类型文学的讨论，并于2010年7月10日与哈尔滨师范大学文学院联合主办了文学类型化及类型文学研讨会。浙江作协在率全国之先成立了类型文学研究会后，旗下刊物《浙江作家》

在2010年开辟了由评论家夏烈主持的“中国类型文学研究”专栏。

其实，类型文学的概念在小说题材中早已有之。然而网络文学的兴盛让类型文学得到了前所未有的发展和关注。2004年，类型文学尚未夺人眼球之时，就有民营公司卓有远见地举办了“中国首届类型小说研讨会”，大胆构想了类型文学的“远大前程”。如今，穿越、玄幻、同人……看文学网站的分类导航就能大致了解网络文学中已有的类型。类型文学发展如日中天成为网络文学的主流和媒体报道的焦点。《鬼吹灯》《后宫》《杜拉拉升职记》《藏地密码》……这些畅销小说拥有几十甚至上百万读者。近年来的图书市场也被各种类型小说所占领，受到广大读者欢迎的类型小说一定有它吸引人的地方，其创作之所以能够繁荣，在客观存在上也一定有其合理性。与纯文学越走越窄的倾向相比，网络作品对变化纷繁的当下现实却能够及时反映；相对于传统文学对艺术和精神价值的思考与追求，承担的启蒙意义与审美功能，活跃在网络文学中的类型小说就显得轻松简单得多，它更注重娱乐性、时尚性和消费性。不过这也是在关于类型文学的批判中常被学者、评论家诟病的一点。

在《类型文学：一个新概念和一种杰出的传统》（《文艺报》2010年8月27日）中，作者夏烈对类型文学的概念进行了溯源、清理和阐释。他提出时下大家讨论的“类型文学”至今仍是个感觉上的约定俗成的概念，而不是理论准备已然充分确凿的概念；类型文学是个“新概念”，但并非“伪概念”。作者同意因学理的审慎而对类型文学概念存疑，但不同意抱持精英文学价值观，对大众文化持“垃圾论”者对其的忽视。他认为当今的类型文学应该称之为“当代大众类型文学”。提出和研究“类型文学”就是研究在当代科技和资本以及大众文化场中的一个主干的文学样式，是对“一时代之文学”的研究。作者提出应借鉴目前已相对成熟的类型电影理论研究类型文学。

《迷局中的“类型文学”》（《文学报》2010年12月24日，作者张滢莹）提到了类型小说的“危机感”，作者与出版商对此有不可推卸的责任。作者在写作中，只见情节，不见故事，或者只见故事，不见人物的情形大量存在。习惯于依靠网络点击率赚钱的作者大多缺少对小说创作中人物、故事、环境等基本要素和烘托、铺垫等经典手法的领悟，小说欠缺应有的丰富性。而对于许多无从获取优质稿源的民营书业来说，由于类型文学在结构、叙述、情节上都有一定的模式和套路，便于复制、传播和接受，因此最稳固和快速的生财之道莫过于对热门题材的模仿与跟进，一部成功的类型小说背后往往有十几个甚至几十个跟风者。出版社从内容提供商沦为复制作坊，一个新的类型没有生长和滋养余地，而是急促地推向市场，在很短时间里便耗尽了生命力。

2009年7月在大庆举办的“文学类型化及类型文学”研讨会上，专家讨论了类型化写作兴起的原因和动力，一是科技的发展构成的物质基础、新媒体的出现、便捷的网络传播和电子书阅读改变了文学的传播和接受方式，进而直接推动了类型文学的发生和发展。一是大众文化的兴盛。新时代广大读者的阅读趣味发生分化，分化出的阅读趣味需要满足，于是大量类型小说应运而生。在对类型文学的评价和经典化问题上，专家认为类型文学正在不断改写传统的文学创作、接受和批评观念。娱乐性是类型文学的主要价值，但类型文学也具备了一定的认识功能。当然，许多“充满想象力”的作品中借用的仍是陈旧的价值观念和精神资源，限制了读者对现实思考的深度。专家们对类型文学创作中精神价值的缺失表示忧虑。模式化的写作消解了文学探索和创新的动力。在类型文学中经典意识依然存在，一些类型文学从经典中汲取了营养。然而，类型文学应有自己的评价标准，重视类型文学并不是要把精英文学的种种标准加到它身上，也不必用精英文学的标准去改造它。（参见刘颋、饶翔：《保持娱乐功能　增强责任意识》，《文艺报》2010年7月14日）

网络作品《网逝》入围第五届鲁迅文学奖，这一结果也使网络文学的发展有了新的课题。在第五届鲁迅文学奖颁奖活动之一的中国网络类型文学高峰论坛上，何平提出应该承认文学是分层的。目前网络类型文学处在“有类无形”的阶段，作品结构是最大问题。网络文学要想走得更远更好，需要在文学观念上有所变化。邵燕君将网络文学与20世纪初的新文学做比较，新文学与当时所谓消遣文学的区别在于新文学更具启蒙意义，而当前类型文学则要使读者作为消费终端解决一切。她提出网络文学除了具备越来越突出的娱乐功能外，还应该承担更多的文化功能。邵燕君还提出，建议网络文学应单独设立奖项，如果用传统纯文学评奖标准来评判网络文学，有些优秀的网络文学作品的光芒可能被遮盖；而完全按照网络文学的定位和规则来进行评选，也可能会冲击传统文学评奖的一贯标准。

其实网络文学内部的评奖早已见多不怪，但更多强调市场效应和产业链开发，因此，无论是传统主流文学奖接纳网络文学，还是成立网络文学专门奖项，重点都应该落在建立网络文学的评价标准和体系并形成公正、合理的机制，这样才能有力改变网络文学依靠市场一条腿走路的现状，真正令其拥有可持续发展的创作活力。

除了类型文学的讨论，2010年《南方文坛》针对批评界如何应对日新月异的网络文学的问题也组织了一批文章。网络文学的发展速度让人惊讶，但对它的批评研究却一直滞后，这当然和它的难度有关。一是评论者的身份，以传统写作和研究为主的他们大多是在主业之外凭借个性兴趣和对新鲜事物的热情关注网络文学，缺少同呼吸共命运的在场感。二是网络文学的诸多特性，例如海量存储泥沙俱下，造成了深入文本内部及发现作品的困难。任何一个研究者都不可能做到实时追踪所有每日不断更新的网络作品。或许一个常年泡在各文学网站付费阅读的“网虫”在阅读量上要超过研究者，因为购买阅读网络小说已成了他们的生活方式，但他们中的大部分阅读目的只是为了打发时间，放松娱乐，在专业素养和积累上不能与研究者相提并论。三是网络文学作为一项还在不断发展的新生事物，研究者的知识结构尚未完善，评价标准和价值体系的建立还需不断试验与探索。

2010 年网络文学内部发生了许多变化，女性写作受到重视。4 月 22 日中国网络文学女作家研讨会召开，这是国内首次针对网络女性写作的大规模研讨活动。在会议上，盛大文学女作家“十二钗”集体亮相。盛大文学首席版权主管周洪立称盛大文学九十三万名作者队伍中，大概一半是女性作者，女性撑起了网络写作的“半边天”。而以女性阅读为主的言情作品也一直有着广泛的读者群，晋江文学城、红袖添香网等都是以这方面为主的专门网站。晋江文学城被第三届中国网络文学节评为 2010 年度最佳文学网站，《微微一笑很倾城》的作者顾漫获 2010 年度最佳作者。这部获奖作品可以说是延续琼瑶的言情脉络，在漫长旧有的谱系中加入了新鲜的时代元素。网络文学有它夸张的白日梦、臆想的乌托邦的部分，也有它真实、鲜活的部分。这类以青春言情、家庭婚恋为主题的作品展现了女作家特有的细腻、体贴，又直抵当下现实生活，受到广大读者的喜欢，也被较多地改编成影视剧，例如《S 女出没，注意》《蜗居》《裸婚》《谁说玻璃不是镜子》等。

新技术推进网络文学发展

2010年，微博、手机、手持阅读器的迅猛发展使网络文学不断通过新的方式融入并影响着人们的日常生活。据中国互联网络信息中心（CNNIC）2011年1月19日发布的《27次互联网发展状况统计报告》，2010年国内微博客用户规模约六千三百一十一万人，在网民中的使用率为13.8%。手机网民中手机微博客的使用率达15.5%，手机微博客的快速发展带来了手机端信息生产和消费行为快速拓展。微博作为一种新兴发展的网络应用，它将对互联网产业产生深远影响：成为重要的新闻源，使新闻媒体的传播形态发生变化；加快社交网络的平台化发展；加快实时搜索等网络服务的技术开发和应用。而微博的这些特性对网络文学的影响，是带来了一个真正全民狂欢时代。相比以前的在BBS发帖在Blog写博，它的门槛更低，不需要长篇大论只需三言两语记录，即使一个没有受过严格中文训练的人只要会发短信就能使用微博。而这些高度碎片化的信息又能自发组织，成为“一部由俳句组成的个人史”（网络作家菜头语）。

新浪微博正是捕捉到这一热潮，在2010年10月27日举办了首届微小说大赛。无论是幽默、恐怖、科幻、爱情、悬疑等等类型，都可浓缩成一百四十字以内的微小说，分享到微博。这次大赛与以往网络文学界举办的大赛不同之处在于字数的“微”，网友戏称微小说让千言万语的“灌水”变成了惜字如金的“蒸馏”。支持者认为“《论语》《世说新语》等就有不少算是今天的微小说”，“在限制中创作，能逼迫作者锤炼语言”，“微小说在一百四十字之内有悬念、有转折、有意外，能触动人心，需要相当的智力水平”；反对者认为“小说应该有基本的结构，相对完整的情节”，“完整的小说应该包括情节、人物、场景等，微小说的微容量让它难有发挥”。（诸葛漪：《微小说，离叫好又叫座有多远》，《解放日报》2010年12月28日）相比文学界对它的激烈争论，网站举办类似活动，一方面创造了新的写作平台，对网络文学是直接的鼓励和刺激，另一方面，看重的仍是它带来的人气和商机。但对文学本身来说，究竟“微小说”“手机小说”是“填字游戏”还是文学与现代传媒结合发展的好趋势，仍待观察。

随着国内3G技术的发展与应用，2010年手持阅读器和无线网络阅读成为网络文学发展利益增长最快的部分。手机和手持阅读器作为数字阅读终端不断普及，带动数字出版行业的大力发展。新终端的优势是容量大，携带方便，能不断接收新的作品。它的互动、低成本、快捷、易刷新给读者带来了巨大便利。或许未来随着科学技术和读者需求的不断更新，会出现更多的阅读形式。例如手机用户提出要听不要看，需要更优质的音频内容，而阅读器用户提出要画面动起来，需要flash动画插图。在“全媒体阅读”时代，这些都不再是梦想。

总的来说，2010年中国互联网正式进入了普遍意义上的Web2.0时代。在可以设想的未来，将是互联网、电视网、无线移动通讯网三网合一的庞大网络。新媒体传播带来的不仅仅是阅读平台的变化，我们旧有的阅读内容、阅读媒介、阅读习惯都在发生改变，它将引起作者、创作、作品、出版、传播、读者这一链条的深刻变革。科技和时代的发展一直是网络文学活力的源泉，使网络文学处在不断的更新和变化中。

承继和发展中的网络文学

——2011 年度网络文学综述

据新华网报道，截至 2011 年末，全国网络文学用户达 1.94 亿，网络文学作者达一百多万人，每年约有三四万部作品被签约，这一数字已超过了网络电子商务用户。虽然笔者认为我们必须警惕商业化下网络文学中的唯数字论，然而对网络文学而言，其高速发展又的确与这些数字分不开。经过了数年的商业运营，网络文学由原生时代进入资本时代的事实已毋庸质疑，2011 年，资本进驻和扶持下的网络文学依然继续着融入主流化的努力，并且这种融入看上去更为强势。而主流文坛也愈来愈意识到网络文学是时代发展的必然趋势，通过各类活动增强着自身的影响力和话语权。

主流文坛与文学网站的共同努力

中国作协“全国网络文学重点园地联席会议”工作机构自 2009 年成立以来，定期召开有中国作家网、盛大文学、中文在线、新浪读书频道、搜狐读书频道等五家网站参加的联席会议，关注和引导网络文学创作；鲁迅文学院从 2009 年开始举办网络文学作家培训班、网络文学编辑培训班，至今已开班四期，加强了对网络作家、编辑的培养；中国作协重点作品扶持项目继

2010 年首次将三部网络文学创作选题列入扶持范围，2011 年度该项目再度评选出携爱再漂流《酒店风云》、聂丹《我们的青春》、刘英亭《暗斗》三部网络文学创作选题。同时，中国作协为构建网络文学与传统文学融合互补的平台，架起网络作家与传统作家交流沟通的桥梁，还组织开展了网络作家与传统作家“结对交友”活动。来自全国各地的十八位知名作家、评论家与来自七家网站的十八位网络作家结成“对子”。通过这一活动，传统作家可以从网络作家那里学习他们对生活的敏锐感受力和新鲜的、富有时代气息的文学表现样式，网络作家也能从传统作家那里学习他们更为严谨的创作态度等。时至 2011 年，中国作协已吸收当年明月、唐家三少、笑看云起、月关、晴川、跳舞、酒徒、烟雨江南、千里烟等二十多位网络作家入会；其中“唐家三少”等作为年轻代表不仅参加了第八次全国作家代表大会，并当选为中国作协第八届全国委员会委员，成为首届网络作家委员。

另一方面，文学网站也在与主流文坛的合作中，展示其主流化的努力。2011 年是中国共产党成立九十周年和纪念辛亥革命百年，许多文学网站开始与主旋律及主流文坛挂钩，如红袖添香网推出的“网络文学：红色文学经典阅读”特辑，引起诸多网友对网络革命文学的关注。其中，网络作家“北风吹 11”将歌剧《白毛女》改编成一部网络版的《白毛女》，通过将传统文学与网络文学相结合的手法再现了那段苦难的往事；网络小说《穿越时空打鬼子》则从网络十分流行的穿越题材入手，在抗日战争的背景下，加入了许多现代元素。2011 年北京图博会上，以“指尖传递，红色记忆”为题的“纪念中国共产党成立九十周年手机文学征文活动”经过一个月的征集后也圆满落幕。活动不仅进一步宣扬了红色文学，也带动了广大作家和文学爱好者积极参与新兴媒体内容的文学创作，推动了手机文学这一新生文学形态的茁壮成长。上述事例说明，创新是我们的时代精神，而传统文学在新的时代并未式微，如能引导和发挥好新兴文学媒介的作用，其力量将是惊人的。

第八届茅盾文学奖堪称 2011 年中国文学界乃至网络文学界的一大盛事。这是自 2010 年第五届鲁迅文学奖向网络文学作品敞开大门后，作为全国长篇小说最高荣誉的茅盾文学奖评选首次加入网络文学作品参评。此举反映了中国作协在对待新媒体新文学上的不断开放与包容的态度。不过，网络文学作品在此次参评过程中的备受争议也反映出一些我们早该正视的问题。例如网络文学的定义？如何评价网络文学？网友的发言虽然带有情绪性，但也值得我们思考。问题的根本并不在于网友们所言的“茅盾文学奖并没有完全放下身段，对网络文学作品仍然存在一定的偏见”，而是在具体评选过程中再度暴露出的，网络文学与传统文学在文学观念、趣味和精神，价值和标准等方面的确存在着不同，网络文学之所以成为网络文学的性质、特点，决定了它不可能和传统文学完全放在同一个平台上去讨论、评价。评价网络文学应尽早改变旧观念、旧思维，然而我们又须得承认，对文学的评价不管在什么时代，都有一些固有的标准是需要坚守的。在第五届鲁迅文学奖的评奖过程中，就已然暴露出权威的传统文学奖项其既有的评价标准、体系和网络文学作为一个新兴文学门类在评价标准和体系上的种种冲突。后来甚至有学者提出是否将来能成立专门的网络文学奖项。奖项对于鼓励和促进网络文学的健康良性发展当然有积极意义，但恐怕加紧建立网络文学自身的评价原则、标准更迫在眉睫。否则即便有奖可评也无有力的批评武器在手，依然无法以理服人。

网络文学内部的承继与发展

2011年网络文学界内部有两件大事。第一件是横跨两年的盛大文学起诉百度侵权案终于尘埃落定，百度被判立即停止对涉案作品的信息网络传播权的所有侵权行为，并赔偿盛大文学经济损失。此前，网络文学中的盗版问题一直是阻挠网络文学健康发展的障碍，此案反映了我国对知识产权保护的日益重视，有着里程碑的意义，相信能更多唤起互联网界的版权意识，各大互联网企业也应肩负起自身的责任和义务，努力营造有利于中国创意产业健康有序发展的环境。

第二件是2011年末公布的“2011百度搜索风云榜”。它凭借对中国近五亿网民搜索数据的调研，向我们展示了2011年中国网民的关注热点、精神需求和行为特征，成为反映中国社会发展和变迁的一个风向标。在这里，文学不仅没有被“边缘化”，反而一跃成为舞台的中心。《斗破苍穹》《吞噬星空》《遮天》《永生》《仙逆》《天珠变》《步步惊心》《凡人修仙传》《异世邪君》《重生之贼行天下》被评为“十大网络小说”，内容涵盖了架空历史、玄幻奇幻、仙侠修真、后宫穿越等题材。在“十大梦想新职业”中，“网络作家”仅落后于“婚礼策划师”，成为年轻人梦想实现的第二大新职业。从前，籍籍无名的网络写手每天为生存、为名利码万余字的生活曾被认为是最辛苦的职业，而由“最辛苦”到“最梦想”，人们对“网络作家”这个职业的眼光变化，不仅反映了商业规则缔造下的网络神话，也凸显出网络文学的巨大前景。其余榜单中，“十大移动热词”中起点白金作家天蚕土豆新作《武动乾坤》名列第二；“十大随身应用”中“小说阅读网”位列第四；“十大电视作品”中由网络文学改编的剧集占了将近一半。可以说，2011年的网络文学不仅继续在比特世界里制造着数字奇观，还进军大小荧屏制造着视觉奇观。作为网络文学在全版权经营下的成果展现，网络文学业已成为影视业的内容源头，2010 年已经播出的电视剧有《我是特种兵》《宫》《裸婚时代》《步步惊心》《千山暮雪》《倾世皇妃》《后宫甄嬛传》等，正在拍摄预计近两年播出的作品还有《大魔术师》《极品家丁》《帝锦》《庆余年》《刑名师爷》《回到明朝当王爷》《纳妾记》《搜索》等。

而在“十大电影作品”中，位列榜首的同样是一部由网络文学改编的小成本制作《失恋 33 天》。作为一部“小清新”文艺片，它在上映四天就创造了过亿票房，成为 2011 年度电影圈的最大“黑马”。这部作品的前身是作者鲍鲸鲸在被称为“文艺青年集散地”的豆瓣网上发布的一个曾引起疯狂“围观”的“直播帖”，讲述了女主角黄小仙从遭遇失恋到走出心理阴霾的三十三天。这部类型化的作品可以称得上是网络文学的一个典型文本，从它身上能够看到鲜明的网络特征和时代特征。它是网络互动传播下的产物。而这样一部类型化之作经历了网络热帖到畅销小说到电影大卖的三级跳，其成功也是有迹可循的。首先因为它的语言有一定文学修养并且风格突出、机智幽默、辛辣犀利，令阅读过程成为一次痛快的抒发、宣泄和享受。其次它接地气，作为一部“疗伤治愈系”作品，人物里有时代，对白里有生活，故事有代入感，作者对现代都市人脆弱的情感生活的观察和分析细腻、精准，不隔靴搔痒，打蛇打七寸，自然令上至“围观直播帖”的读者，下至买票进影院的观众都心满意足。这也给当下的类型化创作很好的启示。

狂欢下的隐忧

——2012年度网络文学综述

2012已被证实并不是“芥末日”，却不妨碍人们继续沉浸在狂欢的氛围里。在大众的群情激昂和热情参与下，商家们纷纷以“船票”为题打造了一次成功的营销；一部小成本制作的喜剧《人在囧途之泰囧》在上映短短十几日内就不可思议地创造了七亿多票房，相形之下，2011年末同样以小成本引发观影狂潮的《失恋33天》早已成浮云。提及狂欢，无法绕开的当然还有本年度的网络文学，它凭借着一个又一个的数字神话不断刷新着自身。在唐家三少出演的盛大官方发布的首部微电影中，“惊人的数字”亦越过其他形象而成为表述的核心与最大主题。

数字神话背后的涵义

时至今日“网络文学”的生产数量已堪称创造了世界文学史上的一大奇迹。目前仅起点中文网、红袖小说网、晋江原创网、榕树下等多家在线中文写作平台，每日更新的字数就近一亿，累计发布字数超过七百三十亿。2012年4月，盛大文学为唐家三少申请了吉尼斯世界纪录，当时他已经连续一百个月“不断更”（不间断更新小说），总阅读人次达2.6亿。这意味着在三千多天的时间里，他每天都要持续上传文字作品。作者自言“我最强的时候能以每分钟一百四十个字的速度坚持一个小时”，最多的一年他曾写下四百万字。另外一位网络文学“大神”我吃西红柿在接受媒体采访时也曾表示，他一般每天要写五到六个小时，平均一天写六千余字。

网络作家们的勤奋耕耘为其带来的回报之一便是VIP阅读模式和全版权运营下的收益分配。2012年末推出的第七届中国作家富豪榜中首次产生了网络作家子榜单，上榜的二十位网络作家以千字几分钱的创作为起点，在短短五年中创造了1.77亿元的财富。这二十位年轻的网络作家中以“80后”居多，前十名网络作家的平均年龄只有二十九岁。网络作家的生存现状和创作成就能否以财富衡量有待商榷，但至少网络文学在市场经济时代的强势发展已有目共睹。

总结每年的网络文学状况时总不可避免地提及一些数据，网络文学在这个新媒体时代，到目前为止仍一直在很大程度上依赖数字说话。而文学本身其实是很难量化的，量化的只能是经济指标。或许这是网络文学作为一个文坛小字辈和新生力量要获得关注和重视的必经之路。正如玛雅文明所预示的那样，2012是旧时代的结束，新时代的开始。2012对网络文学来说，亦可以看做是一个重要的分水岭，开启了网络文学新的阶段。第一个事件是据中国互联网络信息中心（CNNIC）最新发布的《第三十次中国互联网络发展状况统计报告》显示，我国手机网民的规模达到3.88亿，手机作为移动终端设备价格更低廉、携带和上网更方便等特性，令手机首次超越了台式电脑成为第一大上网终端。至此，我国网民接入互联网的方式发生了重要转变。随着3G网络的迅速发展和智能手机功能的越来越强大，移动上网应用出现创新热潮，许多网站乘势推出手机阅读客户端。在手机用户中网络文学阅读的普及率非常高。而手机端阅读付费操作的更加简易和便捷，也在某种程度上提高了读者的付费意愿，客观上促进了正版阅读的发展。但我们也要注意到在手机阅读逐渐超越在线阅读成为网络文学主要阅读方式的背景下，阅读载体的改变可能导致的网络文学本身的变化。手机用户面对的屏幕毕竟只有几寸，每页能显示的文字数量有限，每天的阅读时长也多是一些零散破碎的时间的拼贴总和，因此更追求娱乐性、消遣性强的浅阅读和情节简短独立、前后呼应和上下文关联性减弱的碎片化阅读，手机阅读的这些特点，势必影响着未来网络文学的发展方向。第二个事件来自盛大集团公布的数据，盛大文学自2012年第一季度开始正式盈利，净盈利逾三百万元，这其中一个重要原因正是方才提到的无线阅读收入的大幅提高。盛大文学作为目前我国网络文学的执牛耳者，它的扭亏为盈具有标志性的意义，证明了它披荆斩棘走出的全版权运营这条路是行得通的，原创内容对于整个文化产业链的源头作用也得到凸显，这大大提高了文学网站继续发展的信心。然而，另一方面我们也要看到，全版权运营虽然成功地使网络文学产业化，但资本的原罪令其过分强调作家与市场的关系，本质上同“网络作家富豪榜”的思路是一样的。在可见的未来网络文学无疑仍会继续这一发展模式，而这种模式对网络文学的利弊均同样突出。

压力和动力之下的网络文学经典化

《第三十次中国互联网络发展状况调查统计报告》还给我们提供了一个重要的讯息，即截至2012年6月底，我国网络文学用户数为1.9亿，较2011年年底减少4%，网民使用率为36.2%，比2011年年底减少3.3个百分点。网络文学用户在网络文学的高速发展中第一次出现了减少。这一变化充分说明了目前网络文学总体质量的不尽如人意。尽管无门槛或低门槛的创作平台，创作内容的自由表达曾是网络文学在诞生之初的活力和魅力所在，但客观上也造成了网络文学泥沙俱下，作品质量参差不齐、整体水平较低的面貌。这一面貌并未随着网络文学从自发的小作坊到成熟的产业链的形成而得到改善，反而愈演愈烈。“网络作家富豪榜”出炉后，有人感慨“正式宣告中国进入全民没文化的时代”。纵然言语偏激，却也从一个侧面反映出网络文学在大众心中的快餐式定位。所幸，这一问题已经引起了网络文学业界的重视。为提高文学新人的写作水平，使成名作家写出更优秀的作品，各家网站都制定了一些措施。例如中文在线旗下的17K小说网创办了中国第一家专业的网络文学培训组织——17K商业写作青训营，对新人作家进行免费培训。17K小说网不仅推出了创始人血酬先后撰写的《网络文学新人指南》和《网络小说写作指南》，因其实用性而受到广泛阅读和好评，还建构了“大神课堂”“一对一点评”等教学模式，并借助新媒体时代的各种交流工具如QQ群、BBS评点、站内信、书评区、YY语音频道、微博、微信等进行随时随地地指导和培训。在这两年来一共开班十二期，培训作者超过一万人，有近千名作者成功签约，写作成功率远超网络文学平均水平。例如盛大文学也通过对新人作家的一对一辅导、网络培训、编辑访谈、写作训练营、“新人主题写作季”等方式提高其写作能力，并推出了包括雏鹰展翅计划在内的一系列福利计划鼓励督促新人创作。除针对新人作者外，盛大文学还在成名网络作家间定期举办作家峰会等活动，为网络作家与传统作家间的互动交流提供机会。

只是，我们从网络文学业界的着重点亦可看出，其行为天然脱离不了与商业的关系，最明显莫过于盛大百万招募白金书评人的活动。5月，盛大旗下的云中书城宣布将投入百万元创建一个最终人数达百人的白金书评人群体，并借此搭建中国网络文学的评价体系。活动第一季率先选出了三十位白金书评人，共吸引了近九千名作者参与，提交了近一万七千篇书评作品，其中《武动乾坤》《天才相师》《神印王座》等热门小说被评价得最多。该活动本是一件好事，在批评界对网络文学呈现既无法掌控又难以介入的失语状态，迟迟未能建立网络文学有效评价体系的危急时刻，网络文学内部勇敢地扛起了这付重担。此次评选让我们看到了哪些网络作品当下最受欢迎并为何受欢迎，并成功地展示了网络文学与传统文学不同之处的互动性，即读者通过评论积极地参与到网络文学的创作中，作者在作品的连载阶段便能及时收到读者的反馈和建议，来不断修改和调整自己的创作内容和创作方向。但在具体操作的过程中盛大强调像包装白金作家一样包装白金书评人，包括启动旗下多家网站及媒体宣传平台，对书评人及其作品进行推广，每月提供基本创作保障金以及上不封顶的分成，对优秀书评作品将结集出版，并获得高额稿酬等制度，很可能使得原先一些自发阅读并真诚撰写评论的书评人就此被变相“招安”，在丰厚的个人利益的诱惑下，原本无功利却有价值的书评将不可避免地演变成为推销作品而写的暗藏广告性质的“软文”。在这种模式的运行下，书评很快将变得与作品一样被商业所绑架。

显然，改变目前的现状光靠网络文学内部的单一维度是不够的，还需传统文学和批评界发挥更大的力量。对此，中国作协一直十分重视，开展了多项工作以引导网络文学的健康发展。2012年2月，来自TOM在线幻剑书盟、盛大文学、新浪读书、搜狐原创、腾讯原创、铁血军事网、纵横中文网等网站的十五位网络作家与十五位国内知名作家、评论家结成“对子”，这是自2011年以来第二批网络作家与传统作家的“结对交友”。6月，中国作协自成立以来首次举办了网络文学作品研讨会，十位批评家对李晓敏的《遍地狼烟》、天下归元的《扶摇皇后》、酒徒的《隋乱》、阿越的《新宋》、杨蓥莹的《凝暮颜》等五部由各网站精选推荐、作为该类型代表的网络文学作品进行了二对一的重点研讨。通过专家学者与网络作家直接坦诚的定向交流和探讨，不仅令网络作家受益匪浅，同时也促进了双方的相互学习和共同提高。10月，中国作协通过了2012年度重点作品扶持项目，将扶持刘晔（骁骑校）的《春秋故宅》、张院萍（院萍）的《风吹草动》、沙爽的《深的蓝，浅的蓝》、叶春萱（红茶叶）的《官场风云30年》、胡冰玉（白槿湖）的《新式8090婚约》、陈锦文（神七）的《晋升》等六部网络文学作品。著名评论家白烨还建议作家协会建立新媒体文学工作委员会，专门负责联系网络、手机等新媒体文学领域中的创作人才，关注现状、研究问题，从而对这类作品的写作、出版和阅读等各个环节产生深远影响。2012年，高校进一步参与到网络文学的活动中，对提升网络文学的整体水平有着积极的意义。10月，由中国信息大学信风文学社主办，全国近二百所高校文学社团协办，红袖添香网站全程支持的“红袖添香·第四届信风杯全国高校征文大赛”拉开帷幕，活动将持续至2013年4月上旬。本届大赛的特点是以短篇文体为主，在长篇火爆，注水泛滥的网络文学世界中，人们或许已遗忘了小说其实也是一门精炼的艺术，这一做法值得提倡。12月，作为第四届网络文化节重要赛事的长江杯网络文学大赛在历时七个多月，吸引数千万网民的参与后落下帷幕。本届大赛共分为长篇小说赛区、中短篇赛区、人文社科赛区、故事赛区、高校选拔赛区五大赛区，黄序的《沉默基因》最终夺冠，另外，组委会还设立了新秀奖、十佳高校文学之星等奖项，以鼓励有潜力的年轻作者。

与此同时，“网络文学经典化”的声音也频频传出。对于发展至今才十几年的网络文学来说，“经典化”无论如何是言之尚早了。但为什么就是在这个时候它被不断地提出，并带有浓厚的时不我待的情绪，恰恰反映了业界对网络文学现状的焦虑和为网络文学正名的希冀。网络文学如火如荼的自我狂欢与批评界对它的冷淡和失语一直就像悖论般地存在着，网络文学的基数又处在飞速地膨胀中，一些相对优秀的作品如未被提出很容易就淹没在潮流更迭的汪洋大海中。不可否认，在网络文学鱼龙混杂的庞大基数里，有许多跟风、灌水的平庸甚至劣质之作，被人称作“垃圾”亦情有可原，但也的的确确出现了一些颇具代表性的为人称道的作品。将其分析梳理归纳总结，不仅能理清网络文学发展至今的线索，也能为网络文学未来的发展找寻正面能量。

在网络文学的经典化上，“在场”的网络文学因与自身命运的密切相关，显然比“不在场”的文学批评界要更急迫。如磨铁中文网提出“经典绝不仅仅是纯文学领域内的小圈子概念，不是文学评论家的书斋式品判，而是由亿万读者选择出来的”，由此发起了新世纪十年“十大经典作品和十大经典作家”的评选，并交出这样一份榜单：十大作家为南派三叔、安妮宝贝、沧月、匪我思存、蔡骏、萧鼎、江南、明晓溪、桐华、辛夷坞。十大作品为《诛仙》《悟空传》《此间的少年》《盗墓笔记》《致我们终将逝去的青春》《成都，今夜请将我遗忘》《七夜雪》《步步惊心》《地狱的第十九层》《千山暮雪》。如盛大也通过云中书城、新浪微博策划评选“十年网络文学、一百部最难忘的网络小说”。除此还有网友们的一些自发行为，如博客“网络文学经典”（http：//blog. sina. com. cn/wlwxjd）自 2012 年 11 月起开办“你写，我读——对话网络原创作家”栏目，将陆续推荐原创作者和精选的网文作品。对网络文学和经典作品的理解与评价可以见仁见智、各抒己见，重要的是批评界应尽早变“旁观”为“入场”，对“我们这个时代的文学”发出属于自己的独立而思辨的声音。在中南大学网络文学学术研讨课、北京大学“新世纪网络文学研究”选修课、浙江类型文学·小说高峰论坛，以及广东《网络文学评论》组织的“高端研究”“名家访谈”“热点现象”“第一现场”等专题中，我们看到了一种努力中的尝试。随着这些尝试的愈来愈多，网络文学的世界终将得到丰富。

从“量”到“质”的文学转型

——2013 年度网络文学综述

网络作为时代科技的产物和一个共享的平台，伴随着新媒体的不断发展，正占据着越来越重要的地位。网络文学从诞生到发展至今走过了异军突起的十五年，它改变了文学产业的格局和人们的阅读习惯，随着大众参与度与所受关注度的越来越高，它对传统文学乃至整个社会的影响力也越来越大。我们可以从莫言在网络文学大学成立开学典礼上的讲话看到传统作家对网络文学在认识上走过的心路历程。如今，网络文学已成为当代文学一个不可分割的组成部分的事实正逐渐被大家接受。2013 年，主流文坛和传统文学界通过吸纳新会员、举办研讨会和培训班、召开青创会、筹备网络作家协会等各项工作进一步加大了对网络文学的扶持和介入，网络文学内部则在它高速发展的路途中发生着一些值得我们重视的变化。

据中国互联网络信息中心发布的第三十二次《中国互联网络发展状况统计报告》称，2013 年上半年网民规模继续上升达到 5.91 亿，互联网普及率为 44.1%。在新增加的网民中，使用手机上网的比例高达 70%，手机作为上网终端的表现亮眼，它与 3G 技术普及、无线网络发展和手机应用创新作为强大的力量支撑密切相关。具体到 2013 年的网络文学中，手机网络文学的用户规模相比 2012 年底增长了 120%，移动电子阅读方式方兴正艾。无线阅读的广阔市场就像是一块亟待开掘的新大陆，引得各网站和相关互联网行业的竞争加剧。文学网站由此契机进入了内部的结构调整和重组期。

如果说以往我们谈论网络文学更多地停留在它绕不过去的商业模式和市场性，当然这的确是网络文学赖以生存的基础，那么经过近些年的努力，网络文学的文学性和艺术性的砝码在天平的另一端已逐渐加重分量，网络文学内部对此亦产生了自觉的认识。在建立了稳定的渠道之后，内容成为一个文学网站的核心，如何在浩瀚无际的网络海洋中从良莠不齐的庞杂基数中脱颖而出，其发布作品的质量成为文学网站关注的重点。总的来说，主流文坛和网络文学内部多年来持续进行的沟通和交流已现成效，当下双方都在思考着如何能令网络文学更好而不只是更快前进的方向和方法。

一、不断“进场”，主流文坛的推动和努力

中国作协继续从各方面给予支持和引导。在2013年的会员发展工作中，申请的网络作家有五十二人，十六位入选为新会员，其中有起点的作者杨振东（辰东）、王小磊（骷髅精灵）、林俊敏（阿菩），创世的曹毅（高楼大厦），17K的刘晔（骁骑校），新浪的李重远（岩波）、李晓敏（菜刀姓李）、聂丹（聂昱冰，女），言情女作者吴雪岚（流潋紫）、任海燕（桐华）、宋丽暄（携爱再漂流，满族）、唐欣恬（小鬼儿儿儿）、卢菁（天下归元）、向娟（天下尘埃）、李海瑕（皎皎）、苏姗姗（苏小懒）。这届会员发展的特点一是为吸纳更多更好的网络作家入会，中国作协充分考虑网络文学的特点，避免有评委因不了解网络作品而埋没优秀人才，为网络作家采取了单独评审的方式。二是此次提交申请的网络作家与之前相比，不仅数量多而且知

名度也高。例如有因《甄嬛传》《步步惊心》一战成名的流潋紫、桐华等。三是新会员中以创作言情类型为主的女作者占了半壁江山，可见它作为网络文学一个主要类型的创作基数与成果均比较突出。

重点作品扶持工程同样为网络作家采取了单独评审的方式，网络文学共有八部作品入选，分别为张威（唐家三少）《绝世唐门》、朱洪志（我吃西红柿）《莽荒纪》、吴美美（墨舞碧歌）《传奇》、苗振雷（萧子云）《秀才用兵》、王普宁（求无欲）《诡案组系列》、杨勇（杨阿里）《桃花潭》、刘耀辉《山有扶苏》、朱克恒《返回地球的前生》。

研讨会部分，2013年中国作协首次召开以探索网络文学创作规律为主题的“类型文学的现状与前景研讨会”；为网络文学中涌现出的一些优秀作品召开了“盛大文学起点中文网作品研讨会”。除此，网络文学重点园地联席会议每月进行，鲁迅文学院继续举办第六届网络文学作家专题培训班。另外，在作为2013年重要工作之一的“全国青年作家创作会议”中，共有唐家三少、猫腻、月关、烽火戏诸侯、天蚕土豆等在内的十九位网络作家代表参加了会议，这可以看做是网络作家在主流文坛的第一次集体亮相。它既说明网络文学和网络作家旺盛生长的态势，亦表明了主流文坛借青创会加强融合的态度。作协领导在会上谈到未来针对网络文学的工作还要“推动筹建网络作家协会，联系一批重点网络作家，积极吸收符合条件的网络作家加入中国作协，探索研究建立网络文学评价体系”。

与此同时，各地作协都逐渐把网络文学纳入了工作的视野，加强了对网络文学的关注、研究、扶持、引导和管理。2013年北京作协成立了网络文学创作委员会，成员有唐家三少、辰东、唐欣恬、宋丽晅、毕建伟、蝴蝶蓝、百世经纶、雁九、李林荣、谢思鹏等作家、评论家二十余人。唐家三少被选为委员会主任。

委员会将积极搭建网络平台，整合首都文学创作资源，组织培训、交流、采风等活动。浙江作协作为最早成立网络类型文学创委会的地方作协，为了把年轻的网络作家聚集起来建设好一支队伍，正积极筹建浙江省网络作家协会，未来还将建立网络类型文学创作研究基地，创办网络类型文学研究性刊物，支持类型文学双年奖第二届的举办，完善评奖机制，加强网络文学的跨界交流和活动。广东作协在全国率先创建了网络文学院，创办了《网络文学评论》杂志，2013 年继续与中国作协合作召开了“广东网络文学研讨会”，集中研讨新世纪广东网络作家代表林俊敏（阿菩）、贾志刚、杨林清（无意归）、边晓琳（乱异）、丘晓玲和艾静一（猗兰霓裳）六位作家的作品。上海作协也在筹备网络作家协会，并与劳动报社联合主办了“2013 中国网络文学年度好作品”评奖，“90 后”作者张晓晗的短篇小说集《末日那年我二十一》拔得头筹。它在长篇作为网络文学主流的当下发出了其中一个不一样的讯息。

二、百舸争流，网络文学的调整与变化

现代化的生活使大众时间不断碎片化，人们在公共交通中或工作间隙等各种各样的零散时间中，利用手机、ipad 等无线终端看视频玩游戏读网络小说，不仅是一种打发时间的消遣娱乐，更成为一种与时俱进的生活方式。联合国教科文组织公布的 2008 年至 2012 年我国十八岁到七十岁的人群当中人均阅读图书量远低于发达国家的状况正在发生变化，各类网络文学作品和电子化的传统纸质图书正润物细无声般进入普罗大众的生活，提升着人们的阅读兴趣。而庞大的阅读市场亦吸引着腾讯、百度、新浪等互联网巨头纷纷将网络文学列为工作重点，加大加深对其投入，各方力量的角逐触发了网络文学产业的变革。

首先，腾讯旗下主要针对男性读者的原创网站创世中文网于5月底上线，其诞生意味着网络文学创作正式进入“战国时代”。该网站骨干以从盛大离职的起点原创业团队为主，提出了“创造（网络文学）新世界”的口号。随后，腾讯9月发布了“腾讯文学”品牌，推出女性原创文学网站“云起书院”，并将在未来搭建一个全内容（包括网络文学和传统文学在内）、全用户、全平台和全产业链的文学体系。作为另一巨头的百度，将从完美世界收购纵横中文网。这样百度就将拥有三大网络文学业务：百度多酷、91熊猫看书和纵横中文网。今后纵横可以不断向多酷和91熊猫输出独家网络文学作品。而作为主流网站之一的人民网亦发布消息将收购主营玄幻、都市、武侠、言情等类型小说的网络文学企业古羌科技。与此同时，新浪也分拆读书频道成立独立的公司，网易已强势推出云阅读等，都说明网络文学行业的潜力越来越受到重视。

以往独占鳌头的盛大文学在压力和挑战之下也在思变，一是启动起点圆梦计划，10月圆梦频道上线，这又是一个充分调动了用户参与和市场潜能的创意。二是12月与上海视觉艺术学院合作成立首个网络文学本科专业。三是重视用户体验，制定网站特色。如晋江推出V文限免、召开十周年庆典，邀请百位知名作者参会与读者沟通交流，潇湘举办时空作者粉丝同乐会等。网站各培养了一批核心作者并积累了相关作品。如起点的唐家三少、潇湘的天下归元、晋江的匪我思存、起点女生的吱吱、榕树下的蔡骏等。四是完善产业链。如推出纪实频道，创办第一份网络文学杂志《起点》，成立优秀作家个人工作室、成立国内首家编剧培训公司带作者集体进军编剧业等。

中文在线另辟蹊径，牵头成立了多网站共建、首家公益性培养网络文学原创作者的网络文学大学，莫言担任名誉校长。它站在网络文学发展全局的高度和立场，因此得到了中国作协等单位的全力支持。目前大学网站已开通（http：//daxue. 17K. com/），目标是每年培训十万人次，通过指导作者写什么和怎么写，使作者能从自发走上自觉创作。申请者须完成两万字以上的文学创作并通过审核。同时大学还将加强校园推广，招募更多大学生参与其中。以往网络文学的发展不是借助 VIP 收费模式就是倚靠无线收费模式，真正针对网络文学内容的自省和思考还不充分，对网络文学有认识和见地，能对作者提出要求和指导的编辑亦太稀缺，这次各网站能打破门户之见为网络文学发展寻找积极的增长点和力量，对于网络文学的未来意义重大。

总而言之，网站通过数年努力正逐步形成“第三方平台”资源共享的共识，它不仅利于作者扩大传播，也方便读者不用一一再去各网站漫长地寻找感兴趣的作品，各网站亦不用再为争抢作者而恶性竞争，对整个网络文学的发展是有利的。各网站都在完善作者福利、丰富用户体验上做了许多工作。一方面使作者没有后顾之忧能专心写作，一方面更好地服务读者，吸引用户。同时各网站在新人作者的培养上也花了很大功夫。最后，各网站对内容都更重视，从简单的追“量”到注重“质”。2013 年随着门罗的获奖将短篇小说的重要性再度提出，各网站也对以往在网络文学中不占优势，更讲究文学艺术性的中短篇加大扶持，如起点展开“单行本”大赛，17K 鼓励中短篇创作和非热门的其他类型创作，塔读举办原创大赛主推小众类和中短篇作品等。其实这一脉在相对注重文学性的榕树下、天涯、豆瓣一直存在，只是之前被资本的力量所压制，虽然中短篇在短期内可能不会产生如长篇那样的市场效益，但对网站来说，一旦能做成持续性的事业终会形成自己的特色，网络文学的格局很可能因此改变。

三、期待融合，网络文学作品与研究

2013 年第八届中国作家富豪榜继续发布网络文学子榜单，上榜仍以唐家三少、天蚕土豆、血红、我吃西红柿、月关、辰东等我们已熟悉的“大神”为主，其创作也多集中在玄幻、仙侠等领域。即使是鱼人二代笔下的都市、校园题材亦杂糅了异能、重生等类型，这些题材仍是目前网络文学的主流，因其描述场面刺激，情节充满想象力，满足了年轻人的心理需求，有强烈的带入感而受追捧。在无法绕开的这一广阔背景中，2013 年表现较为突出的作品有仍在连载的《雪中悍刀行》，它虚构了春秋时期的北凉国，讲述了玄武大帝降世的北凉王世子徐凤年如凤凰涅槃的传奇命运，他游历江湖与庙堂，直挑天下纷争险恶，问尽不平事，尝尽人生百态，终成一番霸业。这个充满玄幻武侠色彩的故事，勾起了每个读者心中的侠客梦。作品文字老练，有金古之风，构架宏大，气势磅礴。作者烽火戏诸侯，现驻纵横中文网，曾著《极品公子》《陈二狗的妖孽人生》等。2013 年起点作者打眼开始了新作《宝鉴》，之前的《黄金瞳》书写了一个在典当行工作的小职员庄睿因一次意外眼睛带有异能，不仅能鉴宝还能治病，从此人生发生翻天覆地的变化。而后作者凭借对风水相术易经八卦等知识的兴趣写下《天才相师》。作者总是能将这些特定人群的生活写得流光溢彩，《宝鉴》同样定位都市异能。还有曾写出该类型优秀之作《庆余年》《间客》的猫腻，作为文笔最出色的起点作者之一，目前正连载《将夜》，因病放缓更新。作品设置了一个庞大的东方玄幻式的背景，凡人和修行者的世界互相交汇。作者化用了中国传统文化，营造了一种深具古典气息的意境。主人公依然开始只是个小人物，在血海深仇的背负下走向了强大之路。在动辄数百万字的长篇写作中作者的结构能力、对叙事的掌控力、突破旧有套路的能力乃至体能都会受到严峻考验。

另一方面在都市言情类型中，2013 年最受瞩目的无疑是辛夷坞的《致我们终将腐朽的青春》。作品早已完结，因赵薇将其拍成导演处女作于2013 年上映而广受关注，唤醒了一代又一代人的青春记忆，以至于集体怀旧“致青春”成为一年的文化基调。小说突破了一般言情小说设定的主人公的个性和感情线，执拗和飒爽兼具的“玉面小飞龙”郑微，她的这种性格伴随着她跌跌撞撞一路成长经历爱恨直到成熟，却也逝去了最宝贵的青春。小说中的情感更为沉郁、现实和痴缠，电影将“腐朽”改为“逝去”，将一个个人的情感经历提炼为有爱的能力和没有爱的能力这两个阶层之间的痛楚。从《甄嬛传》《致青春》成功的例子我们看到，好的网络文学作品在走向更广为传播发挥影响力的路上是需要转码，也经得起转码的。

时至今日，网络文学的发展依然远远走在其批评研究的前面，期待着既符合网络文学特点又符合文学本质的网络文学评价体系的建立。臧否一种文学，最终是要令其有更好的发展，这是我们在讨论如何建立网络文学评价体系中重要的一环。2013 年北大中文系网络文学研究团队系统探讨了网络文学与ACG 文化的渊源性，《光明日报》开设“网络文学面面观”栏目，通过《网络文学批评标准刍议》《形式之魅：网络文学的新贡献》《警惕网络文学的“网游化”趋势》《试论网络文学批评的困境》《追求“俗不伤雅”的艺术趣味——试论网络穿越小说的文学价值》《网络文学审美特征考察》等系列文章，将网络文学研究引向各个方面。期待 2014 年文学网站能通过网络文学大学、研究院的机制，从内部开出花来，加入到体系的建设中，丰富网络文学批评研究的声音和维度。

新的成长与内外变化

——2014 年度网络文学综述

2014 年网络文学在内部的合纵连横和外部的加强引导下，展现了一系列的成长与变化。据第三十四次《中国互联网络发展状况统计报告》统计，中国网民继续向低学历人群扩散，4.5 亿农村非网民人口将是未来互联网普及工作重要方向。截至 2014 年 6 月底，我国手机网民规模首次超越传统 PC 网民规模。随着网络技术的不断发展，无线阅读仍是网络文学最大的增长点，创新类移动应用将是未来发展方向。

2014 年网络文学界发生了两件大事：上半年开展了规模力度空前的“净网行动”；下半年“文艺工作座谈会”召开，网络作家周小平、花千芳与会，这两件事充分表明了网络文学的地位不断增强，网络文学正朝着规范、有序、健康的道路前进。随着网络文学的不断成长，长篇小说和超长篇小说一统江湖的局面发生了变化，中短篇小说等其他文学形式也找到了发展的可能和路径。

网络文学内外环境的整合与改善

在 2014 年初开展的“扫黄打非·净网 2014”专项行动中，盛大、百度、腾讯、中文在线、搜狐原创、新浪读书、TOM 在线、汉王书城、铁血网、大佳网、纵横中文等各家网站都以前所未有的规模和力度配合了此次行动。各大网站经过地毯式的自查和排查后，在内容审核方面获得了显著成效，对网络文学的稳健发展有着长远的意义。

另一方面，随着无线阅读市场的进一步繁荣，在碎片化、闲散化时间中付费阅读网络文学渐渐成为一种新的文化娱乐活动。中国移动公司 2014 年推出“和阅读”品牌，迅速引起关注。在其 2014 年初发布的数据中，月关的《醉枕江山》获年度最佳网络文学新作奖，若雪三千的《天才召唤师》获年度最佳女生原创奖，天蚕土豆的《大主宰》获年度最佳网络文学奖。

2013 年以来，盛大、百度、腾讯三足鼎立，其他网站群雄逐鹿的分配局面逐渐成形。以往在举办文学赛事、发掘新人、培养作者、版权维护等问题上，各网站均以自身目的出发，各自为阵，较少跨越平台。而随着网络文学的日益发展，作家阵营不断扩大，文学新人的竞争愈来愈激烈。在此情况下，2014 年 10 月，由多家网站联合举办的首届“磨铁杯”原创文学“黄金联赛”启动，吸引了各方关注。为鼓励更多网络作者参与比赛，联赛将持续至 2015 年 12 月 31 日。未来网络文学界是否能更好地打破藩篱，为网络文学发展集思广益，令人期待。

与网络文学内部的强势发展相映成辉的是，传统媒体、大学、专业研究机构等的不断进场，针对网络文学展开了深入长足的研究与引导。与此同时，传统文学也在各方压力和动力下不断进入数字阅读主场，使数字阅读朝着百花齐放的方向发展着。《人民日报》的“网络文学再认识”专栏、《文艺报》的“网络文学评论”专栏等，邀约专家学者，从网络文学的文本内容、历史与现实意义、文化功能、生产消费、评价体系等多方面各抒己见，共同探究网络文学历史现状及其走向。7 月，中国作家协会创作研究部等举办“全国网络文学理论研讨会”，从讲好中国故事、弘扬主流价值、评价体系建设、审美特性发挥等多个专题与维度进行研讨，在我国网络文学发展史上具有重要意义。

2014 年，中国作协继续对网络文学发展给予实际支持。不仅开展广泛调研，组织作家培训，而且注重作品研讨，如在 5 月份，专家对架空历史小说创作方面成绩颇丰的酒徒进行了评点。自 2000 年发表第一部短篇网络小说《秦》开始，十余年来，酒徒先后发表了《明》《指南录》《隋乱》《开国功贼》《盛唐烟云》《烽烟尽处》等多部长篇历史小说。研讨对建立网络文学评价体系、推动网络文学精品化有着积极的作用。在 6 月最新公布的中国作家协会 2014 年新发展会员名单中，网络文学作家有二十四人，而此前历年总和为三十六人，可见网络文学正不断得到传统文学界的认同。在 7 月公布的年度重点作品扶持项目中，网络文学作品有云霓的《吉时医到》、失落叶的《斩龙》、酒徒的《烽烟尽处》、苍天白鹤的《无敌唤灵》、仙人掌的花的《回归家园》、爱潜水的乌贼的《奥术神座》、柳暗花溟的《律政先锋》等十部。鲁迅文学院先后举办了两届网络作家培训班，以支持和引导网络文学的发展。

网络文学在经历了十多年的发展后，成立自己的协会组织也被提上议事日程。2014 年 1 月，全国首家省级网络作家协会“浙江省网络作家协会”宣告成立。5 月，在“中国网络文学南北对话论坛”举行的仪式上，江苏省作协网络文学工作委员会成立。7 月，上海网络作家协会成立。四川、广东等地也表示将成立网络作协。这些举措得到网络文学作家的积极回应，有效解决了他们的身份认同和归属感问题。

2014 年，《人民文学》开发了“醒客”阅读 APP 并在 5 月首次推出了网络文学作品专号，从海量稿件中选出五篇短篇小说，分属科幻、武侠、军事、情感等类型。该期编者按说：“它们的特异与轻逸，不似现今‘正典’序列上的‘纯文学’。不过，史事如飞鸟掠过，仿佛在示意我们，某些艺术先知的身形往往是特异而轻逸的。”此外，北京大学中文系也创办了微信“媒后台”公众号，希望通过对网络文学的生态观察和亲笔写作，亲身试验和展示网络时代，我们如何思，为何想，以不断发现和认识我们身处的这个世界。

网络文学的成长与分化

如果说前几年对网络文学的讨论还处在表象的不断争论和内部的资源抢占中，如今的网络文学经过内外力量的不断撞击和融合，展现了一步步稳健向纵深和开阔方向发展的可能性。网络文学内部走向分化：长篇小说、超长篇小说和中短篇小说、散文、诗歌等其他文体都能在网络上盛情绽放。2014 年，豆瓣阅读开始力推中短篇小说，涌现了一些新人。豆瓣阅读选择了一条与其他文学网站不同的运营之路，在审美取向上不刻意强调与传统文学的差异，文学性成为选择文本的唯一标准。北京大学中文系的“新世纪网络文学研究”论坛课程也专门研讨了“网络文学的中短篇小说热”。可见，“中短篇小说”正逐渐成为网络文学的新热点。在这一现象背后更值得挖掘和梳理的是，从曾经的榕树下到天涯，网络文学在草根、全民、自由写作的 1.0 时代，其实已培育出一些中短篇“精品力作”，但当盛大等资本进驻网络文学后，以商业类型为主的小说进入繁荣甚至泡沫化的 2.0 时代，中短篇小说及其他文学的“网络形态”由于不符合资本“利益最大化”的需求而被压制，甚至被全面遗忘。事实上，“中短篇小说”及其他网络文学形态，无论在创作者的心态还是阅读者的接受心理、评论者的评价体系来看，都是网络文学界和传统文学界中“最不具差异”者，也是最容易相互沟通和融合的。

在2014年网络文学中短篇小说的复兴中还有一个现象值得注意，即张嘉佳《从你的全世界路过》“意外”畅销，部分故事已被卖出影视版权。它使网络文学意识到，真正最有生产力的并不一定是长篇小说，还有可能是博客体、论坛体、微信体等带有“语体实验”性质的微文本。在这个层面上，言语即生产力，它们代表着最新、最前沿、最先锋的“语言”和“文学”实验样式。这些实验正逐渐被网络文学中的商业类型小说、非虚构等长篇文本所吸收和消化，并在“经典化”和“主流化”的过程中，被影视剧等吸纳为“畅销元素”，这就是网络言语生产力对大众文化的渗透和侵袭。张嘉佳《从你的全世界路过》其实就是在“微博阵营上用新语体来讲的中短篇故事”，它还代表着一个风向——不只是动辄几百万字的类型小说才可以影视化、动漫化、游戏化，简单、简短的小故事同样也可以。以往网络文学越写越长，有作者意愿和经济利益等多方面的原因，而豆瓣运营方式、张嘉佳的个人成功等现象，使网络文学作者的创作方向也发生了改变。单纯靠量取胜，只会消耗自己的名声，在作品质量和输出价值观方面若不加强和改进，最终让自己的“大神”形象土崩瓦解。

如今，网络文学的读者将不仅仅是面对那些内容注水稀释，开启断点续传功能、打怪升级式模式写法，让读者什么时候都能中断，什么时候都能毫无障碍地再进入，以愉悦打发闲散时间的文本。网络文学的实践说明，碎片、通俗也可以走向精致和审美。豆瓣阅读的审稿流程放在网络时代可谓保守，不过也正因为这种慢和保守，使它发布的内容、质量都能得到更好的把控和引导。未来网络文学的发展趋势，除了靠勤奋地码字来维持人气、凝聚粉丝之外，在商业市场和个人表达之间的不断平衡、博弈、探索，不断挑战文学的想象力和创新精神，也是一种新的选择。例如，猫腻的小说一直有着两者兼具，不可或缺的气质，而这样的作家随着机制的成熟会越来越多。在信息时代，只有那些无法被复制、粘贴的作品，其价值才会水涨船高——比如秘密、原创的点子、创新的活力以及完整性等，而未来网络文学的生长点也正在于此。

网络文学作为新世纪的新文学，一直与我们这个时代紧密地连结在一起。它的不断“进化”“分层”和“演变”最终反映的是我们这个时代。然而，网络文学固然拥有市场，同时也面临挑战。在这个不断数字化的时代也存在着一种担忧的声音，如“4G 时代”，如果手机下载一部电影只要几秒钟，那谁还来读网络小说？业内人士提出网络文学应向动漫、影视等多种娱乐载体进军，发挥文学作品的最大价值。此外，网络文学与传统文学的融合越来越必要，只有向市场提供精品，才能让文学拥有更强大的生命力。“进军说”虽是事实，却着眼于网络文学剩余价值的最大化而非网络文学本身，并不利于网络文学的全面发展。如同网络文学与传统文学的互补性日益为人所识，网络文学与其他文化艺术门类的差异性与独特性也一直存在。

图书在版编目（CIP）数据

谜面与谜底 / 王颖 著. -- 北京：作家出版社，2015. 10
（21世纪文学之星丛书. 2015年卷）
ISBN 978-7-5063-8394-3

Ⅰ. ①谜… Ⅱ. ①王… Ⅲ. ①文学评论－文集 Ⅳ. ①I06-53

中国版本图书馆CIP数据核字（2015）第244819号

谜面与谜底

作　　者： 王　颖
责任编辑： 李亚梓
特约编辑： 朱晓岭
装帧设计： 守义盛创
出版发行： 作家出版社
社　　址： 北京农展馆南里10号　　**邮　　编：** 100125
电话传真： 86-10-65930756（出版发行部）
86-10-65004079（总编室）
86-10-65015116（邮购部）
E-mail:zuojia@zuojia.net.cn
http://www.haozuojia.com（作家在线）
印　　刷： 三河市紫恒印装有限公司
成品尺寸： 142×210
字　　数： 186千
印　　张： 7.75
版　　次： 2015年11月第1版
印　　次： 2015年11月第1次印刷
ISBN　978-7-5063-8394-3
定　　价： 26.00元